吞噬星空

典藏版19

我吃西红柿 著

ARTTIME 时代出版
时代出版传媒股份有限公司
安徽文艺出版社

图书在版编目（CIP）数据

吞噬星空: 典藏版. 19 / 我吃西红柿著. — 合肥:
安徽文艺出版社, 2023.4
ISBN 978-7-5396-7670-8

Ⅰ. ①吞… Ⅱ. ①我… Ⅲ. ①幻想小说－中国－当代
Ⅳ. ①I247.5

中国国家版本馆CIP数据核字(2023)第003406号

TUNSHI XINGKONG DIANCANG BAN 19
吞噬星空 典藏版19
我吃西红柿 著

出 版 人：姚 巍
责任编辑：李 芳
装帧设计：周艳芳

出版发行：安徽文艺出版社 www.awpub.com
地　　址：合肥市翡翠路1118号 邮政编码：230071
营 销 部：(0551)63533889
印　　制：湖南天闻新华印务有限公司 电话：(0731)88387856

开本：710 mm × 1000 mm 1/16 印张：18 字数：290千字
版次：2023年4月第1版
印次：2023年4月第1次印刷
定价：32.00元

目录

CONTENTS

第889章

强行控制

战斗是瞬间开始的。重箭王立即施展瞬移出现在黑鸦王身侧，而黑鸦王身后的两名虬甲猴族强者的龟壳上瞬间隆起一层厚厚的铠甲，其中一名虬甲猴族强者几乎同时施展空间封锁。

轰隆隆——

空间震颤，两名虬甲猴族强者宛如两座移动的堡垒，直接攻向重箭王。

“黑鸦王，快解决掉刀河王。”

“我俩最多缠住重箭王一会儿，你可得速战速决。”两名虬甲猴族强者急切地传音道。

“放心。”黑鸦王传音道。

在重箭王施展瞬移的同时，黑鸦王和罗峰的战斗也瞬间爆发。

“刀河王一战成名，是一名靠火神源晶就使得紫钟王陨落、重箭王陷入沉睡的人类。他的防御力比一般封王级极限强者还强，那柄战刀也极厉害，他曾使用它连续灭了十余名封王级强者，我不能被他的战刀碰到。”黑鸦王知道很多关于刀河王的情报。

刀河王的成名一战早已传开。

根据那一战，众多强者剖析出了刀河王的厉害之处。

一是防御力强，能硬扛最强火神源晶爆炸的威力。二是战刀特殊。这两点说明了刀河王很富有，既有最强火神源晶，还有非常特殊的战刀。

“他的实力都是外在赋予的，遇到灵魂攻击可就不行了。”黑鸦王心想。

“成为我的奴仆吧！”黑鸦王在心里大吼道。

黑鸦王目光冷厉，遥看远处的罗峰，突然施展灵魂幻术。肉眼无法看到的灵魂幻术瞬间穿透罗峰体表的将甲，威力被将甲削弱后，进入罗峰体内。

“嗷——”

罗峰体内的本源珠早已化为兽神。独角、粗壮的四蹄、长尾，这就是微型兽神的特征。微型兽神体内有一颗塔珠，仅仅是灵魂幻术还不足以逼迫微型兽神使用塔珠。

微型兽神发出一声低吼，这是《衍神七变》的四大秘法之一兽神吼。

在强大意志的辅助下，这一吼威力无穷。

灵魂幻术直接被震散，然后崩溃。

“去。”

罗峰左手掌心上方悬浮着六颗黑色球，每颗都大约弹珠大小，上面隐隐有法则秘纹的痕迹。又有谁能想到，这弹珠般大小、看似普普通通的黑色球竟然是无比珍贵的重宝镇封星辰？镇封星辰可比真正的星星要强得多。

随着强大念力的催动，那六颗黑色球排列成一条直线，快如闪电，直接冲向远处的黑鸦王。

“我的灵魂幻术竟然被破了，那六颗黑色球——不好！”黑鸦王看到那冲来的六颗黑色球竟然令宇宙空间中直接出现一条破裂的空间通道，宇宙空间破裂处无比整齐，这条空间通道仿佛是为了让那六颗黑色球前进而特意出现的。黑鸦王怎么会不清楚这一幕代表着什么？

嗖！

黑鸦王欲闪躲开，可黑色球速度之快，就算罗峰靠弑吴羽翼也难以躲开。因为念力兵器的速度一般都比强者的速度要快得多。

黑鸦王临危不乱，发现闪躲不开后，手中出现了一面有奇异雕刻的白色盾牌。

第一颗黑色球携带着可怕的冲击力直接轰击在盾牌上，噼啪一声，黑鸦王拿着盾牌的手臂被这股冲击力震得骨头断裂，而几乎同一刻，第二颗黑色球也砸在盾牌上。

盾牌脱手而出，化作一道流光消失在无尽的风雪中。

砰砰砰砰！

后面四颗黑色球接连砸在黑鸦王身上，虽然黑鸦王拼命抵挡，但四颗黑色球产生的冲击力比当年他在中子星遭到的冲击力强了不知道多少。

黑鸦王强大无比的骨骼、肌肉瞬间破裂。

噗，黑鸦王吐出一口鲜血。

可黑鸦王的身体几乎瞬间便完全恢复。

“没用的，封王巅峰级强者的不朽神体不是那么容易就被毁掉的。”黑鸦王死死地盯着远处的罗峰，“陌之吼！”

轰！

一股可怕的灵魂冲击瞬间穿透罗峰体表的将甲，威力被将甲削去九成以上，紧跟着，在蕴含强大意志的微型兽神的一声怒吼中，灵魂冲击整个溃散，根本碰触不到微型兽神丝毫，更别谈伤害了。

罗峰心中很满意：《星辰布道图》的威力真厉害。刚才自己没有施展法则奥妙，凭借的是强大的意志念力，以及那六颗镇封星辰。自己直接用六颗镇封星辰砸黑鸦王，竟然能砸得黑鸦王抵挡不住。

虽然现在一颗镇封星辰的体积很小，但是其重量无比惊人。

《星辰布道图》是至宝，罗峰单单催动意志念力便有如此威力。

这次检验，罗峰无比满意。

和弑吴羽翼相比，这由许多镇封星辰结合图卷形成的《星辰布道图》，罗峰反而更容易发挥其战力。论操控难度，操控《星辰布道图》其实就相当于操控重宝，但《星辰布道图》发挥出的威力媲美一般至宝。

“检验完毕，开始捕获猎物。”

罗峰冷漠地看着远处的黑鸦王，同时操控着那六颗黑色球。只见六颗黑色球表面的法则秘纹被驱动，顿时引动宇宙本源法则之力，一时间，茫茫风雪中突然出现了一道巨大的兽神幻影。

它的右蹄爪处有六颗清晰可见的黑色球。

兽神降临之撕天一爪！

“刀河王不是以刀法出名的吗？”黑鸦王吓得魂飞魄散。

此刻，六颗黑色球已经引动无尽宇宙本源法则之力，威力疯狂飙升。

哧！

巨大的右蹄爪一闪而过，黑鸦王的身体直接成为碎片，强劲、可怕的爪劲让那些碎片化为粉末。

远处看到这一幕的罗峰眼睛一亮：“就是这个时候。”

罗峰左手掌心上方再度浮现一颗黑色球，这颗黑色球表面隐隐有一层紫色的光晕，正是涂抹了费摩毒液的镇封星辰。

嗖！

这颗散发紫色光晕的黑色球化作一道流光，射向那正在凝聚不朽神体的黑鸦王。黑鸦王已凝聚大半粉末，不朽神体有了雏形，突然一颗黑色球瞬间穿过。

“攻击是没……啊，不！”黑鸦王感觉自己的不朽神体正在被疯狂侵蚀，不朽神体几乎瞬间就损失了52%，已然过半，这令他完全惊恐了。

“逃！逃！逃！”

黑鸦王立即传音给同伴。

“逃？”两名正在和重箭王纠缠的虬甲猴族强者都大吃一惊。他们在域外战场中闯荡，反应极快，当即决定逃窜。

轰！

黑鸦王实力大损的一瞬间，一股强大的念力直接冲入黑鸦王体内。

“万心控魂秘法！”

远处的罗峰盯着黑鸦王，施展万心控魂秘法。

在罗峰的计划中，要控制黑鸦王，就要先靠费摩毒液重创对方，令对方的实力不足原来的10%，然后凭借万心控魂秘法强行控制对方。

这也是没办法的办法。

若要令对方陷入沉睡，用费摩毒液重创对方两次不一定能成功。

费摩毒液一次即可毁掉封王巅峰级强者30%～80%的不朽神体，罗峰也无法精准控制费摩毒液一次到底能毁掉对方多少不朽神体，说不定，两颗黑色球接连穿过对方的不朽神体，对方就直接陨落了。

如果运气好，对方或许就能刚好陷入沉睡。

可控制住一名陷入沉睡的不朽神灵后，难道再次花费1000多亿混元单位令其完全恢复？对此刻的罗峰而言，为了一名陷入沉睡的不朽神灵花费1000多亿混元单位真的不值得。毕竟罗峰已经有了重箭王。

所以，最好的方法就是先靠费摩毒液重创对方一次，再靠万心控魂秘法强行控制对方。

“我的意志极为强大，又有将魂作为辅助，万心控魂秘法的威力自然极强，而黑鸦王现在的实力恐怕不及之前的10%，我非常有希望能够控制住他。”罗峰全力以赴，紧紧地盯着黑鸦王，开始强行渗透灵魂控制黑鸦王。

黑鸦王身体直接从半空跌落，落在下方雪地中，一动不动。

可在灵魂上，二者正在进行最激烈的交手。

“想要控制我？不！不！不！我宁可陨落！将来或许还有复活的机会。被控制，那便再无自由的可能。”黑鸦王无比不甘。

“破！破！”黑鸦王嘶吼着，灵魂都在疯狂地挣扎，终于突破了罗峰的强行控制。

“爆！”黑鸦王刚挣脱罗峰的控制，便立即引爆不朽神体。

可怕的冲击波瞬间冲向四面八方，席卷整个禁地空间，无尽雪地直接化为虚无，就连那两名虬甲堠族强者也因此受伤。

至于罗峰和重箭王，自然丝毫无损。

“失败了吗？”罗峰站在半空，没看黑鸦王自爆后留下的宝物，感叹道，“想要控制一名和自己实力接近的强大不朽神灵，果然很难。实力、精密的计划、运气，缺一不可。”

“主人。”重箭王传音道。

“不能让他们跑了。”罗峰直接下令。

“是。”

重箭王双手一翻，拿出两柄带紫色光晕的弯刀，向那两名已经受伤的虬甲猴族强者奔去。

第890章

炼心王

重箭王凭借自身的实力，加上费摩毒液的辅助，还有罗峰站在远处随意砸过去的六颗镇封星辰的帮忙，很快将两名虬甲猴族强者打败。

黑鸦王他们三个陨落了，罗峰得到战利品。

黑鸦王的宝物价值300亿混元单位，两名虬甲猴族强者的宝物价值180亿混元单位左右。

“竟然失败了。嗯，寻找下一个敌人。”罗峰用意念联系星辰塔，星辰塔迅速传回大量信息，让罗峰进行选择。

“好，目标依旧是封王巅峰级的灵魂类大师。”罗峰做出选择。

“星辰塔，打开一条通道。”罗峰用意念命令道。

罗峰看向前方。

禁地空间内突然出现一个出口，罗峰、重箭王一道进入空间出口。他俩沿着空间通道前往另一个禁地空间。另一个禁地空间内有四名虫族阵营的强者，其中便有一名异族封王巅峰级的灵魂类大师。

“希望这次能成功。”罗峰期盼着。

……

三分钟后。

这个禁地空间内已经一片狼藉，海水化为虚无，无尽的海床已经消失大半，身穿银甲、背后有银色羽翼的罗峰正站在高空中，重箭王依旧恭敬地站在其身侧。

“主人，宝物价值600亿混元单位左右。”重箭王恭敬地道。

罗峰点点头，随即摇头叹道：“竟然又失败了。”

“主人，那些灵魂类大师在无限岁月里一直研究幻术、控制灵魂之法，他们对灵魂的研究无比深入，主人想要控制他们，是需要点运气的。”重箭王恭敬地道，“不过我们的收获也很大。”

“击杀敌方强者过多会引起众怒，惹得超级强者现身。”罗峰轻声道，“所以我们得抓紧时间。”

“是，主人。”重箭王神色一紧。

宇宙中有一些没明说但大家都心知肚明的规则。

如宇宙尊者实力强悍，能够击杀封王级、封侯级强者，反之，那些封王级、封侯级强者不敢击杀宇宙尊者，也击杀不了。宇宙尊者不可冒犯！宇宙尊者纵使实力强悍，也不能大肆杀戮不朽神灵。如果宇宙尊者大肆杀戮不朽神灵，就会引起众怒，其他宇宙尊者就会现身合力对付他。

同样的道理，像真衍王这等封王级无敌的存在，根本不会去域外战场。至于七剑王、塔龙王、命陨王等，如果拿出底牌，那么也能轻易击杀封王巅峰级强者，甚至封王级极限强者。可如果杀戮过多，就会引起众怒。

毕竟封王巅峰级强者、封王级极限强者都是各族中的精英，被杀得过多，那些族群的超级存在自然会恼怒。

……

罗峰带着重箭王开始战斗，积累军功。

第一天，战斗三场，将敌人皆灭杀，没有一次能成功控制任一名灵魂类大师，得到的那些宝物价值1600亿混元单位。

第二天，战斗三场，将敌人皆灭杀，至于灵魂控制，依旧全部失败，收获2100亿混元单位左右的财富。

第三天……

连续四天，共进行了十二场战斗，选择控制的对象全部是封王巅峰级的灵魂类大师，结果是这十二名封王巅峰级的灵魂类大师逐个陨落。这些被击杀的目标中，有九个将凶手是刀河王这个信息传开，还有三个没来得及传出信息。

连续陨落九名封王巅峰级的灵魂类大师，凶手都是刀河王！

幸好陨落的九名封王巅峰级的灵魂类大师分别隶属三大阵营。

三大阵营互为敌对关系。

这个消息传播得不快，可是三大阵营内部已经知道。

机械族阵营的四名封王巅峰级的灵魂类大师被杀了。

妖族阵营的两名封王巅峰级的灵魂类大师被杀了。

虫族阵营的三名封王巅峰级的灵魂类大师被杀了。

“这刀河王实在厉害，四名擅长灵魂攻击的封王巅峰级强者都陨落在他手里。早听说他防御力很强，能抵抗最强火神源晶爆炸的威力，没想到面对封王巅峰级强者在灵魂方面的攻击，他竟这般剽悍，连杀四个！物质防御、灵魂防御都强，这刀河王，真可怕！”

“可怕的刀河王。”

……

刀河王之名，时隔六千多年，再度被传播。

上一次，刀河王以“最强火神源晶”“奴仆重箭王”“可怕的物质防御”出名，众多强者不敢小瞧，可也仅仅是不敢小瞧罢了。毕竟怎么看，刀河王靠的都是一些外在手段。

可这次，刀河王令封王巅峰级的灵魂类大师一个个陨落，靠的不只是外在手段，还有自身的灵魂防御，这令众多强者惊惧起来。

物质攻击、灵魂攻击，刀河王都能应对。如此可怕又几乎没弱点的强者，怎么应对？

名声虽然传播开来，但是毕竟时间很短，倒也没传得太离谱。

……

第五天。

一个禁地空间内，一名长相酷似人类，可铠甲下的不朽神体上布满了一颗颗小型碎钻的钻石人正躺在一座炽热的孤岛上。

哧，钻石人的灵魂印记都在疯狂地挣扎，因为费摩毒液的侵蚀，他的不朽神体只剩下36%，实力受损极为严重。

在这几天中，罗峰每天仅仅战斗三场，每场战斗最多持续几分钟就结束。

那么其他时间罗峰在干什么？

他在研究万心控魂秘法。

他将法则玄妙融入万心控魂秘法，愈加精妙地使用它。一次次研究令罗峰控制起万心控魂秘法来愈加熟练。刚开始还有一个飞跃期，仅仅两天后，提升速度就很缓慢了，可至少比起第一天第一场战斗时已经强多了。

“臣服吧。”感觉到目标的反抗意识突然增强，罗峰不着急反而喜悦。

轰——

无数的灵魂丝网瞬间完全侵入目标的意识。

成功了。

“终于成功了。”罗峰眼中露出一丝惊喜，“不容易，我花费了这么多精力，还是因为星辰塔才能够挑选对手，才收获第一个灵魂类大师。”

“帕罗娲族。”罗峰看着那名钻石人。

钻石人站了起来，看向罗峰的目光中有发自灵魂的恭敬。这一刻，罗峰便是他最亲近的存在，他当即恭敬地行礼：“主人。”

“嗯。”罗峰微笑着点头，“炼心王。”

嗖，远处一道身影飞来，正是重箭王。重箭王落地后恭敬地道：“主人，我已经击杀其他两名强者，这是收获的宝物。”

“哈哈……”罗峰难得地大笑起来。

重箭王见状，看了一眼旁边的钻石人炼心王，立即向罗峰道：“恭喜主人收获炼心王。”

“不容易，不容易啊，花费这么长时间、这么多精力，总算成功了。”罗峰畅快地笑道，“幸好费摩毒液的侵蚀性极强，且炼心王实力损耗过多，我才侥幸成功。有了炼心王，以后再控制灵魂类大师，那可容易多了。”

炼心王可以燃烧不朽神力，能令灵魂控制的力量瞬间飙升。这样一来，想要控制灵魂类大师，成功的概率就高多了。

“有了炼心王，接下来我的目标就可以是封王级极限强者了。”罗峰存有野心，满心期待着。

“先休息。炼心王，你先恢复实力。”罗峰拿出曾经得到的一些有助于恢复不朽神体的宝物给炼心王。

罗峰之前击杀了一些封王级强者，那些封王级强者中有好几个都有恢复不朽神体的宝物，显然是准备在关键时刻短时间内恢复实力用的。

恢复全部实力的炼心王才是对罗峰最有用的。

……

一切如罗峰计划的那样。

当拥有炼心王后，战斗效率明显就高多了，唯一的麻烦就是敌人能燃烧不朽神力。一旦敌人燃烧不朽神力，那么即使炼心王燃烧不朽神力，罗峰想要控制敌人也很难。

之前，没有炼心王当帮手的时候，一旦敌人燃烧不朽神力，罗峰就直接放弃，选择击杀。

罗峰凭借弑吴羽翼和《星辰布道图》能碾压对手。

重箭王有紫色古钟在身，无惧对方燃烧不朽神力，能耗死对方。

拥有炼心王后，罗峰奴役奴仆的成功率达到了20%～35%。渐渐地，罗峰开始隐藏起来，不现身了，让奴仆去动手，奴仆凭借罗峰给予的宝物——费摩毒液和镇封星辰行动。

每一颗镇封星辰的出世都闹得腥风血雨，所以每颗镇封星辰的下落几乎都有记载。

也正因为如此，罗峰虽然给予了奴仆镇封星辰，但是严令禁止使用镇封星辰的镇压封印能力，只允许他们将镇封星辰缩小成一颗晶球，砸向对手。一颗镇封星辰引动宇宙法则砸向对手，砸的效果虽远不如镇压封印的效果，但也不弱，而且其他强者认不出这是镇封星辰。

因为真正使用镇封星辰的镇压封印能力时，一般镇封星辰的体积会变得巨大，直接将敌人镇压封印其中。镇封星辰变成弹珠般的晶球后，对手的确无法辨认。

“镇封星辰牵扯着星辰塔，绝对不能暴露。”

“若非我允许，你们绝对禁止使用镇压封印之能。”罗峰严令。别说是麾下奴仆，就是罗峰自己，也只将它用来砸向对手，而且只有在需要的时候才会暂时给灵魂奴仆使用，事后还得收回。

就算是真衍王，罗峰也没送其镇封星辰。

星辰塔关系重大，但凡有一丝危险罗峰都不敢赌。

这次是在星辰塔内行动，星辰塔是罗峰自己的地盘，一切都在掌控中，罗峰才敢自信地暂时将镇封星辰给灵魂奴仆一用。

毫无疑问，效果也是让罗峰惊喜的。

第891章

罗峰的队伍

行动一共持续了一个月，其中前八天是每天进行三场战斗，后面大半个月则是每天进行一场战斗。

在这一个月的战斗中，前六天罗峰是场场参战，而且还是主力，可从第七天开始，罗峰就隐匿起来，让奴仆们去战斗了。虽说因为没罗峰的参与，效率可能稍微下降，但也影响不大。

罗峰这么做是为了避免出现麻烦。假如罗峰场场现身，且还是首脑角色，杀了那么多强者，引起众怒的话，罗峰的麻烦就大了。

一个月内，他们共进行了四十六场战斗。

这令罗峰麾下强者数量从一开始的仅仅重箭王一个，增加到足足九个。也就是说，这次行动令罗峰得到了八名奴仆。

“恭喜主人。”

“主人，这是我们收获的宝物。”

灵魂奴仆绝对忠心，他们将收获的所有宝物、财富都献给了罗峰，将自身的宝物、财富也都献给了罗峰，而后罗峰统一对宝物、财富进行分配。虽说这四十六场战斗令罗峰获得了巨额财富，但九大奴仆的实力提升也得靠罗峰。这令罗峰感到了压力。

……

这场由罗峰引起的风暴已然席卷整个星辰塔。

一开始，罗峰带领重箭王进行一场场对战，此消息在异族三大阵营内部流传。那时，罗峰杀的敌人不算多。虽然罗峰名气大了很多，但是整个星辰塔还算是比较宁静的。随着时间流逝，三大阵营的众多强者已被罗峰杀死的消息渐渐被传开，这下整个星辰塔轰动了。

六天时间，十八场战斗，被传开的有十三场。

因刀河王而陨落的封王级强者差不多有四十位，其中有十三位是封王巅峰级的灵魂类大师或者封王级极限强者。

域外战场本就是杀戮之地，强者们可不是胆怯之辈，不会因为刀河王的强大而害怕。

刀河王的行为的确激起了他们的战意。

很多异族强者成群结伴，一个个都想要找到刀河王和重箭王，想要杀了他们。原本在星辰塔内的数十万名异族强者的厮杀也因此变得激烈起来。厮杀一激烈，陨落的概率就高了。

可是，众多异族强者想要寻找的刀河王消失了。后面的一场场战斗中，他们从未发现过刀河王。

实际上，罗峰奴役的强者中，有些强者的身份未曾暴露，所以罗峰安排那些没有暴露的强者两两联合去战斗，而且他们每天仅仅战斗一场，所以倒是没有谁会将这些战斗成果算到罗峰头上。

星辰塔内的厮杀变得有些疯狂，不仅因为刀河王的战绩，还因为在刀河王消失了后，他暗中派遣的强者使众多封王巅峰级的灵魂类大师、封王级极限强者逐一陨落。

“太疯狂了，连封王巅峰级的灵魂类大师、封王级极限强者都陨落了，我们还是暂时离开星辰塔吧。”

“哈哈，这是机遇。强者陨落，我们才有机会获得巨额财富。”

“这是难得的战斗机会，平常遇到难以解决的敌人就退缩，实在没劲，现在的星辰塔才是真正的锤炼之地啊。”

畏惧者、胆怯者等悄然离开星辰塔，可是一些好战、自信的强者反而冲入星辰塔。也有很多强者一直在寻找目标刀河王，可惜，他们一直找不到。

禁地空间中。

一人穿一身耀眼的金色铠甲，身体则散发出幽幽的黑色光芒，乍一看仿佛机械傀儡人。这个冷漠的机械族族人便是刚刚赶到星辰塔的超级强者命陨王。

“竟然能杀死这么多擅长灵魂攻击的封王巅峰级强者和封王级极限强者，加起来超过十位，还有众多其他封王级强者！”命陨王声音铿锵有力，眸子中闪烁着战意，“这样的对手，值得和其一战！”

在其身侧跟随的六名强者个个态度恭敬。

“我来到这里就是为了这刀河王。”命陨王战意熊熊。实力达到他这等境界，对付封王级极限强者，他都没有多大兴趣。要对付，就对付拥有特殊际遇的，或者拥有重宝的，或者拥有特殊战斗能力的。

总之，对手得特殊点。

上次镇封星辰出世，命陨王没能消灭七剑王，他很遗憾。对付七剑王、塔龙王等一批强者，他没有什么把握，可是对付一个刚刚崛起，比一般封王级极限强者名气大一点的刀河王，他还是有把握的。

“大人，找不到刀河王。”

“我们联系了众多战友、盟友，都没有发现刀河王。”

命陨王听了麾下强者所禀报的情报，顿时有一丝恼怒，低吼道：“这个胆怯的刀河王，杀死十多名封王巅峰级的灵魂类大师和封王级极限强者，闹出一番动静后，竟然消失了。难道离开了星辰塔不成？给我查，我机械族阵营的强者遍布战场各处，给我认真查。我要悬赏，悬赏10亿瑜蓝单位找这个刀河王。我一旦确认了他给的坐标是真实的，便给出10亿瑜蓝单位的奖励。”

“是。”

“是，大人。”

麾下六名强者都回道。

“刀河王……”命陨王目光冷厉。

命陨王很清楚，刀河王既然能击杀这么多强者，肯定有特殊际遇或者重宝在身，而且单单击杀这么多强者得到的财富，对命陨王而言，也不是一个小数目。一旦击杀了刀河王，他很可能得到重宝以及巨额财富。

他当然不会轻易放弃刀河王这个目标。

……

“刀河王？查！一定要给我查到刀河王的踪迹！”

塔龙王显然也盯上了刀河王。

击杀刀河王，得到刀河王的宝物、财富，何乐而不为呢？

这场风暴因刀河王而起。

虽说命陨王、塔龙王、玄墓王等一些在域外战场上极有名气的强者，都盯上了刀河王，但刀河王击杀强者的数量还没有引起超级强者的众怒，所以暂时还没有超级强者插手。

什么样的实力匹配什么样的名气、宝物。

既然刀河王敢做出这番事情，那么命陨王、塔龙王等人的觊觎，对他而言显然就是一次考验。不求他击败命陨王等强者，只要他能从命陨王等强者手中逃掉，便是实力的一种证明。

虚拟宇宙，罗峰的庄园中。

客厅内只有两人，罗峰和真衍王。

“罗峰，你这次引起了好大的风波，造成这么大的动静，你要干吗？”真衍王瞪眼看着自己的徒弟，“你名气越大，就越会引起强者的注意。我估计玄墓王、塔龙王那批家伙中，有不少可能已经盯上你了。”

“老师，没事。”罗峰一笑。

“还没事？”真衍王不由得摇头，“你看看，不知道有多少异族强者想要杀你。而在鸿盟中，你现如今的名气也大得很，经常有强者有意和你结交，邀请你一起闯荡一些极危险的宇宙秘境。名气也代表实力。”

“但名气过大，如果没有与之相符的实力，就会陨落。”真衍王看着罗峰，担心地说道。

“老师，弟子略有际遇。”罗峰笑着安慰真衍王。

真衍王一怔：“略有际遇？”

“难道你面对命陨王、玄墓王等，也有信心全身而退？”真衍王不敢相信。

自己这弟子是厉害，可是玄墓王、七剑王等，哪一个不是拥有特殊际遇的？哪一个不是拥有许多重宝的？他们的实力何等可怕！

“有信心。”罗峰点头，没有丝毫犹豫。

真衍王吃惊地看着罗峰，随即摇头：“算了，算了，既然你有如此信心，就看你怎么闯吧。”

“弟子定当努力，不让老师失望。”罗峰笑道。

自从罗峰的名气大了，想要结交罗峰的人的确很多，可罗峰也就随便应付一下，唯有他的几位老师，特别是真衍王，罗峰是真心以待的。

星辰塔内，那座被大量镇封星辰环绕的大殿中。

身穿银甲、背后有银色羽翼的罗峰正站在那里，他身后站着一排超级强者，足足九位！

他们分别是——

重箭王，封王级极限强者。

炼心王，封王巅峰级的灵魂类大师。

震重王，封王级极限强者。

铁旗王，封王级极限强者。

悲魅王，封王巅峰级的灵魂类大师。

屈灿王，封王巅峰级的灵魂类大师。

极虹王，封王级极限强者，拥有重宝紫色古钟。

山吼王，封王级极限强者。

覆水王，封王级极限强者，拥有重宝冰浑丝网。

这次行动共进行了四十六场战斗，被消灭的封王级强者超过一百名。在其中一名封王高等级强者陨落的时候，罗峰竟然非常幸运地发现了这名封王高等级强者拥有的重宝冰浑丝网。那些封王级极限强者、灵魂类大师中没有一个拥有重宝。罗峰按照手下强者的实力和战斗风格，最终将冰浑丝网的使用权给了覆水王，而将紫色古钟给了更与之相配的极虹王。

第892章

双子旋域

罗峰看着手下九大强者，意气风发。

罗峰虽强，但一旦封王巅峰级、封王级极限强者燃烧不朽神力和他拼命，他就只能靠弑吴羽翼闪躲，靠超强的防御能力消耗对手。

他唯有这种耍赖皮的办法。

这就是罗峰的弱点之一——无法燃烧不朽神力。

罗峰现在手下有九大强者，个个都是强大的不朽神灵，以后遇到强大对手就不会只有拖延时间的办法了。

九大强者中，有四个是被罗峰直接控制，还有五个是被罗峰间接控制。

被直接控制的是重箭王、炼心王、极虹王、覆水王。

一开始选择目标时，罗峰就意识到极虹王适合使用紫色古钟，所以自然在关键时刻出面控制极虹王。覆水王是最后一个被罗峰直接控制的，也是因为适合使用冰浑丝网才被罗峰看中了。

论重要性，紫色古钟、冰浑丝网这两件重宝比封王级极限强者本身要重要得多。

在鸿盟城一家餐厅的一个包间内，罗峰正悠闲地端着茶水喝着。平海公司的生意做大了，茶已然流传开，宇宙中也有了一些喜欢茶的人。

咚咚，敲门声响起。

包间内的一名侍从轻轻一点包间的墙壁屏幕，空白的屏幕上忽然出现一道身影。这道身影一身精美的紫色铠甲，身材窈窕，紫色短发，双眸隐隐泛着蓝光，正是罗峰以刀河王身份结交的一名女性朋友——慵燕王。

罗峰看了一眼屏幕，朝那名侍从点点头，侍从这才开门。

包间门开启。

慵燕王从包间外进入。

“你出去吧。”罗峰吩咐。

“是。”

侍从退去，门关上，包间内只剩下罗峰和慵燕王。

“刀河王，这么多年不见，怎么突然想要见我了？”慵燕王眉宇间有一丝慵懒，直接坐在罗峰身侧的座位上，“我可听说你最近在星辰塔内掀起了一场大的风暴，真是让人吃惊呢。”

慵燕王是封王高等级强者。

慵燕王过去对刀河王就算比较逢迎的，而这一次，刀河王掀起如此大的风暴，名气大震，慵燕王刚得知这个消息时就吓了一跳，她没想到刀河王竟然会强到这个地步。

“慵燕王，我有事请你帮忙。”罗峰直接道。

“刀河王有事，我自然竭力帮忙，只是不知道……我有什么能耐能帮到你。”慵燕王看着罗峰。

“告诉我天阵王在哪里，准确坐标。”罗峰直接道，“经我确认后，1亿混元单位就算是我的谢礼了。”

“刀河王真是大方呢。”慵燕王看了一眼罗峰，“这件事情不能让天阵王知道吧？”

“嗯。”罗峰点头。

慵燕王知道刀河王和天阵王交情很好，如果没有特殊情况，罗峰直接询问天阵王就知道坐标了，有必要绕这么大的弯子来找天阵王？

慵燕王不傻，笑着说道：“天阵王现在就在域外战场第七战场的最危险之地之一——双子旋域。你尽管前往双子旋域，等你到达后，我会告诉你天阵王的坐标。”

“嗯。”罗峰微笑着点头，“那就拜托慵燕王了，我相信慵燕王你的能力。”

随即罗峰起身，消失不见。

慵燕王端起旁边的茶杯，若有所思地笑了起来：“似乎有意思了。这刀河王很不一般，更值得我与他交好了。”

星辰塔，那座被大量镇封星辰环绕的大殿内。

“谁可以最快赶到双子旋域？”罗峰目光扫向九大强者。

“主人，属下能做到。”

有三名强者开口。

这九大强者都属于域外战场上的顶尖强者，比他们还强的，主要也就是命陨王、七剑王他们了。所以除了星辰塔，九大强者自然去过域外战场第七战场的其他几个危险之地，在这几个危险之地的周围留下了信物。

“很好，极虹王，便由你带路。”罗峰道。

“是，主人。”极虹王恭敬地道。

“重箭王和极虹王跟在我身边，其他七位都暂时进入世界戒指。我需要你等战斗时，你等再现身。”罗峰吩咐道。

七大强者逐一进入世界戒指。

这是普通的世界戒指，在关键时刻，罗峰能让他们出来。即使战斗太疯狂，以至于让罗峰无法引动世界戒指内的世界之力，以那七大强者的实力，他们也完全可以强行破开一方世界。

“我当年在双子旋域的一块陨石内放了我辅助植物生命的信物。”极虹王恭敬地道。

“那出发吧。”罗峰下令。

迷蒙光芒出现，站在迷蒙光芒笼罩范围内，罗峰隐隐能看到远处那一座神国中的景色。

嗖！嗖！嗖！

罗峰、重箭王、极虹王直接被传送过去，离开了星辰塔。

他们先是被传送到神国，接着继续被传送，最后抵达了双子旋域。

双子旋域是两个辐射范围极广的超大旋涡，一个的直径是3.9光年，另一个的直径是4.2光年。这两个超大旋涡彼此影响，隐隐吸引着远处大量物质飞入，但辐射范围竟然再也无法扩大。

“主人，双子旋域既有吸力，又有排斥力。”

“刚进入双子旋域，吸力极强，越深入，吸力越恐怖。当达到一个极限后，吸力竟然完全消失，变成排斥力。越靠近旋涡核心，排斥力越强，至少在封王级强者中，没听说谁能抵达双子旋域核心。”极虹王恭敬地介绍道，“有强者尝试施展瞬移进入其中，一进入，强大的排斥力就使其瞬间完全湮灭。”

“嗯。”罗峰点头。

域外战场上的最危险之地都有些特殊，其中以星辰塔为最，因为星辰塔本身就是一件超级至宝。

一颗直径3000多米的陨石，在双子旋域其中一个旋涡中不断旋转着。

“这颗陨石的速度一直这么快，无限岁月里一直在这一条轨道上飞行，既无法逃脱旋涡，也无法深入其中。”极虹王说道。

罗峰正站在这颗陨石上，看向四面八方。一眼看去，苍茫的空间黑漆漆的，隐隐能看到一些陨石、小山等。

“慵燕王，”罗峰通过虚拟宇宙系统联系慵燕王，“我已抵达双子旋域。”

“这么快？不过我也查到了天阵王的坐标。这就是天阵王的详细坐标。”

“谢了，确认后我会将谢礼直接转到你的账户里。”

一次简单的交流，罗峰得到了天阵王的详细坐标。

慵燕王虽然仅仅处于封王高等级境界，但她是鸿盟中一股隐秘势力的一员。这股势力最擅长探测情报，而且所有成员一律是女性。据传，这股势力的首领是鸿盟殿主之一。

“我们离天阵王不远，出发。”罗峰下令。

“主人，在双子旋域内施展瞬移一定得注意坐标。一旦误差太大，进入了极危险区域，就很可能丧命。”极虹王提醒道。

“嗯。”罗峰点头。

魔杀族分身变成一块金属片出现在摩云战衣中，感应着无尽空间的波动，迅速确定了离目标很近的位置。

当即，罗峰、极虹王、重箭王唰地消失不见。

……

双子旋域较大的那个旋涡中，有一个直径3000多万千米的大陆。这个大陆一直在旋涡中旋转。

这个大陆上有两支队伍，其中一支是天阵王带领的队伍。

“哼。”

天阵王披散着长发，盘坐在茫茫大地上，他身后则站着一名身上满是鳞甲、魁梧的异族强者。

天阵王的运气一直很好，在星辰塔中大赚一笔后，现如今，天阵王拥有了三名奴仆，其中两名是封王级极限强者，一名是封王巅峰级的灵魂类大师魑芒王。天阵王凭借他自身实力以及三大强者参与了一次次战斗，得到许多财富、宝物，还在鸿盟城中购买了许多宝物。

天阵王实力越强，得到的财富就越多，宝物也就越多。财富、宝物多了，实力就可以更强。

按理说，心情本应极好的天阵王，此时心情却很糟糕。

“刀河王！刀河王！”

天阵王脑海中一直回荡着这个名字，情报内容他记得无比清晰。

“短短半月不到，陨灭的灵魂类大师、封王级极限强者累计十余名，陨灭的封王级强者大约四十名。

“这是刀河王和手下的奴仆重箭王干的！

“我就知道当初让他逃掉，以后肯定是个麻烦。

“我刚和他结交时就知道，他能让重箭王成为他的奴仆，定是身怀重宝，而且前途无量。我那一次精心准备，突然下手，没想到他竟然能在关键时刻挣脱幻境，甚至直接拿出最强火神源晶。幸好突然出现一个出口，才让我逃过一劫。”

天阵王还记得六千多年前，罗峰毫不犹豫拿出最强火神源晶的场景。

太可怕了!

天阵王逃过一劫后也明白，刀河王一日不死，日后自己肯定还有一场劫难。所以六千多年来，他一直努力提高自身实力。

天阵王虽然预料到刀河王会是他的一个麻烦，但他没想到刀河王竟然这般可怕。

“嗯，瞬移？”天阵王感应到空间有一些特殊的波动，不由得转头朝远处看去。

第893章

对战天阵王

天阵王和其身后那名身上满是鳞甲、魁梧的异族强者，都看向空间出现异常波动之处。

唰！唰！唰！

三道散发着强大气息的身影同时出现，分别是全身满是黑色毛发的极虹王、身高仅仅半米的山吼王，以及碧绿色皮肤下仿佛隐隐有水在流动的覆水王。这三位都是封王级极限强者，其中极虹王、覆水王分别拥有紫色古钟和冰浑丝网，因此是罗峰手下九大强者中最强的。

如果在九大强者都没有重宝的情况下，山吼王的实力排第一。

他们三个是罗峰手下最强的三个。

天阵王看到远处三道身影出现，心中顿时一惊：极虹王、山吼王、覆水王都是封王级极限强者，都是在星辰塔中闯荡的强者，怎么来到了这里？咦？传说覆水王已经陨落，没想到能在这里看到他，不知道他是怎么侥幸活下来的。他们来到这里，估计是最近星辰塔内太混乱了。

极虹王、山吼王、覆水王属于两大阵营。对于不同阵营的强者同时出现，天阵王却丝毫不惊讶。

像罗峰当初和紫钟王等一起闯荡祭塔一样，出于特殊原因，不同阵营的人联手是很常见的。

“他们三个联手？山吼王对我威胁最大，就算我让我的另外两大奴仆现身，我这一方加上我也才四个人，两个是封王巅峰级强者，两个是封王级极限强者，真的厮杀起来，也没有丝毫胜算。”天阵王脑海中闪过诸多念头。

最近六千多年来，劫杀强者的事情，他做过不少次。

可是他也是挑对象的，像极虹王、山吼王、覆水王这三大封王级极限强者同时现身，他不会疯狂到去劫杀他们。

双方人马都看到了对方，极虹王一方显然气势更强，那覆水王冷冷地道：“天阵王，没想到能在这里碰到你。”

“覆水王、极虹王、山吼王，真巧。看来三位也是来双子旋域闯荡的，不过我还有其他事，就先走一步了。”天阵王微笑着道，随即想要带着身后那名魁梧的异族强者施展瞬移离开。可天阵王话音刚落，一股无形波动蔓延开去。

周围茫茫空间皆被完全封锁。

“空间封锁！”天阵王脸色一沉，“三位，留下我有事？”他身后那名魁梧的异族强者冰冷地看着极虹王一方。

“是有事。”覆水王冷冷地笑道。

他刚一开口——

轰隆一声炸响，双方几乎在同一时间动了。覆水王、极虹王、山吼王同时杀去。天阵王一方又出现了两名异族强者，数量一下子达到四人。天阵王和其手下三大奴仆咆哮着迎战。

“既然战斗开始了，我们就全力解决他们，控制他们。控制不了，也得灭了他们！”天阵王疯狂了，传音给三大奴仆。

“魑芒王，你和我同时燃烧不朽神力，施展幻术。”

“是，主人。”

轰！轰！

天阵王、魑芒王都无比果断，气息暴增，周围空间都已经扭曲。

燃烧不朽神力后的天阵王、魑芒王无比可怕，他俩同时施展灵魂幻术，分别攻击山吼王和极虹王。在施展灵魂幻术的同时，他俩也尝试灵魂控制山吼王和极虹王。虽然成功的概率极低，但是一旦成功，天阵王就会多两个奴仆。

轰！轰！轰！

在天阵王、魑芒王气息暴增的同时，极虹王一方的三名封王级极限强者也毫不犹豫地燃烧不朽神力，逼得天阵王手下另外两名奴仆也燃烧不朽神力。

于是，这场对战一共有七名强者参与，个个都燃烧不朽神力，这让天阵王有些恼怒和焦急。

“你们退去，我们不会继续追杀！”天阵王传音喝道。

“哈哈，别做梦了。”极虹王一方丝毫不退。

“我和你们没有冤仇，这番厮杀的结果是两败俱伤，还是收手吧，对双方都有好处。”天阵王尝试谈判，可是回应他的只有极虹王一方疯狂的攻击。

轰！轰！轰！

这个在无尽旋涡中一直飞行的大陆的大地无比坚硬、厚实，但七大强者的战斗余波硬是将大地削去了一层。

罗峰和另外六名强者都在极虹王随身携带的一枚世界戒指中。

六名强者站成一排，时刻保持着对罗峰的恭敬。

“已经开始战斗了。”重箭王笑道，“主人，那天阵王恐怕直到此时都不知道极虹王他们三个为什么这么疯狂。”

“哈哈……”罗峰也笑了。

实力相当的强者，很少会彼此厮杀得如此激烈。

极虹王他们三个得到了罗峰的命令，自然会绝对遵从。

“先让天阵王受重伤，待天阵王损失大半不朽神体，实力不足一成时，我和你们同时现身，一起合力尝试灵魂控制天阵王。”

罗峰的计划大概便是这样。他之所以一开始不现身，是因为担心引起不必要的麻烦。毕竟现在命陨王、塔龙王等不少存在都想要对付他。

天阵王自然也清楚这一点，一旦刀河王现身，恐怕天阵王做的第一件事情就是通过虚拟宇宙系统迅速公开刀河王的坐标。命陨王等存在中，有不少人可是公开悬赏刀河王的坐标的。

“幸好，我已经选择退役，军队系统中没有我，只要我不主动暴露踪迹，他们自然找不到我。”

“现在暂时不现身，等天阵王受重伤，大局已定，我再现身，迅速解决一切，立即离开。”罗峰暗道，“天阵王啊，当年我就怀疑你有什么猫儿腻，没想到现在你竟然控制了三名奴仆。战斗吧，尽情战斗吧。这一场战斗后，你不是陨落就是成为我的奴仆。”

“覆水王，动手吧。”罗峰下令。

“是，主人。”

这个巨大的陆地上空中，七大强者正在疯狂地厮杀。

山吼王施展天赋秘法，变成一个宛如山峰的巨人，实力强悍无比。天阵王一方有两名灵魂类大师，两名灵魂类大师都施展幻术，极虹王、覆水王一直无法完全发挥实力，被压着打。

覆水王得到命令后冷冷地一笑，结合重宝冰浑丝网施展出他的成名绝招——水覆九击。

法则领域引动宇宙本源，借助冰浑丝网，覆水王顿时令半径百万千米范围的一切化为无尽的海域，将在场七名强者包括他自己完全笼罩在海域中。每一滴水都重达千斤，在无尽的海水的笼罩下，七大强者的速度立即受到影响。

“主人，覆水王的覆水之海的威力怎么变强了？我之前和他交过手，过去没这么强。”

“赶紧冲出覆水之海。”天阵王下令。

冰冷的海水中，天阵王等四大强者冲天而起。

这无尽的海水也飞行着，并且有一条条肉眼难以看清的透明丝线迅速蹿向天阵王一方。

“主人，小心。”

“啊！”

“有绳索等捆缚类念力兵器！”

“小心！”

天阵王一方惊慌失措。

魑芒王是第一个被透明丝线重重捆缚住的。魑芒王虽然瞬间让不朽神体崩裂，逃出透明丝线的捆缚范围，而后凝聚不朽神体，但是刚凝聚，透明丝线就再度捆缚过来。

这样一来，魑芒王无法发挥正常战力。

魑芒王和天阵王是使用灵魂攻击进行战斗的，情况还算好，而天阵王手下另外两名奴仆可就倒霉了，因为另外两名奴仆擅长的是近身作战。

“好强的束缚力，挣脱不开，攻击它也无法挣开，很可能是重宝。”

“小心。”

天阵王看到远处三道散发着强大气息的身影迅速逼近，顿时一咬牙，将他打劫旅途中最特殊的收获拿了出来。只见他手中出现了一件塔形兵器，正是机械族的超级单兵武器——分解塔。

分解塔的威力无比惊人。

之前命陨王刺杀七剑王，便是凭借分解塔。由此可见分解塔的威力。

哧哧——天阵王正在疯狂灌输燃烧的不朽神力，他已然不惜一切。

“要杀我？没那么容易！”

天阵王面目狰狞。

哧，一道碧绿色的旋转光波突然出现，直接射向覆水王。在天阵王眼里，刚才难缠的丝网，封王级极限强者燃烧不朽神力都无法逼退，威力太可怕，一旦持续下去，他们四个很可能会因此丧命。

所以天阵王第一个要杀的就是操控丝网的覆水王。

哧，巨大的紫色古钟突然出现在水中，将缩小后的山吼王、覆水王、极虹王都笼罩其中。在天阵王拿出分解塔的时候，极虹王便大惊：“是分解塔！山吼王、覆水王，你俩赶紧进入紫色古钟内。”

轰隆——

碧绿色的旋转光波轰击在紫色古钟上，强大的冲击力撕裂了整个海域。

第894章

现身

紫色古钟被轰击得微微一震，削去了旋转光波的九成冲击力。

覆水王、山吼王、极虹王可都是封王级极限强者，且都已经燃烧了不朽神力，在能量层次上，的确比天阵王强上一个层次。即使不依靠紫色古钟，他们遭到分解塔的攻击，最多也是受重伤，陨落的概率很低。

现在有紫色古钟，他们轻易便扛过去了。

“既然动用紫色古钟了，那就让那个家伙好好尝尝紫色古钟的滋味吧！”极虹王狞笑着，操控起紫色古钟。

紫色古钟内藏有一套战斗秘法——魔音火神钟。

防御只是紫色古钟附带的能力罢了，紫色古钟最擅长的是魔音攻击，只是这魔音攻击对使用者修炼火之法则、空间法则的要求极高，当年紫钟王仅仅将第一层练成。极虹王是最适合使用紫色古钟的，加上其在法则感悟、操控方面的确远远超过紫钟王，因此第二层已经有了小成，总算能够施展魔音攻击了。

轰——

极虹王把燃烧着的不朽神力灌入其中，凝神操控整个紫色古钟。

仿佛有一记重锤砸在紫色古钟上，紫色古钟发出一道悠扬的钟声，一道肉眼都能依稀可见的魔音波纹瞬间冲向那躲在分解塔内的天阵王。魔音攻击的速度极快，已然达到宇宙运转法则允许的最快速度。

分解塔内。

因为天阵王之前操控分解塔竭力攻击，现如今不朽神体只剩下82%了，他脸色忽然一变。

当——

钟声悠扬，穿过分解塔时声音似乎小了一些，可依旧瞬间穿过天阵王的身体，仿佛热水浇在积雪上似的，天阵王的不朽神体瞬间湮灭了大半，从82%到仅仅剩下33%。

分解塔是超级单兵武器，躲在塔内极为安全，可它的防御效果只能与一般重宝相媲美。

若非极虹王刚才故意手下留情，这一击完全能灭掉天阵王。

“怎么可能?! 我……”天阵王脸色顿时大变。

“魑芒王，你们三个快来护我逃走！”天阵王急了，这时候宁可牺牲奴仆，也得让自己逃掉。

极虹王随身携带的世界戒指内。

“主人，天阵王已经受重伤，估计他的不朽神体只剩下30%～50%。”极虹王向罗峰禀报。

罗峰的眼睛顿时一亮。

“炼心王、悲魅王、屈灿王，你们三个立即出去，全力以赴，一起联手，将天阵王给控制住。”罗峰下令。

“是，主人。”

三个封王巅峰级的灵魂类大师皆恭敬地行礼，随即唰地离开了这一方世界。

紫色古钟内之前只有覆水王、极虹王、山吼王他们三个，三名封王巅峰级的灵魂类大师出现后，数量一下子达到六个。

天阵王想要在他的奴仆的保护下逃走，可这时候，紫色古钟瞬间一闪，融入极虹王体内，同时在紫色古钟笼罩下的众多强者也显露出来。

“竟然多出来三位强者！”天阵王脸上露出惊恐之色。

犹如钻石人的炼心王、动人心魄的悲魅王、笼罩在黑色战袍里好似一颗石头的屈灿王迅速逼近。

轰！轰！轰！

三股强大的气息冲天而起，三大强者都已经燃烧不朽神力。

三股强大的不朽神力直接钻入天阵王体内。

“是三个擅长灵魂控制的强者！”天阵王在遭到攻击的一瞬间完全惊呆了，而后他感到绝望。

他没有想到敌人竟然如此可怕，之前出现的三位都是封王级极限强者，且有两个拥有重宝，现在又冒出来三名擅长灵魂控制的封王巅峰级强者！

“这可都是灵魂类大师，平常无比罕见，怎么一下子冒出三个来？”

如果天阵王实力完好，他还有信心逃掉，可现在不朽神体只剩下33%，他没有一点信心。他在遭到攻击感到绝望的同时，做出了一个选择——

“我遭到攻击，对方是由异族强者组成的小队，小队里有数名封王级极限强者，他们手中有两件重宝。这是坐标……”

天阵王的意识连接虚拟宇宙系统，迅速将这个消息疯狂群发。只要是人类阵营的，在半径百亿千米范围内的，以及天阵王认识的，还有但凡留下虚拟宇宙编码的，全部收到了这封紧急的邮件。

此刻的天阵王只能寄希望于其他强者快速赶来。单单靠他自己的力量，他已经绝望。

“两件重宝、三名灵魂类大师，这么强的实力，我什么时候惹上这样的敌人了？”天阵王心中混乱，一时间脑海中浮现诸多猜测，其中就包括对刀河王的猜测。

只是他得罪的强者不少，并不止刀河王一个。

在炼心王等人的全力以赴下，天阵王的意识完全被压制，再也无法连接虚拟宇宙系统。

“坚持，坚持，坚持到其他强者到来！”天阵王咆哮着。他虽然被压制，无法连接虚拟宇宙系统，也无法操控不朽神体，更加无法自爆，但是还在疯狂地挣扎着。

很快，天阵王整个人直接倒下，此刻他仿佛植物人一般。

“分解塔。”覆水王操控着部分透明丝线，将倒下的天阵王拽着扔到一旁，同时将分解塔收起来。冰浑丝网的其他透明丝线正疯狂缠绕住天阵王的三大奴仆，瞬间，三大奴仆被山吼王、极虹王、覆水王完全控制着。

世界戒指内。

担心身份暴露会引来众多强者的罗峰也收到了慵燕王等好几个朋友的邮件，都是转发的邮件。他们将天阵王发给他们的邮件转发给了罗峰。

“什么?! 还是传开了。”

在虚拟宇宙中看到邮件的罗峰，顿时脸色一变。

忽然有一则通话邀请，正是那慵燕王。

“接。”

罗峰轻轻点击半空，出现一面屏幕，屏幕上正是慵燕王。

“刀河王，”慵燕王笑道，“你刚刚向我索要了天阵王的坐标，我一杯茶还没喝完，就收到了天阵王的邮件，现在人类阵营无数强者都知道天阵王遭到攻击了，别说背后不是你。”

罗峰看了她一眼。

“小心点，天阵王颇有些名声，相信他的强者很多，他的朋友也有不少，而且两件重宝的影响力很惊人，我估计会有很大一批强者迅速赶去。”慵燕王提醒道。

“谢了。”罗峰点头，没再多说。

他当然明白重宝的影响力，看看镇封星辰出世引起的轰动就明白了。当初紫钟王使用紫色古钟也是小心翼翼的，唯恐被发现。现在有两件重宝出现，当然会吸引大量强者赶来，唯一让罗峰稍微放心的是，天阵王群发的邮件中也说了有数名封王级极限强者在围攻他。

数名封王级极限强者可不好惹，因此敢来插手的不多。

“我就担心七剑王、黑刹王会插手。”罗峰眉头微皱。

人类阵营在域外战场第七战场的可怕存在有两个，一个是七剑王，另一个便是黑刹王。七剑王是人类，而黑刹王只属于人类阵营，甚至都算不上鸿盟成员。

不过他俩要从域外战场各地赶来，也需要一点时间。

“只要我速度够快，赶快解决敌人，迅速离开，也就没事了。如果速度慢，恐怕就会又有一场战斗了。”罗峰目光冷厉。

罗峰现如今已经退役，不受军队系统管制，就算是人类阵营的一些异族强者也有可能对他动手。当然，罗峰也可以对他们动手。

人不犯我，我不犯人。

“主人，天阵王已经无法反抗，随时可以进行灵魂控制，是主人施展灵魂控制，还是我们施展灵魂控制？”炼心王用意识与罗峰交流。

罗峰露出喜色：“我亲自来。”

天阵王可是有三个奴仆呢，因此控制了天阵王，就等于控制了四大强者。让炼心王他们三个其中之一控制的话，假如他将来陨落，岂不是一下子损失了五名强者？

“完了。”

天阵王躺在凹凸不平的岩石地上，他的意识完全被压制，一丝挣扎能力都没有了，只等对方灵魂控制自己。

这种无力感，让天阵王无比绝望。

一道银色身影出现。

天阵王的意识被完全压制，肉眼观看到的一切都无法反映到意识中，所以他看不到罗峰。

“天阵王。”一道声音回荡在天阵王的意识中。

“是你，刀河王！”天阵王的意识顿时咆哮起来，“我就猜到很可能是你，果然是你！刀河王，我不甘心，我不甘心，我不甘心啊！”

接着，咆哮声消失。

躺在那里的天阵王睁开了眼睛，看向罗峰的眼神中，有发自灵魂的尊敬。他迅速站了起来，恭敬地向罗峰行礼：“主人。”

罗峰微笑着，瞬间，脸色微变。

周围三个方向同时出现三股波动，三支队伍即将到来。

“我们走。”罗峰急忙下令。

第895章

生死兄弟

虽然罗峰下令的速度很快，但还是晚了。

周围空间中，一股波动传递开去，有强者在施展空间封锁，这让刚下令的罗峰脸色微微一沉，暗叹：“这些得到消息赶来的强者动作的确很快，赶到的第一件事情就是施展空间封锁。”

三支队伍出现后，都在寻找目标。

“异族小队呢？”

“袭击天阵王的异族小队在哪里？”

三支队伍都朝四周看去，不朽神力发散开去，并且他们都使用了探测仪进行探测。

“没有。”

“找不到他们。”

“我们本来就在双子旋域内，得知消息略微交流想法后，几乎是立即施展瞬移过来的。一过来我们就立即施展空间封锁，这么短的时间内，他们也能逃掉？天阵王是出了名的强者，难道连这点时间都熬不住？”

三支队伍都能看到对方。

因同是人类阵营，所以一些认识的都交流了一下。

“各位，”三支队伍中，一名有着雪白毛发、鼻子尖尖、宛如猴子般的生物道，“你们的探测仪都没发现目标，可是我的微型探测仪发现就在距离我22千米处，有一个微型探测仪，它隐匿在那片区域。”说着便指向那个方向。

“什么?! ”

“那里有微型探测仪？”

“雪角王，你没弄错？我们怎么都发现不了？”

“雪角王的微型探测仪是我们中最昂贵最好的，价值数十亿混元单位，他说的定是没错，那里肯定隐藏着异族小队。哈哈，到底有没有，很容易就知道了。给我破。”

一股强大的不朽神力直接朝那片区域扫荡而去。

微型探测仪的探测信号才覆盖多少范围?

数十千米范围完全可以被一股不朽神力瞬间扫荡。只要不朽神力遇到阻挡，毫无疑问就有强者隐匿在那里。

轰——

神力浩荡。

轰!

那片区域忽然爆发出一股更加强大的不朽神力，直接击溃了袭去的不朽神力，且以摧枯拉朽之势直接扫荡向远处三支队伍。

“是封王级极限强者！”

“大家小心！”

三支队伍只是小心谨慎，丝毫不惧。明知道异族小队中有其他阵营的强者和重宝，还胆敢第一时间赶来的，绝对是站在双子旋域巅峰的强者。

毕竟双子旋域的旋涡直径也就几光年。施展瞬移是能轻易到达一两光年之外的。多次施展瞬移即可赶到此处。

按理说绝大部分队伍都能第一时间赶到，可为什么其他队伍没有到呢？这是因为其他队伍实力不够且胆小，都想先等强者过去，自己再过去，看看是否有做渔翁的机会。

这三支队伍加起来共有十六名强者，其中九名是封王级极限强者，三名是封王巅峰级的灵魂类大师，其他四名是封王巅峰级强者。

个人实力非常强悍，他们组成的小队的实力也极强。

轰！袭击向他们的不朽神力被直接击溃。

“你们竟然敢攻击同一阵营的强者，想要遭到人类阵营的追杀吗？”一道冰冷的怒喝声传来。

只见远处区域忽然发生一阵扭曲，然后出现三道身影，分别是身穿银甲、背后有银色羽翼的刀河王，披散着长发的天阵王以及站在刀河王身后的极虹王。

“是刀河王！”

“是天阵王！”

三支队伍都一惊。

这次的苦主天阵王竟然还活着，而最近闯出可怕威名的刀河王竟然来到了双子旋域！

“刀河王，误会，误会，我们也不知道是你。”

“刀河王、天阵王，这次弄错了，我们还以为是异族小队藏匿在那里。”

攻击同一阵营的强者本来就不对，虽然没有人受伤，但是那三支小队中都有强者开口道歉，显然那三支小队都不想招惹名气极大的刀河王。

虽然罗峰脸如冰霜，但是心中暗松一口气。以他如此谨慎的心思，他灵魂控制天阵王的时候，就已经条件反射似的开启微型探测仪隐匿踪迹，刚才发现空间被封锁来不及逃脱，为防敌人看到不该看的，立即决定实行第二撤退方案。

他先是将其他强者全部收入世界戒指，接着带着天阵王、极虹王出来。

毕竟，刀河王就是人类。

“我拼尽全力救下我的好友天阵王，逼退异族小队，现在天阵王在异族小队手中侥幸活了下来，如果最后死在你们的手里……”罗峰目光扫了三支队伍一眼，三支队伍中的众多强者都赔笑着。

若无意中攻击了一个弱者，他们理都不理，可刀河王名气实在太大，他击杀了好些封王级极限强者、封王巅峰级的灵魂类大师，加上他还是人类。人类阵营中，以人类族群为主，其他异族都只是附庸族群。军队系统中的有些规定也是明显维护人类族群的权益的。

这些让在场的三支小队更加不愿招惹刀河王。

“天阵王的气息真弱。”

“看样子，不朽神体损失超过了一半。”

“是挺惨的。他这次受伤肯定很严重，不过传言天阵王和刀河王是好友，在镇封星辰出世时，他俩便在一起。据说当时刀河王差点掉进那危险区域，天阵王急得差点一起冲进去。幸好刀河王命大，有一个空间出口突然出现，他才侥幸活下来。”

“这就是好友啊！强者寿命漫长，看着亲人一个个死去，更加重视好友。而且强者在宇宙中闯荡，经历的各种阴谋太多，真正的生死好友毕竟很少，每一个都值得珍惜！天阵王和刀河王感情这么深，刀河王估计一听到消息，就不管其他，直接以最快速度赶来。他应该是第一个赶到的吧。”

“很可能。”

“的确是好友。”

“生死兄弟才会这么拼啊！”

三支队伍的强者暗中传音交谈。

之前还神经紧绷随时准备施展出最狂猛的攻击的众多强者仿佛正在狩猎的猎犬，在得知刀河王已经逼退异族小队后，他们都放松了。

可是有一名强者例外，那名强者便是雪角王。

“还不撤掉空间封锁！”罗峰喝道，他就等着三支队伍撤掉空间封锁，然后施展瞬移离开。

“不急。”

冰冷的声音响起，说话的正是那眼眸中闪烁着凶光的雪角王。

雪角王正盯着罗峰，咧嘴冷笑道：“刀河王，现在其他阵营中恐怕有不少强者都在盯着你，没想到你竟敢在这里现身，看来你和天阵王是真兄弟，感情极深啊！不过，你实在太愚蠢了，为了天阵王，让自己陷入危险境地。”

“危险境地？”罗峰看向雪角王。

“雪角王，撤掉空间封锁吧。”

“对，撤掉吧。”

其他队友在劝雪角王。

刀河王虽然深受塔龙王、命陨王等强者觊觎，但不是雪角王所能觊觎的。更何况，刀河王是人类阵营的，人类阵营是绝对禁止同一阵营的强者自相残杀的。

“诸位别急。”雪角王冷冷地道，“我尝试通过军队系统向这位刀河王求救，刀河王的虚拟宇宙编号很多强者都知道。按理说，即使他关闭消息的接收，军队系统也会提醒我对方关闭了消息的接收，可这次军队系统的回复是——对方已退役。刀河王不在军队系统内，我无法向他求救。”

“退役？”

“退役？”

“刀河王退役了？”

“我试试。真退役了，果真无法通过军队系统向他求救。军队系统明确说——对方已退役。”

三支队伍顿时哗然。

之前明知道刀河王拥有巨额财富、重宝，但是他们根本没有敢抢夺的心思。

一是刀河王实力强，二是军队系统禁止同一阵营的强者自相残杀。

现在知道刀河王已经退役，他们一个个便动心思了。一对一对付不了刀河王，那围攻呢？

三支队伍的态度顿时变了，不再像刚才那般友好，反而隐隐开始针对罗峰。

“刀河王拼命救我，你们竟然还想攻击他！”天阵王愤怒地喝道，声音直接在三支队伍众多强者的脑海中回荡。

“天阵王，这里没你的事。”

“你还是让开吧。”

“天阵王，以你现在这点实力，根本影响不了局面。虽然我们不会攻击你，但你得识趣点。”

三支队伍的众多强者看向罗峰的眼神都变了，这时候远处足足有十几支队伍从各个方向飞来。因为周围空间被封锁，那十几支队伍只能暂时瞬移到边缘区域，再飞来此处。

那十几支队伍虽然还在飞行，但是他们通过探测仪已经知道这里的一切了。

“是刀河王。”

“刀河王竟然在这里。”

“刀河王退役，不在军队系统内，不受军队系统保护了。”

顿时，一阵哗然。

这一幕让罗峰眉头微皱，口中道：“天阵王，你暂且休息，一切交给我。”罗峰将天阵王直接收入世界戒指。

罗峰这么做，那在近处的三支队伍没阻拦，因为他们也不想战斗波及天阵王。此时，他们还以为天阵王依旧是之前的天阵王，却不知道仅仅片刻，天阵王已经是罗峰的奴仆了。

“真有趣。”罗峰目光一扫那赶来的十几支队伍。

天阵王的事情被自己糊弄过去了，没想到刀河王这一身份给自己带来了麻烦。

第896章

一线鞭影

能早早赶来的强者绝对是排在双子旋域人类阵营中最前列的人。之前的三支队伍加上这十几支队伍，一共有近九十名强者，其中封王巅峰级的灵魂类大师、封王级极限强者就达到三十名之多！

“刀河王竟然退役了。”

“啧啧，听说他本身的实力也就封王巅峰级，竟然能够击杀那么多强者，肯定有重宝。”

“对，当初他击退血兽王，杀死紫钟王，又令重箭王陷入沉睡，靠的就是最强火神源晶。可他一点事都没有，说他没有防御类重宝，我怎么都不信。而且最近他连续击杀多名强者，显然实力暴增，估计又有了新的重宝。”

“诸位，那支异族小队已被刀河王逼退，天阵王被刀河王救下了。”

“那支异族小队中据说有数名封王级极限强者以及两件重宝，竟然都被刀河王逼退了，这刀河王，也太强了，身上肯定不止一件重宝！”

人类阵营近九十名强者围在罗峰的四面八方，他们都盯着中央的罗峰。

罗峰目光一扫，这近九十名强者虽然都是人类阵营的，但真正是人类族群的仅有一个，其他强者全部是异族。

“查漭王，你不会也想对我动手吧？”罗峰直接看向那名人类封王级强者。罗峰以刀河王的身份在鸿盟城中结识了很多封王级强者，与查漭王也算有过一面之缘。

“当然不会，我是知道天阵王遇险才过来的，是专门来对付异族小队的，我怎么会对付我的族人？”

查漭王在众多强者中环顾四周，声音犹如雷鸣，浩浩荡荡地传开。

“刀河王是我人类族群的强者，虽然已经退役，但他毕竟是人类，在场诸位恐怕也有三成是鸿盟成员，难道大家想要对人类强者下手？”

“不。”

“我们是不会插手这件事情的，我们是来对付异族小队的。”

“我们不会插手。”

顿时，不少鸿盟成员表明态度。

既然是鸿盟一员，跑得了和尚跑不了庙，鸿盟对各个族群的控制力是很强的，而且鸿盟绝对以人类族群为核心。

人类强者刀河王能这么强，恐怕有些背景。假如刀河王被他们中的人员杀死了，刀河王的朋友、老师等将来就会找他们报仇，想要找到他们太容易了。

“看来还没发疯。”罗峰暗道。

或许他们中有人会因为贪婪暗地里对罗峰下死手，可现在，在场强者这么多，还是得考虑很多问题的。

“鸿盟的不插手，可我们不是鸿盟的。”雪角王冷冷地道。

“鸿盟的朋友在一旁看着就是。”

“你既然退役了，就不受军队系统保护。”

众多强者死死地盯着刀河王。

宇宙众多族群都借着加入人类阵营，来域外战场上寻找机遇。鸿盟仅仅是人类阵营的一小部分，在场绝大部分强者都不是鸿盟的，他们或许现在和人类族群有点关系，可一旦退役后，他们就会回到家乡，和人类族群一点关系都没有，当然无所顾忌。

罗峰将极虹王收入世界戒指，随即冷漠地看着这一切。罗峰之前带着极虹王，是打算实施强攻策略的。可现在，强者越来越多，强攻策略显然不合适了。

罗峰单独一个反而更加有优势。

“又有强者来了。”雪角王瞥了一眼远处，“诸位，还观望？恐怕宝物就会被后来者夺走。”

“动手！”

“上！”

数十名强者几乎同时动了。

他们是同一阵营的，不担心得到宝物后遭到大肆围攻。

“很好。”罗峰目光冷厉。

银色羽翼忽然动了，罗峰施展三振穿梭宇宙。

现如今，罗峰的兽神意境提高了很多，飞行起来也比之前更快、更迅猛。那围杀而来的数十名强者只看到一道曲折的银色光线轻易躲开了他们的诸多攻击。

轰隆隆——

如此多的强者一起攻击罗峰，使得周围空间完全被撕裂，大量空间碎片乱飞，这对其他强者影响很大，罗峰反而如鱼得水，没有丝毫不适应，速度快得让众多强者目瞪口呆。

鸿盟成员包括那名人类强者查漭王，以及少数没参战的其他强者，都在远处观看着，他们惊呆了。

“刀河王瞬间移动速度好可怕，瞬间变向速度也快得离谱。”

“面对那么多空间碎片，他竟然能瞬间改变方向千次万次，缥缈不定，快得惊人。”

“数十名强者围攻他，没有一个能近他身。”

“太强了。”

“这么可怕的瞬间迸发速度，这刀河王，浩瀚宇宙之大，他哪里都可以去啊。”

这些观战的强者都意识到刀河王的可怕。

刀河王有如此瞬间迸发速度，他的逃命能力太强了。如果空间没有被封锁，刀河王能瞬间离开。即使空间被封锁，刀河王凭借那瞬间迸发速度足以傲视无数强者，也可从容离开。

刀河王的逃命能力如此之强，除非是拥有冰浑丝网之类重宝的强者，或者会使用特殊念力兵器、战斗秘法的强者，或者会使用灵魂幻术的强者，总之，得是能控制住刀河王的逃跑速度的强者，才能对付刀河王，否则难以击杀刀河王。

“这点灵魂攻击也想影响我？”罗峰仿佛神灵咆哮，声音响彻在围攻而来的每一名强者脑海中。

“不过，雪角王，你真的很让人讨厌。”

唰，一道银色光线一闪，罗峰已然逼近雪角王。

“他的速度怎么快成这样？这么多强者都无法束缚他？”雪角王眼睛一花，接着就看到了罗峰那银色头盔下冰冷的双眸，雪角王瞬间明白：他要杀我！

只见六颗带着丝丝紫色光晕的黑色球在罗峰左手掌心上方出现，这六颗涂抹了费摩毒液的镇封星辰上印刻着兽神降临之撕天一爪这一招的法则印记。在强大的意志引导驱动下，法则印记被催动，无数金色丝线串联，形成一道兽神幻影。

“嗷——”

兽神幻影的右蹄爪抓着六颗黑色球，直接撕裂而下。

“破！”雪角王背后忽然隐现一道庞大的龟甲异兽幻影，幻影手中则出现了两柄战刀，战刀仿佛瞬间化为巨大的剪刀。

巨大的右蹄爪和巨剪碰撞！

轰隆——

周围浮动的空间碎片瞬间被波及，化为粒子流。

有六颗黑色球的右蹄爪实力简直强悍无比。

巨剪直接崩溃了。兽神幻影的右蹄爪紧跟着抓在了根本来不及逃脱的雪角王身上。

砰！

不朽神体瞬间破裂。

雪角王是封王级极限强者。

现如今，罗峰的意志引领念力，又有将魂辅助，配合那强大的兽神意境，罗峰已经达到封王巅峰级水准。

一名封王巅峰级强者凭借重宝，一般就能匹敌封王级极限强者，甚至胜过封王级极限强者。

罗峰凭借《星辰布道图》能完全压制封王级极限强者。

六颗有紫色光晕的黑色球穿过雪角王刚凝聚的不朽神体。每颗黑色球都能毁掉雪角王大约5%的不朽神体，六颗足足能毁掉雪角王大约30%的不朽神体。

“不燃烧不朽神体就想要杀我，真是做——不！”刚刚凝聚不朽神体的雪角王眸子中忽然满是惊恐，他感觉到六颗黑色球穿过不朽神体的瞬间，有特殊物质在疯狂侵蚀他的不朽神体，瞬间就已经侵蚀掉35%的不朽神体。

六颗黑色球在远处半空变换方向，一道咆哮的兽神幻影出现，右蹄爪再度降临。

罗峰冷漠地看着。

“刀河王！”一道冰冷的声音忽然传入罗峰脑海，同时一股压抑、可怕的攻击从远处袭来。

只见一把长300多米的黑色雷电巨锤破空袭来，速度快得惊人。

砰！砰！砰！

黑色雷电巨锤的速度快得让罗峰都脸色一变：“我靠弑吴羽翼躲不过这一击。”

“去。”罗峰左手一挥，八颗黑色球迅速破空飞去。

这八颗黑色球上也都印刻了法则秘纹，半空直接出现一道庞大的兽神幻影。和之前施展兽神降临之撕天一爪时的兽神幻影相比，这一次的兽神幻影明显更加真切。

那八颗黑色球出现在兽神幻影那条长长的尾巴上，长数百米的尾巴宛如长鞭猛地抽打过去。

“嗷——”

兽神幻影发出一声低吼，那尾巴抽打到黑色雷电巨锤上。

兽神兵之第二式一线鞭影！

兽神兵共有六式，第一式是兽神降临，第二式是一线鞭影……

这第二式是罗峰悟透《衍神七变》第二篇后暂时所能使用的最强一招。

一道化作流光的尾巴幻影，一把黑色雷电巨锤，二者直接当空硬碰硬地撞击。

轰隆！

尾巴幻影顿时崩溃了，八颗黑色球被撞飞，直接飞向罗峰，落在罗峰左手掌心，令罗峰皱眉地看着远处那名强者。

黑色雷电巨锤也被撞击得翻滚着飞了回去，同时不断缩小，缩小到30多米的长度，落在远处一名身高约20米、通体黑色、身穿奇异铠甲、额头有三根尖刀的巨汉手里。他盯着罗峰。

“刀河王！”他的声音巨大。

罗峰悬空而立：“黑刹王。”

罗峰的声音同样浩荡地传过去。

第897章

对战黑刹王

镇封星辰出世那次，黑刹王并没有参与，可这丝毫不影响其威名。

域外战场四大阵营都有声名赫赫的超级存在，命陨王、塔龙王、南惩、七剑王……一个个名声早已传开。这黑刹王是可以和他们相提并论的超级存在。黑刹王虽然属于人类阵营，但来自遥远偏僻的宇宙疆域，且并非鸿盟一员。

黑刹王拥有一把名为黑刹的神锤。他凭借这个重宝，闯出了赫赫威名。

“是黑刹王！”

“黑刹王竟然到了，来得这么早。”

“这下刀河王有麻烦了，黑刹王的实力可是很可怕的。当初他和塔龙王大战许久，最终双方都感觉对方不好惹，罢战。在整个第七战场，黑刹王绝对算是巅峰存在中的一位，刀河王得吃大亏了。”

“黑刹王到这里了，刀河王的重宝就轮不到我了。”

“就凭你还想要得到刀河王的重宝？刀河王羽翼一振，轻易就能甩掉你。”

……

远处人类阵营的众多强者都暂时放弃了，他们很清楚像黑刹王这种超级存在的可怕之处，就算几十名封王级极限强者联手，恐怕也会被黑刹王各个击破。

其余强者都在观看，看黑刹王和刀河王交手。

两道身影屹立在两处。

一个高大，一个渺小。

二者散发的气势威压同样让众多强者心颤。

黑刹王声音巨大："能接我一记离手锤，有点实力。"

"在域外战场，这还是我第一次和黑刹王你这等层次的强者交战，真是让人热血沸腾。来吧，让我看看，黑刹王是否名副其实。"罗峰双眸炽热，正盯着远处的黑刹王，整个人充满无尽战意。

和强者交战，战胜一个个强者，追求浩荡宇宙的极限，这就是罗峰的野心。

"好，那你就看看我是否名副其实。"黑刹王话音刚落便动了。

嗖，他整个化作一道雷电，速度快得惊人。

如果黑刹王使用离手锤，攻击速度自然快得吓人，可是黑刹王的自身速度，罗峰还真没放在眼里。罗峰有至宝弑昊羽翼，瞬间迸发速度之快，就连黑刹王也是远远不及的。

嗖，罗峰双翼一振，轻易便拉开距离。

在空间碎片中，罗峰宛如鬼魅，不时地闪烁、改变方向。

"去。"罗峰左手掌心浮现八颗黑色球。

八颗黑色球在虚空中旋转着，上面印刻的法则秘纹隐隐散发出幽幽的金色毫光。在强大的意志引领念力下，罗峰的意志甚至超越大半宇宙尊者，引动了宇宙本源法则，瞬间，一道数百米长的兽神幻影凝聚而成。

"嗷——"

兽神幻影咆哮。

黑色球实质上是念力兵器，作为念力兵器，飞行速度何等惊人!

唰!

兽神幻影已到了那黑刹王面前，同时，一道尾巴幻影直接降临。

"哼。"黑刹王手持战锤，一步踏出，战锤被他重重砸出。之前他随意一记离手锤便能破开罗峰这一招，此刻，他认真起来，自然信心十足。

兽神幻影那已经劈出的尾巴幻影猛地一弹一收，竟然避开了与神锤的硬碰，随后再度劈出，劈向黑刹王。

"好快的速度。"黑刹王大吃一惊。

刚刚全力一击的一锤竟来不及收回去，黑刹王只能发出一声低吼，左手带着无尽的威力直接砸过去。他的左手上有一层暗红色的金属，好似一个特殊的拳套。一拳出，引动法则之力，周围空间碎片完全扭曲。

砰！

重拳和幻影撞击。

黑刹王感觉拳头猛地一震，一阵剧痛。

“好。”黑刹王咆哮一声，愈加疯狂起来。

“哈哈……黑刹王，你的神锤速度似乎慢了点。”远处的罗峰操控着巨大的兽神幻影再度扑杀过去。

兽神幻影不时地闪烁，每次闪烁的同时，那尾巴犹如鬼魅，时而抽打，时而抽打到一半便收回，收回后再度抽打出去，速度快得惊人，让对手根本无法捉摸其轨迹。

砰！砰！砰！

黑刹王发飙了。

一记记重锤次次都砸在兽神幻影的尾巴上，每次都将那八颗黑色球砸飞。罗峰是精神念师，八颗黑色球即使被砸飞也依旧可以立即转向飞回，再度形成兽神幻影，展开攻击。这就是精神念师和武者的根本区别。

武者退无可退，一旦兵器被破开，自身就会遭到攻击。

可精神念师不同，即使兵器被破开，因为距离远，自身也依旧能操控兵器再度袭去。

“竟然能一次次挡住！”罗峰操控八颗黑色球攻击的同时，暗惊，“他使用神锤的方法也变了。每一次挥出神锤都带着一丝回旋之力，一锤连着一锤，源源不绝，即使我故意避开一记重锤再去抽打，他也依旧能挡下。”

砰！砰！砰！

宛如恶魔的黑刹王低吼着，手持神锤大步冲向罗峰，每一步都快得惊人。

即使尾巴抽来，他随手一锤也能轻易将那尾巴砸得崩溃，砸得那八颗黑色球倒飞回去。

“好强的威力！”罗峰看得脸色一变，终于感觉到自身和黑刹王、七剑王这一层次的强者的差距了。

“之前他那一记离手锤，我能硬扛下，只是因为他一开始没动用多大力气。现在他认真起来，每次交手，他的神锤都稳如泰山，我的八颗黑色球却不断被砸飞。”罗峰快速地分析战况。

“我凭借八颗镇封星辰，竟然还完全处于下风，只能勉强做到影响黑刹王的速度。我不是他的对手。”罗峰得出结论。

“让覆水王使用冰浑丝网牵制他，或许还有一拼的可能。可他到现在都没燃烧不朽神体，显然也没打算和我死拼。”罗峰暗自念叨，“既然已经检验了自身实力，该走了。不过走之前……”

罗峰目光一扫远处的雪角王，他可忘不了这个对杀自己一事最积极的雪角王：“先解决了他。”

……

周围聚集的强者越来越多，都是一个个小队分别集中在一处处，遥看黑刹王和刀河王的对战。

黑刹王霸道、蛮横，就算是刀河王竭尽全力的攻击也被他一次次攻破，刀河王根本无法抵挡，但刀河王一直在远处，黑刹王根本无法接近刀河王。就算黑刹王冲过去，刀河王也能双翼一振，轻易逃掉。

“刀河王虽然能轻易击败封王级极限强者，但还不是黑刹王的对手。”

“黑刹王实力强大，完全力压刀河王，可速度上不及刀河王。”

在场的强者都看出来了这点。

“哈哈……黑刹王果然厉害，佩服！我就先走一步了。”

声音回荡。

唰，罗峰双翼一振，直接划出一道曲折的银色光线，竟然到了雪角王那里。

“你——”和队友在一起的雪角王脸色顿时一变。

“就你也想打我的主意，夺我重宝？真是不自量力。”六颗隐隐散发紫色光晕的黑色球形成一道兽神幻影，兽神幻影咆哮着直接飞扑向雪角王，雪角王身侧的队友却一个个闪开。见识过刀河王厉害的他们，可不愿得罪刀河王。

哧——

右蹄爪抓向雪角王，六颗黑色球瞬间穿透其身体，毁掉其超过30%的不朽神体。

“刀河王！我会回来报仇的！”雪角王咆哮着，不甘心地引爆自己的不朽神体。他知道自己不是刀河王的对手，可他毕竟是封王级极限强者，将来被逆转时空复活几乎是肯定的。如果被杀得陷入沉睡带走，那就一点翻身的希望都没了。

轰隆——

无尽的冲击波朝四面八方轰击而去，雪角王仅剩30%多的不朽神体自爆。在周围众多封王级极限强者的联手抵挡下，只有几名封王巅峰级强者受了重伤，倒也没有别的强者陨落。

就这样，雪角王陨落了！

在众多强者眼中，刀河王说走就走，走前还灭了封王级极限强者雪角王，而且刀河王离开时的速度之迅猛，所有强者都只能摇头暗叹。

就连黑刹王也清楚他根本阻止不了刀河王逃跑。

片刻——

刀河王就已经飞出了空间封锁范围，而后施展瞬移，消失不见。

“好强的实力，好快的速度！”黑刹王声音巨大，感叹一声后，便化作一道流光消失不见了。

第898章

成为传说

这片破碎的空间开始渐渐恢复，而原本一直在双子旋域中飞行的那片悬浮大陆被穿透了，出现一个直径数十万千米的大窟窿。数百名分散在各处的强者正慨叹着刚才那一战。

忽然——

一股强大气息出现，只见一个铠甲下隐隐有黑色毫光的金属人出现。无形威压蔓延开，人类阵营数百名强者一时间都安静下来。

“是命陨王！”

“是机械族的命陨王！”

“他是机械族阵营的，怎么来得这么快？”

“你没听说那命陨王早就公开悬赏刀河王的坐标？恐怕刚才人类阵营中有谁将坐标泄露出去了，所以命陨王才能这么快赶来。”

这里几乎都是封王级强者，封王初等级、封王高等级的占大多数。面对那气势滔天的命陨王，人类阵营一方都不会去挑衅，但若是命陨王挑衅他们，他们也不惧。

命陨王站在上空中，目光扫视四周，怒喝道：“刀河王呢？”

“命陨王，”人类阵营中，一个身体宛如一座大山的生命开口，声音巨大，“刀河王刚才和黑刹王一战后便走了，走前杀死了雪角王，现在大家都不知道刀河王通过神国传送到何处了。”

“和黑剃王一战？”命陨王看向那个身体宛如一座山的生命。

那个生命道：“你自己看就知道了。”

半空直接出现了三维虚拟投影，几乎能100%还原当时的场景。只见那投影播放起黑剃王与刀河王交战的情景。

命陨王默默地观看，一直看到最后。

他和黑剃王都属于域外战场最强大的存在之一，到了他们这一层次，观看这虚拟投影播放的战斗情景能轻易看出诸多奥秘来。毫无疑问，这一场对战是黑剃王和刀河王一次试探性的交手。在宇宙中，除非想要一决生死，否则很少会燃烧不朽神体。

黑剃王、刀河王都没燃烧不朽神体。

命陨王分析道：“黑剃王只使用了他的战锤，他的三大绝招，也只使出一种。而那刀河王，传说他擅长的是刀法，这一次却是使用念力兵器攻击的。

“而且他有重箭王，之前情报上说，跟随在他身后的还有天阵王和极虹王。天阵王是他所救，而极虹王是另一个阵营的，竟那般恭敬地跟在刀河王身后，应该也是刀河王的奴仆。

“他到底有几个奴仆？

“他的飞行能力很强，防御能力早已出名，这次又暴露出会使用念力兵器攻击这一手段。”

命陨王感觉刀河王的确深不可测，底牌很多，单单没让手下奴仆出马就可见刀河王的自信。

……

人类阵营众多强者看着那命陨王，观察命陨王的反应。命陨王看完战斗情景后，沉默片刻，低声道：“刀河王有匹配他名气的实力，他有资格拥有重宝。”说完，命陨王便施展瞬移消失了。

命陨王已经离开，可那番话在人类阵营数百名强者中引起了轩然大波。

“命陨王承认刀河王的实力了？”

“他认可了刀河王的实力，认可了刀河王有资格拥有重宝。”

"可惜啊，看来是难看到命陨王和刀河王交手了！"

"命陨王既然说了这话，就不会再追杀刀河王了。这一战，刀河王显然证明了自身的实力。"

人类阵营众多强者都感叹："强者的圈子就是如此。"

强者才配拥有重宝，弱者就算侥幸得到重宝，也得小心翼翼地使用，唯恐其他强者知道。一旦暴露，就会遭到围攻。而命陨王、七剑王等哪一个不是有许多重宝?

像七剑王，他那七剑就是一套重宝，而且他还有其他几件重宝。

黑刹王、命陨王也都是如此。

域外战场众多强者都知道他们有重宝，却没听说谁要去抢夺他们的重宝，就是因为他们有实力可倚仗!

此战刀河王真正证明了自己，证明了自己也有那等实力。刀河王或许和黑刹王他们还有些差距，可速度诡异、防御力惊人，他的可怕程度丝毫不低于其他几位。

此战令整个域外战场再次流传起有关刀河王的传说。

无数强者都将刀河王拿出来与黑刹王、玄墓王、七剑王、塔龙王他们相比。在域外战场无数强者眼中，刀河王或许比这几位弱些，可刀河王的速度足以让无数强者胆寒、绝望。

"宁可遇到七剑王、命陨王，也不要遇到刀河王。"

"遇到七剑王、命陨王还有逃命的可能，可一旦遇到刀河王，空间被封锁，谁的速度能比他快？逃都逃不掉。"

"小心点，别惹了刀河王。六千多年前，刀河王就能硬扛最强火神源晶爆炸的威力，现在实力猛地跃升，肯定更离谱。防御力强得可怕，飞行速度快得可怕，躲着点。"

……

刀河王的传说就这么通过来自茫茫宇宙各个疆域的强者之口传开了，刀河王成了宇宙中颇有名声的人物。

而罗峰在那一战后，离开了双子旋域，悄然通过神国传送回到了人类疆域。

虚拟宇宙公司大本营。

罗峰乘坐虚拟宇宙公司的飞船，通过宇宙通道前往初始宇宙混沌城。

“殿下。”

负责驾驶飞船的封王级强者恭恭敬敬的。

罗峰只是微笑点头，在飞船内寻了一个单独的房间休息。

“船长，有必要对那罗峰这么客气吗？一个界主而已。”一名不朽神灵道。

旁边其他船员听了也都议论纷纷，连忙道：“就是，那罗峰纯粹是走了大运，被混沌城主收为亲传弟子。如果没有混沌城主亲传弟子这一身份，他一个界主，算什么？我们这次得专门送他去混沌城。如果是一般界主，肯定要等到乘客数量达到一定数目才会出发。”

船长听了只是一笑：“虽然罗峰只是界主，但是他毕竟是混沌城主的亲传弟子。在暗地里，大家说说就算了，可别在外面说。如果罗峰仗着混沌城主亲传弟子这一身份追究起来，谁都保不住你们。”

“我们明白。”

“船长放心，我们也不傻。”

“暗地里说说罢了。我就看不惯他那副姿态，似乎我们恭敬是应该的。”

船员们有些愤愤不平。

船长暗自摇头，不平衡很正常，他心里也不平衡，可他还是得摆出恭敬的姿态来。如果自身实力不够，又想要在虚拟宇宙公司内部晋升，想要身居高位，就更加不能得罪人。像罗峰这种身份的人物，他自然是绝对不可得罪的。

“哼，当年成了混沌城主亲传弟子风光无限，可近万年过去了，一点成就也没有，恐怕早就被人遗忘了。”船长暗想。

……

混沌城上空，飞船缓缓停下。

“殿下。”

“殿下。”

船长带领数名船员在舱门口恭敬地送走罗峰。

罗峰俯瞰那座被笼罩在无尽的混沌气流中的古城。这座古城便是混沌城。自从成了混沌城主亲传弟子，他便拥有了永久居住在混沌城的权利。其实按照其闯通天桥的成就，他也拥有了永久居住在这里的权利。

罗峰直接走进真衍王府邸，看到真衍王的一些记名弟子，也看到真衍王的一些亲传弟子。

“师兄。”

“罗峰师兄。”

不少弟子都热情地向罗峰问好，罗峰通过询问那些弟子，知道了真衍王现在所处位置。

片刻之后，罗峰就冲到了一座庭院外，猛地停下了。

“老远就听到你在大呼小叫，还不进来！”庭院中传来真衍王的声音。

罗峰咧嘴一笑，推门而入。

真衍王坐在那里，随手一挥，门再度关上。

“你就这么来看为师？”真衍王坐在那里，看着罗峰，态度似乎很冷淡。

罗峰嘿嘿一笑，一翻手，手中出现了一个火红色的酒瓶。

这酒瓶大概手掌大小，造型怪异，有点类似大肚猩猩，上面雕刻着复杂的法则秘纹，还隐隐带着火焰法则的气息。随即，罗峰恭敬地将这一瓶酒放在真衍王的桌上。

“老师，弟子归来了。按老师所说的，是带着酒来的。”罗峰一本正经，“不知道老师是否满意？”

“满意，满意。”真衍王眼睛瞪得滚圆，炽热地看着这瓶酒，接着凑近仔细观察，伸出手抚摸，连忙点头，“没错，就是它。在人类族群中，就算有巨额财富也难买到这酒，就算买，封王级极限强者也得花费掉所有家产。在人类族群中，这酒很少，为师也只尝过一杯，没想到……”

“啧啧。”真衍王笑眯眯地看着罗峰，“我的乖徒儿，强大的刀河王，看来你这次域外战场之行，收获很大啊。”

“嘿嘿。”罗峰咧嘴一笑。

收获的确很大。

第899章

原始级通天山

罗峰这次最大的收获当然是在星辰塔内成功熬过生死之路的考验，而后得到《星辰布道图》和塔珠这两件至宝。超过六千年的磨砺，罗峰的意志得到翻天覆地的蜕变，兽神意境也达到极高境界。

论财富，在星辰塔寻找目标的一个月里，罗峰一方共参与了超过四十场战斗，每场战斗都收获了价值数百亿的财富，偶尔还能更多。累计起来，那是何等惊人的数字啊！

“收获不大，弟子也买不起这瓶紫火猿酒啊。”罗峰笑道，“弟子退役后，发现军队系统内有这紫火猿酒，当时很惊诧。弟子一想到老师喜欢，就毫不犹豫，非常干脆，一点都不心疼，立即就换取了。”

“哈哈……”真衍王畅快地大笑，手不停地抚摸着这瓶紫火猿酒，显然非常喜欢。

只有宇宙孕育出的独特生命紫火猿，才能酿造出紫火猿酒。

紫火猿虽然有一个猿字，但实际上与猿人族并无关系。他是宇宙孕育诞生的，是一团紫火，紫火所化的外形类似猿猴，具有智慧。他本质上是一团神奇的火焰，具有极为强大的战力。

宇宙中有上万个紫火猿，无尽的岁月过去，紫火猿的数量只会减少不会增加。

紫火猿中也产生了一些超级强者。

紫火猿生活环境特殊，他们生活的火焰区域连宇宙尊者都不敢进去，进去就会被烧成灰烬。让他们闻名宇宙的便是他们所酿造出的美酒——紫火猿酒，是以他们的名字命名的。

这酒单凭滋味，便是酒中极品。

当然，宇宙中美酒无数，单单滋味好是不可能如此昂贵的。

紫火猿酒有两大优点，优点一，对身体、灵魂具有改善作用。喝上几杯，灵魂会发生些许变化，感应火之法则的敏锐度会得到提升，身体也会更加适应火之法则。感应得更加清晰，施展起来也会更加顺畅。

优点二，喝完必醉。就算是宇宙尊者，喝完一杯只要不刻意抑制体内酒液的发挥，就都会很自然地醉过去。一醉后醒来，烦恼仿佛全部消失了。对于超级强者而言，反而更加重视这点。因为不朽神体强大成他们那样，想要喝醉，真的很难。拥有无尽的财富也难求一醉啊。

除了这两大优点外，它还有诸多附带的功能。喝一杯，那温和的能量能将一名普通人直接改造成宇宙级强者；多喝点，这名普通人便成了一名对火之法则感悟极高、天赋极强的宇宙级强者了。当然，没有谁会花费数百亿近千亿财富去培育一名宇宙级强者，这太浪费了。

这瓶酒，罗峰花费了整整800亿混元单位！

“你运气真好。”真衍王感叹，“域外战场的军队系统内的许多宝物，是由参加战斗的无数族群提供的，很多族群都不是我鸿盟的。各个族群都提供宝物，这才形成军队系统的军功换取宝物库。人类阵营的族群极多，所以偶尔会有特殊宝物，只是必须得用军功换取。即使有强者发现了这一瓶紫火猿酒，在域外战场上，舍得花费那般高的军功仅仅换取一瓶酒的，几乎没有，所以被你买到了。”

“是，军功系统内也就这一瓶。”罗峰嘿嘿一笑。

“这一瓶，我可舍不得多喝啊，得慢慢喝，每次只喝一点点。”真衍王眼眸中有着一丝戏谑，“到时候再把我那几个兄弟喊来，馋死他们。”

罗峰见状，不由得笑了。

“你这次回来有什么打算？”真衍王看着罗峰。

“我准备先闯原始通天山。”罗峰说道，“闯完原始通天山，就准备出去一趟，去宇宙中的一些秘境闯荡。老师放心，我肯定是去那些危险程度不高的宇宙境，那些名气太大、危险程度太高的，我肯定不去，我还是有自知之明的。”

“你知道就好。”真衍王这才松一口气，“即使这样，你也得小心，宇宙秘境中随时可能发生一些超乎你想象的事。宇宙秘境本就是奇特之地，它的规则和广袤宇宙星域是不一样的。”

“我懂。”罗峰点头。

“嗯，你的实力我也知道，刀河王嘛。”真衍王说到这里顿时笑了。

刀河王在域外战场上掀起的风暴的确不小。现如今，刀河王名气极大，至少在人类族群的封王级强者中，刀河王绝对算是一个名人。

在封王级强者中，比刀河王强的，除了真衍王、天羽王等几位封王级无敌强者外，还有一些活了亿万年，实力接近真衍王、天羽王的老古董。除此之外，还真没几个了。

年轻一代中，也就七剑王、梦燧王等几个能与刀河王相媲美。

“你刀河王的身份，务必保密。”真衍王郑重地道，“我敢在混沌城和你这么说，一是我屏蔽了周围的探测信号，二是这里是混沌城主的地盘。”

“我明白。”罗峰点头。

“嗯，那你就去闯闯原始通天山吧。”真衍王怪笑着，“近几千年来，我可是经常听到有人议论你一直没一点成就，这早就惹得很多强者愤愤不平了。没显露实力还占着高位，被人暗中骂也不怪那些人。”

“等你闯完原始通天山，再来我这儿喝酒。”真衍王抱着那瓶紫火猿酒。

“是，弟子现在就去闯原始通天山。”罗峰坐在真衍王对面，就这么闭上眼睛，意识直接连接虚拟宇宙系统。

“这小子，真是干脆啊。”真衍王眨巴一下眼睛。

虚拟宇宙，原始通天山位面空间中。

那三座巍峨的原始通天山一座比一座高。罗峰出现后，直接飞向那座最高最巍峨的原始通天山。他是原始秘境成员，自然可以直接闯原始通天山。

界主级原始通天山的山脚处，有三道身影盘坐在那里，似乎在玩游戏。

“白皮猿，有人来了。”

“是有人来了。”

“快起来。”

他们的动作似乎有些生疏了，一个个站起来。其中那最魁梧最雄壮的牛头人看向罗峰，顿时咧嘴笑了：“原来是罗峰殿下。罗峰殿下，你虽然是混沌城主亲传弟子，但也太自信了，现在就来闯界主级的原始通天山吗？”

“牛头人，说什么呢，这可是罗峰殿下，有什么是罗峰殿下做不到的？”猿人也瞅着罗峰。

“罗峰殿下，可要开始闯了？”蛇女也看着罗峰，眼神仿佛水般柔和。

罗峰笑了：“看到你们三个，感觉真亲切。”

“亲切？”牛头人、猿人、蛇女错愕。

“我可要开始闯了。”罗峰一笑，手中突然出现了一面盾牌，正是兽神兵。

在虚拟宇宙中战斗，像塔珠、弑吴羽翼、《星辰布道图》，自然都没有了，像将魂、将甲这种对实力有极大提升的也都没有。在虚拟宇宙中，和其他界主一样，罗峰拥有的也是界主身体，唯一区别是意志。

而兽神兵，罗峰是可选择的。他手中拿着的这件兽神兵，材质没有现实世界中的那件好，却也足够界主使用了。

“来吧。”牛头人挥舞着大斧。

“看你有多强。”猿人双目光芒四射。

“罗峰殿下，开始吧。”蛇女的无形灵魂攻击已经蔓延开。

“嗷——”

一道兽神幻影产生。

巨大的兽神幻影直接咆哮着冲过去，牛头人、猿人、蛇女没有丝毫抵抗能力，战斗就这样瞬间结束了。

山脚这一关就算闯过了。

“山脚这关真容易。”罗峰直接往上走。

他却忘记了，刚刚成为界主那会儿，山脚这关他恐怕都闯不过。在域外战场七千多年来，罗峰的进步的确极大。

……

山腰一关，他依旧轻松无比闯过。

……

山顶一关，虽然遇到一些麻烦，但是罗峰的意志何等强大，他凭借兽神意境施展出最强的一招一线鞭影，直接成功闯过原始通天山。

“恭喜罗峰殿下，闯过界主级原始通天山。”

“我人类族群，每一个能闯过界主级原始通天山的，都是千万纪元一出的绝世天才。”

山顶的三名守关者再度复活，无比惊喜且恭敬地向罗峰道喜。

罗峰站在原始通天山之巅，俯瞰苍茫大地，也看到远处另外两座低矮一些的原始通天山。就在罗峰站在山巅，脑海思绪飘飞之时，人类族群高层就已经得知罗峰闯过界主级原始通天山的消息。

这条消息仿佛飓风般迅速传开去。

第900章

赌注

罗峰站在原始通天山之巅，山风呼啸着。许久。

“终于站在这最高峰了。”罗峰俯瞰整个原始通天山位面空间的大地，喃喃道，“界主级原始通天山是考验人类历史上最强天才的一处场所，征服它，才能算是人类历史上最强天才之一。我现在，已经站在这最高峰了，已经是最强天才了，但还不是真正的强者。”

“终有一天，我也要站在宇宙强者之巅！”豪气冲天，罗峰大声发出誓言。

还很稚嫩时，罗峰就踏上武者之路了，虽然有家庭原因，但也是他的梦想。走在这条强者之路上，罗峰有着无尽的激情。在任何一条路上，如果没有梦想和激情，想要获得大的成就，几乎不可能。

唰，罗峰在原始通天山之巅消失。

通天桥位面空间，那座美丽的岛屿中央，监守者巴芬亿万年如一日在这里默默守着。

唰，罗峰出现在岛屿上，巴芬一看，顿时就笑了：“罗峰殿下，好久没看到你了。”

“哈哈，是很久了。见不到巴芬你，有些想你了，所以就来了。”罗峰笑着打趣道。

巴芬饶有兴味地道：“罗峰殿下似乎很有信心，这次想要挑战到哪一层？”

“能到哪一层是哪层，最好能和第二十一层的守关者战上一场。”罗峰道。

“和第二十一层的守关者战上一场？”巴芬一愣，“那你最起码得闯过第二十层，才有资格做到。难道……”

罗峰咧嘴一笑：“九宇通天桥没人吧？”

“没有。”巴芬道。

“很好。”罗峰微微一笑。

嗖，罗峰直接朝九宇通天桥飞了过去。巴芬目送着罗峰离去，忍不住嘀咕：“这也太自信了，他才修炼多少年，似乎有信心闯过第二十层。嗯？有邮件来了，还不止一封邮件。”

巴芬连忙查看邮件，这一看便大吃一惊。

“什么?! 闯过界主级原始通天山了！”巴芬一瞪眼，回头看向九宇通天桥的方向，“看来他还真能和第二十一层的守关者战上一场。”

这条消息永远是虚拟宇宙公司最高层最先知道。

初始宇宙，混沌城，混沌墟中。

盘膝坐在那里的混沌城主感叹一声：“罗峰的进步速度果然很快，竟能闯过界主级原始通天山。”

也难怪混沌城主会这样感叹，虽然罗峰之前说了在法则方面拥有闯过通天桥第二十层的能耐，但是闯过通天桥第二十层只是闯过界主级原始通天山的一个条件，并非说达到了就一定能通过。因为真正战斗时，还要看战斗秘法、身体振幅类秘法、念力振幅类秘法、意志等诸多方面。

“他这一闯过，恐怕那几位就不会再有异议了。一个个都说戎钧前途无量，认为罗峰不如戎钧。这次，他们怕是没话说了。”混沌城主微笑点头。

血洛大陆外，那在亿万年岁月里一直监督血洛大陆的天蚀宫主站在天蚀宫最高层，身体周围仿佛有万千幻影。天蚀宫主在虚拟宇宙公司中有极高的地位，无数强者无比尊敬他。

此时的天蚀宫主放声大笑，笑声回荡在整个天蚀宫，令在天蚀宫第一层、第二层的一些界主、不朽神灵都很惊诧，不明白天蚀宫主为何这么开心。

“闯得好！”天蚀宫主微笑着说，“巨斧斗武场、宇宙第一银行的那些家伙竟都看好戎钧！当年我就看好罗峰，那罗峰被混沌城主收为亲传弟子时，他们还不认输，还说收为亲传弟子只是身份变化，不代表实力多强。罗峰闯过域主级原始通天山，他们依旧不在乎，认为闯过域主级原始通天山不算什么，现在终于认输了。”

“罗峰闯过界主级原始通天山，这代表罗峰是最强天才，代表他的法则感悟强到离成为宇宙尊者只有一步之遥。那戎钧虽然现在实力开始突飞猛进，但和罗峰相比，速度慢多了。”

天蚀宫主开心无比，畅快无比。

当年整个人类的最高层，虚拟宇宙公司、巨斧斗武场、宇宙第一银行等势力的部分存在，曾议论过罗峰和戎钧等人。

他们何等眼力，虽说伯兰的天赋乍一看超过罗峰、戎钧，但性格缺陷注定其成就很难太高，除非性格缺陷得到弥补。而戎钧和罗峰就不一样了，罗峰有无比坚定的本心，这样的天才，虽然进步速度不快，但会一直前进，终究会成为超级强者。

至于戎钧，那更加特殊。

整个人类族群的巅峰存在们为此争执不下，甚至都下了赌注。要知道，参与此次赌约的，或是天蚀宫主这等宇宙霸主般存在，或是更高一层的宇宙之主们，那赌注自然吓人。

当年罗峰从血洛世界回来经过天蚀宫，天蚀宫主忍不住稍微指点了一下罗峰。

……

在混沌城主、天蚀宫主等几位存在心情非常愉悦时，人类族群中的另外一些超级存在却在感叹——

“竟然赌输了，戎钧竟然没有超过罗峰。”

“这戎钧也太让我失望了。”

"不怪戎钧，这罗峰进步得太迅猛了。知道他将来成就会高，但没想到进步速度这么快。如果再过上数十万年、百万年，那戎钧成为封王巅峰级强者是毫无疑问的事，成为宇宙尊者都有一定可能。"

……

罗峰闯过界主级原始通天山的消息迅速传开，无数强者惊叹，那些曾经暗中愤愤不平的强者都完全服了。

能不服吗?

对方已经通过了人类最强天才的终极考验——闯过界主级原始通天山。每一个有这样经历的天才跨入不朽级后，都是封王级极限强者，甚至有可能是封王级无敌强者，将来成为宇宙尊者的可能性也非常大。

虚拟宇宙，雨相山，一家酒楼的包厢内。

身穿雪白战袍的伯兰和魁梧高大的戎钧并肩走进这一间包厢。包厢内除了侍者，只有一人——乌卡。

"哈哈，你们来了，坐，坐。"乌卡笑道。

戎钧、伯兰都坐下。

"你先退下。"乌卡吩咐侍者。

"是。"侍者恭敬地道，随即出去并且关上了包厢门。

包厢内只剩下乌卡、戎钧、伯兰三个人。

"你们都知道了吧？"乌卡在那里帮忙倒酒。

"嗯。"伯兰微微点头。

"本以为差距会缩小，没想到，差距更大了。"戎钧声音浑厚。近万年岁月过去，戎钧更加有气质了，那股霸道气息是完全发自骨子里的。所谓霸道气息，是一种唯我独尊的气概，却又不让人觉得讨厌。

乌卡道："我们太初三兄弟中，你、我还有罗峰，罗峰是最先闯进原始秘境的，你戎钧也闯入了，且进步速度越来越快。当年域主级原始秘境成员中，你排第一，且以第一的身份成为界主，成为原始秘境界主一员。"

伯兰、戎钧都是原始秘境界主。

伯兰深度反省后，渐渐发生改变，开始真正显露他作为天才的能力，实力突飞猛进。

至于戎钧，一开始进步速度并不快，也不显眼，可越往后进步速度越快，到后来，甚至比伯兰进步速度还快。而且这种进步速度依旧在飙升，快得让人简直目瞪口呆。当时罗峰已经成为混沌城主亲传弟子，只是一直没有成就出现。

当时就有人说——那次天才战最优秀的应该是戎钧。

虽然他俩都是原始秘境界主，但是假如再进行一次资格战的话，伯兰这个新晋原始界主恐怕就会被淘汰到太初秘境去。戎钧即使现在就进行界主资格战，也绝对有资格依旧留在原始秘境。

“太快了，他的进步太快了。”戎钧摇头感叹，“以为法则感悟越往后越难，罗峰起点高，肯定进步小，可没想到……”

“要超越他，只有一条路。”伯兰冰冷的声音响起。

乌卡、戎钧顿时看向伯兰。

伯兰冷漠地道：“成为宇宙尊者！否则，就得一直被罗峰压着！”

“不成为宇宙尊者，就根本无法超越罗峰。”戎钧点头。

“我们一起努力。”乌卡笑着举杯，“我的目标是成为封王级强者，你俩的目标是成为宇宙尊者，一起努力。”

“努力！”

“努力！”

戎钧、伯兰举杯。

三人碰杯。

就在三人交谈时，忽然有信息传来。

“嗯？”三人都查看自己的邮件。

“他闯过通天桥第二十层了！”乌卡、伯兰、戎钧三者对视，随即感叹。

罗峰闯过原始通天山就说明有闯过通天桥第二十层的能耐，可当真正得到消息时，他们心里依旧震惊、感叹。罗峰距离第二十二层，只剩下一层。

跨过第二十一层，就是宇宙尊者了！

通天桥位面，无尽的黑暗中，只有一座蜿蜒的桥一直延伸向黑暗深处，罗峰正在桥面上空顺着桥面不断飞行。刚刚他已经闯过第二十层，现在正在飞往通天桥第二十一层。

“打败第二十一层的守关者，就代表法则感悟已经达到宇宙尊者境界。”

“我倒要看看，拥有界主级的世界之力、宇宙尊者级的法则感悟的人，会有什么样的战斗力。”罗峰眼眸中满是斗志。

第901章

战斗

四周是无尽的黑暗，非常寂静。

桥面延伸向黑暗深处，罗峰的心犹如冰封的火山，虽然极度冷静，但是一旦冰层融化，随时可能爆发。

“第二十一层的守关者拥有完整的空间法则。”罗峰喃喃道。

封王巅峰级强者、封王级极限强者以及封王级无敌强者都停在第二十一层，他们的资质、天赋、悟性、外在资源、宝物等或许相差很多，可一样都无法跨出最后一步，为何？

就是因为这最后一步太难。

真衍王凭借诸多手段能与普通宇宙尊者相媲美，可也跨不出最后一步。

封王级强者再厉害也只能算是宇宙中的强者，而宇宙尊者才是纵横宇宙的超级存在，天蚀宫主、希罗多等更是宇宙中的一方霸主。至于混沌城主等人，那已然堪称宇宙中巅峰的存在了。

第二十一层和第二十二层看似一步之遥，可实际上的差距甚至不小于第一层到第二十层的差距！

罗峰的速度骤减。

前方便是这一层通天桥的尽头，尽头处有一个直径2米多的“球”，“球”周围的空间完全扭曲破裂，环绕着大量空间碎片。

“通天桥每三层为同一个环境，第十九层到第二十一层都是黑洞环境。之前都是在黑洞外围飞行，现在总算见到所谓黑洞了。”罗峰看着那看似2米多高的“球”。因为只是背景，所以罗峰丝毫感觉不到黑洞的引力，光线也不会被黑洞夺走。真正的黑洞，单靠眼睛是看不见的。

黑洞是一个塌陷、体积压缩到极致的超大密度天体，比中子星的密度还要大得多，由宇宙中的一些超级恒星演变而成，会吞噬靠近它的飞船、行星、陨石、恒星等一切天体，以此来不断强大自身。

黑洞的威力有强有弱，威力越强的黑洞，影响区域越大。即使面对威力很弱的黑洞，也得有宇宙尊者的实力才敢立足黑洞核心。若是遇到一些威力超强的黑洞，就算是宇宙尊者也得避让着点。

“选出你的对手。武者、掌控者、幻术师，选择其一。击败对手即可通过第二十一层，成为宇宙尊者。”低沉的声音从那黑洞中传出。

“掌控者。”罗峰手持兽神兵，直接说道。

黑洞上空忽然飘浮大量的黑点，而后黑点凝聚成一道身影。这是一个全身都被黑色铠甲覆盖、戴着黑色面具的人类，他背着一柄巨剑。这柄巨剑由密密麻麻的碎片组合而成，显然属于组合型的念力兵器。

“罗峰殿下，能够遇到一名界主级的挑战者，是我的荣幸。”守关者在黑洞上方悬浮着。

“能和第二十一层的守关者交战，也是我的荣幸。”罗峰微笑。

“我得事先告诉你，不悟透整个空间法则是无法闯过我这一关的。”守关者很优雅，“不过我会让殿下感受一下完整空间法则的威力。闯过了前几关，殿下应该知道，虽然殿下使用的是兽神兵，但我无法用兽神兵。”

“我懂。”罗峰点头。

按理，选择掌控者后，掌控者应使用和闯关者一样的念力兵器。衍神兵依旧算是空间法则类兵器的一种，只是掺杂着金之法则，属于法则混用，法则彼此是没有融合的。兽神兵是融合法则类的兵器。融合法则既不算空间法则，又不算金之法则，是比空间法则和金之法则都要更高一层的法则。

“殿下请出手。我若出手，殿下便没机会了。”守关者微笑着，彬彬有礼。

“好，那就接我一招。”罗峰也不说大话，立即发动攻击。

轰！

手中的盾牌兽神兵立即射出一块块碎片，碎片上的法则秘纹射出万千丝线，彼此迅速串联。罗峰双眸盯着对手，以强大的意志意识引导世界之力驱动那些碎片，随即，一道数百米长的兽神幻影出现。

“嗷——”

兽神幻影化作一道流光，咆哮着直接冲向守关者，周围空间都扭曲撕裂了。

“封。”守关者遥指那咆哮的兽神幻影。

一股强大的无形束缚力量瞬间降临，那原本冲向守关者的兽神幻影直接在半空就动不了，甚至连远处站着的罗峰也在一瞬间就被完全封印住了。那束缚力量极强大，连兽神幻影都能轻易镇压。被封印镇压的罗峰脸上还有着震惊之色，他感到难以置信。

“完整的空间法则，威力超乎你的想象。”守关者道，“殿下你能闯到这一关足以自豪，只是完整的空间法则不是殿下你所能——什么?!”

守关者吃惊地看着罗峰。

此时，罗峰的双眸中满是疯狂，青筋暴突，显得很扭曲，好似进入了当年接受生死之路考验时那种极限状态。之前闯原始通天山，罗峰也仅仅让念力振幅爆发而已，那强大的意志意识并没有被逼到极限。

此刻，他爆发了！

“一线鞭影，给我破！”罗峰嘶吼道。

他以意志为帅、意识为将，统领着世界之力，同时使用漫长岁月磨砺出的兽神意境，操控着那道兽神幻影。这一刻，那道兽神幻影似乎变得更加像真正的兽神了。

兽神幻影无声咆哮，尾巴也奋力扭动，欲抽打过去。

哧！

空间在震颤。

兽神幻影的尾巴虽然动作缓慢，但是真的动了。只听得轰隆一声，原本被完全封印的空间被强行破开了。

原本优雅的守关者突然目光冷厉，背上那柄巨剑化为无数道金光飞出，直接在半空凝聚成一柄巨大的剑刃。剑刃直接劈向罗峰，所过之处，直接划出一条巨大的沟壑。

罗峰连忙操控兽神幻影去抵挡。

哧——

剑刃虽然速度略慢，但依旧划过兽神幻影，令兽神幻影崩溃。紧跟着，剑刃速度飙升，罗峰逃都来不及逃。剑刃一划而过，直接斩碎罗峰体内那颗命核。

罗峰陨落。

失败！

看着罗峰消失不见，守关者收起冷厉的眼神，轻声道："好可怕的意志，竟然强成这样，逼得我施展出杀招。就算是那些成功闯过第二十一层的宇宙尊者，当他们成为宇宙尊者时，也很少有意志强大成这样的，而且他还只是个界主。"

通天桥位面那岛屿中央，巴芬面前悬浮着一面屏幕，屏幕上正是罗峰和第二十一层守关者交战的场景。原本他笑眯眯地想要看罗峰的笑话，觉得看一个绝世天才的笑话也颇有意思的，可是很快，他的表情就变了。

"封竟然被破了，还逼迫守关者施展杀这一招！"

巴芬张大嘴巴，愣了许久。

空间法则类守关者或许使用的兵器、手段不一，但都有一样的三招——封、杀、瞬，分别是封锁、绞杀、瞬移的进化版，威力要大得多，其中杀是三招中攻击性最强的。

封一般是用来对付弱者，直接封印他们即可。只有遇到难缠的对手，才会被逼迫得用杀。遇到实力相当的对手，会被逼迫到瞬、杀、封一起使用。

混沌城，真衍王的府邸，庭院中。

真衍王正默默坐在那里，在他对面闭眼而坐的罗峰终于睁开了眼。

“哈哈，罗峰，恭喜你闯过原始通天山，闯过通天桥第二十层。”真衍王抱着那瓶紫火猿酒，“还以为你闯过原始通天山就会立即停止呢，没想到还去闯通天桥了。试过第二十一层守关者的厉害了吧？”

“嗯，很强，光封那一招，就强得离谱。”罗峰郑重地点头。如果自己的意志弱些，或者没32倍的念力振幅，根本破不开那一招。由此判断，闯过第二十一层的难度比闯过第二十层的难度高百倍甚至千倍。

“当然强。”真衍王笑道，“我们将空间法则分成瞬移、绞杀、封锁三大类，是因为整体修炼很难所以才分类慢慢修炼。只有联合，才是完整的空间法则，威力会得到百倍千倍的增加。用完整的空间法则来施展封，那才叫真正的封印！”

“所以宇宙尊者可以轻易封印不朽神灵。

“总之，单单悟透一个类别和掌握完整空间法则相比较，二者相差百倍千倍。

“就像不朽神体，我们人类封王级强者凭借对法则的感悟能力，所能凝聚出的不朽神体也就10万倍界主之力，可一旦成为宇宙尊者，凭借完整的空间法则，所能凝聚的不朽神体就远远超过10万倍界主之力。

“单单不朽神体就天差地别，更何况还有法则感悟、灵魂振幅、生命基因、不朽神体振幅、重宝、秘法……宇宙尊者自然比我们封王级强者更强，差距自然很大。

“当然，像一些特殊人物，七剑王、为师，有时使用重宝或许能超过普通宇宙尊者，加上自创的更强秘法、特殊际遇，才有资格算是封王级无敌强者，能在宇宙尊者手上逃掉，可也仅仅是逃掉。”

罗峰点头：“第二十层的法则感悟依旧是零碎的空间法则。完整空间法则的威力大多了。”

“别烦恼这些事了，短短万年就能闯出与七剑王相媲美的威名，接近为师，你够厉害了。你出去听听，现在混沌城中恐怕处处都有议论你的人。”真衍王笑道，“现在别管外面怎么议论你的，你先陪为师喝酒，这可是你的庆功酒。”

“谁来都拽不走我。我陪老师喝酒，老师多喝点。”罗峰连忙道。

真衍王瞪眼，抱着紫火猿酒：“一杯就醉了，还多喝，要慢慢喝，一点一点地品。”

“明白，明白。”罗峰咧嘴一笑。

此时，什么野心、法则感悟、秘法，一切都被抛于脑后，放松身心才是罗峰现在想做的。

第902章

魔手王

躺在床上的罗峰睁开眼，坐起，晃了晃脑袋，笑了：“醉了的感觉的确美妙，偶尔感受一番也挺享受的，但不宜多饮。”

罗峰推门而出。这是真衍王府邸的一座庭院，他之前和真衍王一起喝酒，喝一杯就醉了。

风吹着，罗峰仰头看着天空中那运转着的法则秘纹。

“清醒，前所未有的清醒，一切烦恼忧愁皆消失了似的。对强者而言，偶尔为之，是一种享受。”罗峰笑着走出庭院，在真衍王府邸中慢慢闲逛，遇到真衍王的记名弟子、亲传弟子，便笑着打招呼。

同时，罗峰分出一丝意识进入虚拟宇宙，开始办正事。

虚拟宇宙，雨相山，罗峰的庄园中。

“在前往冰狱星前，我得好好做准备。”

罗峰坐在书桌前，默默思索着。

记载《九劫秘典》内容的黑色金属板共五块，罗峰已经得到两块，另外三块分别在三个危险之地。

按照指引，在界主级时可去尝试夺得第三块，而这第三块就在遥远偏僻区域一个宇宙秘境深处的一颗冰狱星上。单单从坐山客给的信息来看，罗峰就知道冰狱星一行是何等危险。

也难怪，这可是坐山客用来考验他麾下弟子的。坐山客很清楚地球人一脉首领的底牌，他设定的考验自然会将罗峰的潜力发挥到极致。罗峰不准备充分，怎么敢乱闯?

“在星辰塔的一个月里，一共战斗四十六场，共得到价值28600亿混元单位的宝物，此外，我还拥有分解塔、冰浑丝网、紫色古钟三件宝物。”罗峰暗道。

那三件宝物中，分解塔的价值较低，其他两件都很昂贵，价值远超28600亿混元单位。

金钱对封王级强者很重要。

宇宙尊者更多的是以物换物，那些能用金钱购买到的宝物，对他们有用的极少，他们需要的几乎都是宇宙中罕见的宝物。

三件宝物他绝不能卖，因为以后想买都很难买到。

价值28600亿混元单位的宝物，用军功换取的3000多亿积分，此次成功闯过原始通天山获得的1000亿积分，该怎么用?

罗峰思索着。

毫无疑问，第一，得强化自身实力；第二，得给家族准备底牌；第三，提升自己小队的实力。自己小队足足有十三名强者，这些强者不是封王级极限强者就是封王巅峰级的灵魂类大师，每一个都有很多方面需要提升。

比如给每个强者都配备封王巅峰级的植物生命，但显然，这一点罗峰还做不到。28600多亿混元单位看似很多，可真正的重宝，一件都买不起。

就在罗峰思考的时候，肩膀上的巴巴塔连忙喊道：“罗峰，有邮件，是混沌城主的邮件。”

“混沌城主？”罗峰惊讶，连忙往虚空一点，虚空出现一面屏幕，屏幕上正显示着邮件标题，再一点，点开邮件。

你是刀河王的秘密不可暴露！当年鸿盟城内那一百零八名管理者虽然根据你的战绩进行商议后邀请你加入鸿盟，但他们都没有资格看到你的战斗视频，所以并没有谁知道你就是刀河王。虽然后来你以刀河王身份进入了鸿盟，但这也无法说明你就是刀河王。

因为鸿盟有一个惯例。

但凡封王级强者都会直接被邀请加入鸿盟，只有一些特殊的并且有争议的封王级强者，才需要管理者先商议。

那一百零八名管理者，恐怕也以为刀河王是封王级强者。鸿盟成员的身份是秘密，那一百零八名管理者也得不到成员的详细身份信息，人类强者的真正身份更是绝密。鸿盟中，其他异族殿主都无法得到最隐秘的资料，只有人类殿主才能看到。

此次，你闯过界主级原始通天山，直接就能进入鸿盟。我会在鸿盟给你安排特殊区，每次进入鸿盟，你都可以选择，你可以以刀河王身份出现在之前的小区，也可以以罗峰身份出现在新的小区。

你本身的权限就极高，还有诸多手段加持，只要你自己不出错，鸿盟绝对不会出现纰漏。

必须记住，暂时不可暴露你就是刀河王！

邮件内容比较长，警示性非常强，显然刀河王闯出的一系列战绩也令混沌城主震惊。界主就能闯成这样，一旦公开被异族知晓，说没有特殊际遇，异族强者肯定不信，就连混沌城主也不信。

刀河王注定将来会成为人类强者之一，异族肯定愿意付出巨大代价来刺杀刀河王，那刀河王的麻烦就大了。

“我以后就有两个身份了，一个刀河王，一个罗峰。”罗峰看着邮件笑道。

“你该自豪，混沌城主亲自给你安排，在鸿盟内弄两个身份。”肩膀上拳头大小的巴巴塔喊道，“毕竟这刀河王的实力有些吓人，真实战力都已经超过很多封王级极限强者，逼近七剑王、命陨王了。当年我跟随老主人闯荡宇宙时，对七剑王、命陨王等强者那都是仰视的，丝毫不敢得罪。”

罗峰一怔：“呼延博？”

罗峰不由得想起来呼延博当年是被一名勉强封王的强者给弄死的。

“我可一直记得要给老师呼延博报仇，来报答老师这传承之恩。若非老师早先帮助了我，我即便能成为宇宙中的超级强者，但恐怕也是走另外一条路了，要艰难得多。”罗峰感慨道。

“巴巴塔，当年是谁杀死陨墨星主人的？”罗峰问道，“当年你不肯说，现在可以说了吧。”

“罗峰，你要为老主人报仇？”巴巴塔很兴奋。

“嗯。”罗峰点头，“我在混沌城内购买许多宝物做好准备后，就准备回一趟家族，安排好家族事务后，再去冰狱星。这中途得去解决老师的仇人。”

“哈哈，你现在去报仇，肯定很轻松了。”巴巴塔连忙道，“那凶手当年是擅长灵魂控制的封王初等级高手，名叫娑罗普，封号是魔手王，至于他现在的实力，我就不太清楚了。才过去几万年，我估计他的实力应该没多大进步。”

“魔手王娑罗普？”罗峰念叨着，他还真没听说过这魔手王。

“事情一件件做。”罗峰已有打算。

“我先去鸿盟城，将买卖宝物的事情搞定，再来研究魔手王。”罗峰虽然实力强悍，但是也要认真查一下魔手王的信息，到时候别跌了跟头，让对方逃掉。

虚拟宇宙，鸿盟位面，鸿盟城中。

鸿盟城外城有一个个大型小区，每个小区最多可居住一万人。虽说每个小区在名义上绝对没有差别，但只要有实力之分，就没有绝对的公平。若某个小区里有真衍王、天羽王、七剑王等一些存在，那么这个小区的名气顿时倍增。能够近距离和这些强大存在接触，自然更容易产生交情。

“这就是我的新小区？”罗峰走出两层小楼，看向外面。

“罗峰。”

“你好，罗峰殿下。”

远处传来两道声音。

罗峰转头看去，看到一名人类和一名异族并肩走来。那人类是短头发，蓝色双眸，身穿普普通通的战袍，脸上有着让人感觉有些缥缈不定的蓝色秘纹，他一笑让人倍感亲切。

“你是……梦燧王？”罗峰一惊。关于人类族群中的超级人物，罗峰都查过他们的资料。虽然网络上的资料少，但基本的图片、视频是有的。

“你老师真衍王当年也在这个小区，现在进内城了。”梦燧王微笑道。

“罗峰殿下，这可是鸿盟城中排名前三的小区，人类最强的封王级强者很多都居住在这里。”旁边那名异族说道。

梦燧王介绍道：“这位是陀马族的南释王，是陀马族年轻一代中最优秀的封王级强者。”

那一脸憨厚的南释王连忙说道：“过誉了，在罗峰殿下面前夸我，我可是会惭愧的。”

罗峰仔细看了一眼南释王。他当然听说过南释王，虽然南释王和梦燧王不是同一个族群的，感情却极好，是生死兄弟，经常一起行动。梦燧王为人淳朴，很少以势压人，而南释王相反，看似憨厚淳朴，实际上无比凶残，比罗峰知道的命陨王、玄墓王等还要凶残十倍甚至百倍。南释王的威名，纯粹是靠杀戮得来的。

“那般嗜杀的疯子，外表竟然这般憨厚。”罗峰暗道，“果然不能从外表判断一个人。梦燧王和南释王，一个友善，一个凶残，却能成为生死好友，真是有趣。”

罗峰在这小区里逛了逛，喃喃道：“这个小区强者真多。”

的确如此，这小区里的强者数量的确超过刀河王居住的小区。小区里一共八千多名强者，单单封王级极限强者就有近千人，像梦燧王、南释王等更可怕的存在也有好些。

现如今，罗峰名气极大。能闯过界主级原始通天山的，每一个都是极可怕的存在，连梦燧王、南释王都对他那般客气，更别说其他封王级强者了。

罗峰逛了一圈，混了一个脸熟，让别人都知道罗峰是这小区的。之后，罗峰便回到雨相山自己的庄园中，开始思索怎么处理那些战利品。

第903章

回地球

罗峰在混沌城待了一个多月，将那些战利品中少部分有用的留下来，如一些对恢复不朽神体有促进作用的宝物，此外，还留下了三艘顶级飞船。

其他的则全部被处理掉了。

然后罗峰又花费钱财为麾下战队、家族以及自己置办宝物，账面上只剩下1000多亿混元单位。之后，罗峰愉悦地离开混沌城。

太阳系中，一座屹立在宇宙中的巍峨神殿守护着地球，而这座神殿的大小远超过地球。

神殿的第一层有固定传送通道，连接虚拟宇宙公司大本营，也连接巨斧斗武场、宇宙第一银行、宇宙星河银行、宇宙佣兵联盟的大本营。

其中一条传送通道泛起蒙蒙光芒。

"有人来了。"

"虚拟宇宙公司那边来人了。"

专门守候在传送通道旁的数十名界主都恭恭敬敬的。

能够通过这条传送通道来的，不是实力极强的便是地位极高的。数十名界主都好奇地看着，只见一名身穿黑色铠甲的青年独自从中走出。

"是罗峰殿下。"数十名界主立即认出来了。神殿守护着地球，地球的一半权力是在罗峰手中，他们怎么会认不出？

"殿下！"

数十名界主恭敬地行礼。

"嗯。"罗峰点头，看了一眼界主们，"你们坚守在太阳系万年，有没有发现什么特殊事？"

"没有，一切如常。"为首的一名界主恭敬地回答。

罗峰微微点头，直接施展瞬移，消失不见。

"瞬移！"

"啊，界主级时就能施展瞬移，罗峰殿下实在是太厉害了。"

"你难道不知道，罗峰殿下刚刚闯过界主级原始通天山吗？听说，闯过那界主级原始通天山有1000亿积分奖励！"

"1000亿积分！"

"我到现在都没攒到100混元单位。"

一群界主忍不住惊叹。

论财富，这些混在五大势力中的界主虽比那些独行界主要富有得多，但依旧少得可怜。但像罗峰这等强者，富可敌国，在之前就消费了2万多亿混元单位。

地球外太空，罗峰瞬间出现，转头看向太阳系中那座巍峨的神殿，暗叹一声，随即直接冲进大气层。

"这里是地球，这里是地球，侵入者，请表明身份！"一艘小型飞船忽然闪电般从大气层中冒出，发出一道声波，说的正是宇宙通用语。

"怎么回事？"罗峰眉头微皱，随即世界之力迅速发散开去，将整个地球完全笼罩。地球大气层中隐匿着一艘艘小型探测飞船，海洋上空的一座座浮空城很豪华，里面生活着人类族群的其他分支，像翼人族、猿人族等族群的分支。

"变样了。"罗峰暗叹。

"待我将来成为一方霸主，定要将地球另一半的控制权收回！"罗峰喃喃道，"即使付出代价，也值得。"

"请表明身份！"小型探测飞船继续发出声音。

罗峰皱眉看了那飞船一眼，低喝一声："滚！"

声音犹如冲击波，滚滚而去，直接碾压那艘小型探测飞船，将那艘探测飞船碾压成碎片。

“我知道你们看得到！”罗峰站在大气层中，冷漠地道，“你们记住，这里是地球，我有地球一半的控制权，我罗峰来地球，还轮不到你们来监视！这种事情，别有下次！”

嗖！

罗峰俯冲而下。

地球，一座庞大的浮空城内。

这座浮空城中生活着数亿名居民，其中一幢摩天大厦正是移民到地球的人类族群其他分支的总部。

一间隐秘的控制室内站着两名中年男子和一名女子，他们三个都看着面前的屏幕，屏幕上正播放着之前罗峰在大气层说话时的场景。

“那罗峰真嚣张。”穿青色铠甲、有翅膀的男子冷笑道，“他是什么玩意儿？不就是拜在了混沌城主手下吗？难道他不知道移民到地球的，大多都是巨斧斗武场、虚拟宇宙公司的精英，很多都是有宇宙之主作为靠山的？”

地球是一个特殊的摇篮，每一个移民到地球的名额都很宝贵。

能带孕妇来地球的，不少都是宇宙之主家族的精英子弟，所以，现在的地球上，权贵众多。

“收敛点！”另外一名有四条手臂的中年男子低哼道，“罗峰毕竟是混沌城主亲传弟子，不是你能招惹的，而且他刚刚闯过了原始通天山，将来说不定能成为宇宙尊者。来到地球的，虽然很多背景强大，但背景终究是背景，并非他们自身的实力。等罗峰成了宇宙尊者，要对付你，你有还手之力？”

“我好歹也是封王级强者，至少我现在能随意打压他。”穿青色铠甲的男子冷笑道。

“都闭嘴！”女子喝道，“上面已有严令，禁止去挑衅罗峰！”

“哼！”穿青色铠甲的男子透过玻璃，俯瞰浮空城下的海洋，“多么美丽的星球，却被一些垃圾占领了！我们巨斧斗武场做事实在不够果断，如果当初暗中直接弄死这罗峰，地球直接归我巨斧斗武场——”

“少说点！”女子喝道。

“想死，别拖着我。”另一名男子转头离开。

Y城，罗家府邸。

这是有万年历史的祖宅，意义非凡。自从得到罗峰要回来的消息，罗家的一些高层和精英都迅速赶回来，想要见他们罗家的家主罗峰一面。

“没想到当年我住的房子现在还好好的。你看，我记得我上次走的时候，椅子就是这么放的，这么多年，椅子还是这么放的。”罗峰和徐欣、罗海、罗平一道在府邸内闲逛。

“这万年来一直有人维护，当然一切如初。”徐欣笑道。

罗平也在一旁笑着附和，但罗海脸色不太好看。

“罗海。”罗峰看向罗海。

“爸。”罗海应道。

“你怎么了？”罗峰问道。

“没什么，只是这次回地球，一肚子恶气。”罗海气愤地道，徐欣看了罗海一眼，罗海便没继续说下去。

“说。”罗峰直接道，他有些猜出来了。

“还不是那些移民者！”罗海怒道，“我这次回来，是直接从外太空乘坐飞船进入地球，竟被他们拦着。我一开始还配合他们，没想到他们先是将我带到浮空城，关了我大半天，后来才有人接待我，说是误会，显然是给我一个下马威！”

“这已经好多了。”罗平感叹道，“二弟，你一直在外面，家族的事情你知道得少，像老爸失踪的那六千多年，这地球哪里是我地球人的地球，简直成了他们的地盘！那些移民者一个个以观光、购物的名义跑到陆地上，欺压地球人，嚣张霸道得很，根本就没将我们地球人放在眼里！”

“我们地球人谁敢招惹他们？

“没有人，只能忍气吞声！”

“可能他们还是有所顾忌，没敢赶我们走。”罗平叹息道。

“赶你们走？”罗峰脸色变了。

当年罗峰和虚拟宇宙公司签订了合同，合同上明确规定浮空城的居民是绝对不能打扰地球人生活的。

“爸，你告诉过我，我知道。”罗平摇头，“没用的，合同归合同，合同中只是说禁止打扰地球人生活，所以那些移民者……他们说只是和地球人交朋友罢了，没有打扰地球人生活！你能有什么办法？这种耍嘴皮的事，很难说清。”

罗峰脸色难看。

这次罗峰回地球也遭到了挑衅，由此可以看出，这群移民者原先是何等嚣张，对他都敢这样，更别提对其他地球人了！

“罗峰，”徐欣低声道，“这些移民者的来历都不一般，牵扯到宇宙中一些顶级家族，据说很多都是巨斧斗武场、虚拟宇宙公司最高层的家族子弟。”

“哼！”罗峰怒火上涌。

当年巨斧斗武场的创始者来地球一趟，便看出了地球的特殊之处，人类族群的一些巅峰存在也想从地球上得到好处，他们大多也都各自有家族，家族中一些精英被派到地球上，这些精英骨子里是多么骄傲，他们认为——一个罗峰，难道还敢得罪我们这么多人不成？

“罗峰，冷静。”徐欣道。

“放心，我不会乱来。”罗峰在脑海中迅速思索这件事情到底该怎么应对。

“爸，自从你闯过原始通天山，那些移民者已经收敛不少，欺负地球人不算太过分了。”罗平道。

“什么叫不算太过分！他们就没资格欺负！”罗峰皱眉道。虽然心中愤怒无比，但罗峰一时间还没想到到底该怎么应对这种情况。

第904章

一条命令

“你们先去休息，我好好想想。”罗峰说道。

罗平、罗海对视一眼，都乖乖退去，只留下徐欣陪着罗峰。

兄弟二人刚走出去，罗平便忍不住道：“二弟，这件事情你告诉老爸干什么？老爸他这六千多年一直在经历生死劫难，现在才安全回来，你说这些事，不是纯粹给他添堵吗？难道你不知道那些移民者的后台有多可怕？”

“我……我是气得难受嘛。”罗海嘀咕道。

“难受？你这么多年回来过地球几次？你一直在外闯荡。你现在是界主，又有老爸给你准备的诸多秘法、宝物，自然强大，而且老妈为了你的安全，还让你带着一株不朽级植物生命护身，不谈你的实力，你在外闯荡时，以你的身份，那些强者谁敢招惹你？你是肆意潇洒惯了，没吃过亏，可老爸和你不同。”

“老爸是我们罗家的顶梁柱，是我们地球人的顶梁柱！他站在风口浪尖，遭人嫉妒，在宇宙中更是被异族强大存在们视为眼中钉，一个个都想要刺杀老爸，老爸在外闯荡，在生死边缘冒险，回家来你还不让他安心！不就是被欺负吗？我们在地球上被欺负，忍忍就过去了，只要老爸实力越来越强，那些移民者自然就胆怯了。这次老爸闯过界主级原始通天山，那些移民者明显就收敛很多。只要忍，忍到老爸成为宇宙中的超级存在，一切麻烦都会消失！”罗平看着自己的弟弟，“我们作为他的亲人，不要给他惹麻烦。老爸够累了！”

“嗯。”罗海也有一丝后悔，“我……我只是看不惯——”

“谁看得惯！”罗平摇头，“可现在是谁拳头大谁就有话语权！那些移民者中，很多后台都强得可怕，据说都牵扯到虚拟宇宙公司、巨斧斗武场的最高层！那可是最高层啊！那些权贵子弟哪会瞧得起我们？他们也就对老爸存有戒心。”

“嗯。”罗海点头。

“等老爸成为超级存在，那些宵小就会规规矩矩的了。”罗平感叹，他并没有希望罗峰现在真的拿出什么办法。

所谓阎王好过，小鬼难缠。

那些高高在上的存在历经了漫长岁月，家族传承亿万代，那些家族子弟骨子里自然是骄傲的，就像罗家族人因为家族有罗峰，在外面自然有一股傲气，为自己是罗峰的族人而骄傲。

但这些在地球上的权贵子弟，大多都太过骄傲，盛气凌人！

那座巨大的浮空城内。

“那罗峰是什么玩意儿！”穿青色铠甲的男子坐在王座上，扶着王座扶手，目光冷厉。

“主人，别生气。”紫发女子笑着走来，“那罗峰是混沌城主亲传弟子，有傲气也正常，不过他再骄傲，也奈何我们不得。我们浮空城的众多移民者皆来自五大势力，有好些都是宇宙之主家族中的子弟。虽然都只是家族中的后辈，但还不是罗峰能招惹的。”

“嗯。”穿青色铠甲的男子这才露出一丝笑容。

忽然，一道声音传来：“截离王。”

“嗯？”穿青色铠甲的男子眉头一皱，看向外面，有些不满地道，“风辰王，你来找我有事？”

从外面走进来的风辰王声音巨大：“截离王，不管怎样，罗峰既是我虚拟宇宙公司的人，又是混沌城主亲传弟子，你别太过分！惹出什么乱子来，你背得起？”

“我不信他敢惹我！”截离王猛地站起。

“哼。”风辰王冷漠地看着他，“截离王，你清醒点，虽然你我都是宇宙之主的后代，但你我的家族经过亿万年繁衍，族人数量都是以亿计，你我虽然都是封王级强者，算是家族中精英，但如果是真正的精英，也不会被安排到地球，而应该去征战！”

截离王一愣。

“我问你，你见过你家族的始祖虚金之主吗？”凤辰王问道。

截离王脸色难看。

“我也没见过我家族的始祖。”凤辰王叹息，“对宇宙之主那等永恒存在来说，族人不计其数，我们又算得了什么？所以有时候得低调点。”

“不过打狗也要看主人，我们这批移民者也算家族中的精英，且代表着诸位宇宙之主的脸面，谁也不敢乱来。”凤辰王正色道，“可你也不能太嚣张，对付其他地球人就罢了，对这罗峰，我们还是得给点面子。像之前的挑衅，就很没必要了。罗峰的模样谁不知道？你还故意让他报出身份，这么明显的挑衅，罗峰一眼就看透了。”

“别说了！”截离王脸色难看。

“不就一个罗峰？现在他只是界主罢了，我就不信他还能变得多强！强者之路，是这么好走的？每一步都充满危机，他表现得越厉害，那些异族就越想要杀他而后快。不谈诸多危机，单单成为宇宙尊者就已艰难无比。就算是混沌城主的那群亲传弟子，也有好些没能成为宇宙尊者！

“你也别烦我了，还不是因为罗峰和你都是虚拟宇宙公司的，你就帮他说话？哼。”

“哼。”凤辰王听得脸色一变，当即转头就走，离开了大殿。

截离王看着这一幕也只是冷哼一声。

“骄傲的地球人，”截离王透过大殿，看着无尽的大地，也看到陆地上的地球人，“就算你们背后有罗峰，也依旧改变不了你们低贱的血统！等罗峰陨落那天，真想要看看你们绝望的样子！到时候，我有的是办法让你们滚出地球！”

“罗峰，就看你能得意到几时了！”截离王心中愤怒。他在家族中不受重视，他对此很郁闷，而罗峰光芒耀眼，一对比，他自然看不得罗峰好，就想看罗峰将来悲惨的样子。

虚拟宇宙，雷霆岛上空，那座气流弥漫的宫殿内。

罗峰进入大殿内。

“老师。”罗峰恭敬地行礼。

“有事？”混沌城主的声音传来。

“弟子有一事求老师。”罗峰恭敬地道。

大殿深处的气流中隐隐走出一道身影，正是一身金色袍子的混沌城主。混沌城主道：“你在域外战场经历了不少危险，也遇到了不少麻烦，却从未来求过我。你骨子里可不喜欢求人。说吧，来找我有什么事？”

自从罗峰能轻易杀死封王级极限强者，甚至和黑刹王交手也未吃亏，混沌城主对罗峰的确更加看重了。

同时混沌城主也意识到，他这个弟子似乎还隐瞒着什么。否则一个界主，即使意志很强大，即使有将甲，即使法则感悟达到闯过通天桥第二十层的境界，也不可能那么轻松就杀死封王级极限强者，更不太可能和黑刹王交手只是处于下风。

对于罗峰的隐瞒，混沌城主丝毫不恼。

人都有私心，都有些秘密不想说，他能理解。

混沌城主意识到，罗峰将来的成就可能会很惊人，于是他给罗峰提供更多帮助，如让罗峰多了一个真实的刀河王身份。

“事情是这样的，弟子这次回家乡地球，发生了一些事，令弟子意识到移民者和地球人之间的矛盾难以调解。”罗峰恭敬地道，“弟子没办法了，所以只能来求老师了。”

求就是求，光明正大地说，混沌城主反而不会生气。若是拐弯抹角，效果反而不好。

“这等小事——也对，那些移民者大多来自各大强大家族，你不好惹他们。这样，我下一个命令就是。”混沌城主点头，“我知道你看重家乡、亲人，这些后顾之忧我会帮你解决，你不要烦恼其他，成为强者才是你最要做的。”

“是，老师，弟子定当竭尽全力。”罗峰心中大喜。

老师答应得太干脆了。

“去吧。”混沌城主点头。

罗峰恭敬地行礼，退去。

混沌城主看着罗峰离去，脸上有了一丝笑容：“罗峰一般不求我，现在终于来求了，竟然是这种小事。”

“顾念家乡、亲人，这种心性，只要人类族群善待他，他自然会死心塌地为人类族群而战。”混沌城主微微点头。超级强者中也有些白眼狼，一旦翅膀硬了，就只顾自己不理会族群。

像焱神族的焱帝之前也属于人类族群，最后却带着整个焱神族脱离了人类族群，当一方霸主去了。这令人类族群的巅峰存在们很恼怒，但人类族群只能忍着，一来，那焱帝实力的确非常可怕，二来，其背后还有更可怕的异族大能。

……

半天后，这条命令已经传达到守护地球的那座神殿中，也传达到移民管理层和地球原居民管理层中。

命令很简单——

自命令发布之日起，移民者禁止踏足陆地区域及其上空，地球原居民禁止踏足海洋区域及其上空，违反者，死！

“什么?!”截离王一得到这条命令，就忍不住咆哮起来。

第905章

千藤食星草

“这……这是谁下达的命令？”截离王又急又怒，“我一定要向巨斧斗武场的高层禀报这事，一定！”

这条命令看似对两边是同样的态度，但实际上是针对移民者保护地球人的。

因为移民者在地球上蛮横、霸道，背景又大，经常去陆地城市欺负地球人。谁敢反抗？移民者中强者如云，域主护卫、界主护卫都很常见，而地球人实力何等弱小！

相反，地球人根本不敢踏足海域，不敢进入移民者的地盘，一不小心进入，移民者的一艘艘小型探测飞船就会迅速出现，直接将地球人抓去。

总的来说，之前的情形就是地球人一直待在陆地上，忍受着移民者的欺辱。

……

移民管理层的三名封王级强者会合，分别是代表虚拟宇宙公司的凤辰王，代表巨斧斗武场的截离王，代表宇宙第一银行、宇宙星河银行、宇宙佣兵联盟三家势力的女子皇始王。论真正实力，皇始王最强，有封王巅峰级实力，凤辰王、截离王都弱上不少。

“太过分了，怎么能这样？这命令到底是谁下达的？有没有和巨斧斗武场的高层商议过？我一定要上禀，一定要！”截离王咆哮着。

“上禀吧，这是混沌城主的命令。”凤辰王随意地道。

截离王眼睛瞪得滚圆：“混……混……”

皇始王也是一惊。

“消息无误。”风辰王点头，“混沌城主亲自下达的命令。”

“一定是那罗峰，可恶的罗峰！”截离王咬牙切齿，心底更加嫉妒罗峰。截离王修炼到封王级境界都没资格见虚金之主一面，罗峰却能够请混沌城主下达命令，二者差距何等之大！

“当然是罗峰，但你又能怎样？”风辰王看着他。

截离王气得咬牙切齿，却一点办法都没有。

因为当年罗峰是和虚拟宇宙公司签订的合同，地球一半的控制权在虚拟宇宙公司手中而非巨斧斗武场。巨斧斗武场一方能派出大量的年轻夫妇到地球上去，是花费了巨大代价的，但怎么管理地球基本上是虚拟宇宙公司说了算。

混沌城主是虚拟宇宙公司第一掌权人，虚拟宇宙公司中他最大。他的命令，谁敢反抗？

截离王咬牙切齿：“这条命令……再严厉的命令都有漏洞！”

忽然——

一股无比磅礴、可怕的气息从地球上升腾而起，笼罩整个地球，陆地上的地球人和海洋上空的浮空城移民者，都感觉到这股气息非常霸道，让他们心颤。

“看看去。”

“怎么回事？”

“是哪个强者？”

移民管理层的三名封王级强者一闪便飞到了浮空城高空，遥遥看去，他们能轻易看到数千千米外的景物。

“那是……”

他们三个都呆滞地看着眼前一幕。

只见刺破大气层的巨大藤草出现在地球的一块块陆地上，每一块陆地上都有冲天而起的藤草。藤草之高，直接刺破大气层，条条都有数万千米之高。以他们的视力，能轻易看到数百条藤草。

“食星草！”

“不朽级食星草！”皇始王惊呆了，“这些藤草都是同样的气息，是同一株不朽级食星草的。”

“快查看是多少主藤的！”凤辰王连忙道。

“千藤的！”截离王声音很小。

“千藤食星草，不朽级的千藤食星草，到底是谁？这么财大气粗？培育一株不朽级的千藤食星草，那可得要数千亿混元单位！”皇始王难以置信，“难道是那罗峰？他有这么多的财富？就算闯过了原始通天山也才得到1000亿积分，不够培育千藤食星草的啊！”

“当然是混沌城主给他的，他才有多少财富！”截离王冷哼道。

虽然这株千藤食星草只是封王巅峰级的，但植物生命的特性令其坚韧锋利程度不弱于人类封王级极限强者。

其凭借庞大的体形，即使面对人类封王级极限强者，也能占一定优势，且其生命力可比人类封王级极限强者强多了，一颗最强火神源晶爆炸都灭不了它。

千藤食星草能辐射半径100万千米范围，最强火神源晶爆炸的辐射范围才多大？

“虚拟宇宙公司有令，”一道冰冷的声音响彻整个地球，在每一个地球人、移民者耳边响起，“自此刻起，所有移民者禁止踏足陆地区域及其上空，所有地球人禁止踏足海域及其上空，违反者，死！这植物生命是不朽级的千藤食星草，将会驻守大陆边缘，负责守护地球，不管是地球人还是移民者，只要违反命令，一律击杀！”

声音久久不散。

地球上，不管是原住民区域还是移民者区域，都沸腾了。

原住民欢呼不已。

“哈哈，那些可恶的移民者再也不会过来了！”

“太好了！”

“刚才那是谁的声音？竟然安排不朽级的千藤食星草驻扎在地球！”

“能帮我们地球人的还有谁，肯定是罗峰。”

……

当地球人欢呼时，移民者区域也沸腾了，却是因为愤怒。

“谁下的令？”

“好大的胆子，就算有高层下令，但弄一株千藤食星草放在地球上威胁我们，实在太嚣张了。这是对我们生命的威胁！”

……

当原住民和移民者区域都沸腾了时，截离王、凤辰王、皇始王三名封王级强者都飞到了大陆边缘，罗峰也飞到了大陆边缘，双方遥遥相望。

“罗峰殿下。”凤辰王颇客气。

“凤辰王。”罗峰笑着点头，他认识凤辰王。

“罗峰，就算有混沌城主的命令，你也不能将这一株千藤食星草放在陆地深处，你这是对所有移民者的威胁！”截离王咆哮道，“我们会遵守混沌城主的命令，但你得将那千藤食星草收走！”

罗峰冷漠地看了他一眼，随即笑着朝凤辰王、皇始王道：“两位，以后我们在鸿盟城中再聊，今日我就先走了。”

凤辰王、皇始王都点头。

“站住！”截离王喊道。

罗峰转头看了他一眼，随即一闪消失。截离王顿时脸色涨红，旁边凤辰王和皇始王都无奈看着截离王。在他们看来，截离王太傻了，罗峰何等身份？那可是混沌城主亲传弟子。截离王只是宇宙之主家族中的一个子弟罢了，连虚金之主都没见过。

二人的地位差距那般大。

截离王还在咆哮，罗峰已经离开。

“截离王，我劝你小心点，别过了界，被那千藤食星草直接击杀了。”凤辰王轻飘飘地说了一句，直接化作一道流光离开。

三者中，凤辰王和截离王有些不对付，皇始王则是和事佬。

“截离王，你冷静些。”皇始王道，“之前你挑衅罗峰，他不敢乱来是因为你背后有大量的移民者，上百亿名移民者代表的是一个个超级家族，那些超级家族背后不是宇宙之主，就是宇宙的一方霸主。至于你个人，以罗峰的身份，他还真的不会看得起你。你看看，你唯一值得骄傲的是你的自身实力，可他随便就能拿出一株不朽级的千藤食星草，杀你轻而易举。我和你共事一场，提醒你，别最后丢掉了性命。”

嗖！皇始王也化为流光离开。

截离王站在半空，俯瞰大陆，脸色难看，挣扎许久，只能恨恨地转头飞回去。

之后，两名自大张狂的移民者故意闯入陆地，肆意欺压地球人，直接被千藤食星草杀死。那些移民者很快得到确切消息，知道那命令是真的，顿时个个规规矩矩的。

地球人欢欣鼓舞，总算不用过之前那般生活了，可以开开心心、潇洒自在地生活了。

一个月后。

罗峰要离开地球了。

“明面上有千藤食星草，暗地里有封王级极限强者铁旗王，”罗峰道，“还有我留给你的诸多底牌，你自己也可以培育不朽级植物生命，总之，一切由你自己分配，家里的一切就交给你了。”

“嗯。”徐欣点头，心中一阵温暖。

“你这次出去小心点。”徐欣连忙道。

罗峰笑着点头。

“爸，妈。”

……

罗峰和家人告别后，直接施展瞬移消失不见。

暗宇宙中。

一艘类似狰狞甲虫的生物飞船正在急速飞行。这艘生物飞船是罗峰获得的飞船中最好的三艘之一。像这等生物飞船，在一般情况下，异族封王级极限强者才用得起。

生物飞船内部，控制室内。

“先去解决魔手王，再前往宇宙秘境中的冰狱星。”罗峰下令。

“是，主人。”生物飞船中传来低沉的声音。

第906章

魔手星

借助神国传送、生物飞船，花费约半个月时间，罗峰终于抵达了魔手王藏身之地。

“幸好有天阵王。”罗峰暗喜。他手下有十二名奴仆，其他全部是异族，唯有天阵王是人类。天阵王控制的灵魂奴仆中除了三名是封王级强者外，还有一些是实力弱些的不朽神灵。

“不朽神灵在人类疆域很多地方都留下了坐标，所以我才能迅速进行神国传送，抵达一个个目的地。至少，在人类疆域中，我可以迅速抵达任何一个宇宙国。”罗峰很自信。

“而且我还有众多异族奴仆，那些异族在宇宙其他一些偏远疆域也留下了信物，靠神国传送，我可以直接抵达那里，在飞行上花费的时间就少多了。”罗峰心情愉悦，发现了诸多好处。

强者活得越久，在宇宙各地留下的信物就越多。

天阵王等强者当年辛辛苦苦留下的坐标，现在全部为罗峰所用了。

“主人，马上进行宇宙穿越。”

生物飞船的速度锐减到静止，而后被暗宇宙踢了出去，回到原始宇宙中。

“魔手星。”罗峰站在生物飞船控制室内，遥看无垠的星空，在一颗巨大恒星的照耀下，一颗墨绿色的生命星球正散发出强烈的生命波动。

“按照虚拟宇宙公司的情报，魔手王的老巢就在这里，而且在半年前，魔手王的意识连接了虚拟宇宙系统，那时他的坐标就是在这颗生命星球上。”罗峰皱眉看着那颗墨绿色的生命星球。虚拟宇宙公司也并非无所不知，最多提供尽量详细的情报罢了。

“罗峰，让我出来。”巴巴塔的声音在罗峰脑海中响起。

“出来吧。”

罗峰将世界戒指中的巴巴塔放了出来。只见一个孩童在一旁出现，完全被笼罩在黑色铠甲里，只露出一双仿佛水晶般的眼睛，身高约1.45米，额头有两个金色的角。

这就是巴巴塔，拥有进化之心后的巴巴塔。

罗峰在域外战场上收获很大，就买了一颗进化之心给巴巴塔，巴巴塔终于有了修炼进化的机会。至于罗峰的智能光脑上的则是巴巴塔的附属智能。

“我要看着那娑罗普死！”巴巴塔咬牙切齿。

“可以，不过你得在我身边。”罗峰道。

“嗯。”巴巴塔重重地点头，双眸中满是仇恨。

虽然在罗峰是域主时，他就主动认罗峰为主人，但他是智能生命，是有感情的。呼延博带着他闯荡宇宙，漫长岁月令巴巴塔从一个普通智能进化为智能生命，呼延博对巴巴塔而言就仿佛父亲、仿佛兄长。

“走吧。”罗峰体表的摩云战衣迅速改变样式。

一身耀眼的金色铠甲，包括头部都被完全笼罩，罗峰仿佛一个金甲人。弑吴羽翼则完全被收入体内，单单看外表，谁都认不出此人是罗峰。

罗峰收起飞船。

金甲人和黑甲人在星空中施展瞬移，迅速到了那颗生命星球的大气层。

“怎么不进去？”巴巴塔焦急地催促。

“我来探测一下，找到准确位置再动手。”大型探测仪笼罩整个生命星球，罗峰开始查找。巴巴塔听了一怔：“罗峰，我有些失去控制了。”

“哈哈，智能生命失去控制是很罕见的事，这说明感情已经能够影响你的判断了。”罗峰笑着说道，“这是好事。”

这次来，巴巴塔心里是很痛快的。

但罗峰的情感起伏真的不大，他和呼延博从未接触过，对呼延博有的只是对前辈的一种尊重和感激。

“一定要在，一定要在这星球上！”巴巴塔不断念叨着，紧张地期盼着。

“找到了。”罗峰忽然道。

“在这星球上吗？”巴巴塔惊喜万分。

“对，就在这星球上。根据我的探测，他已经身受重伤。”罗峰道。罗峰的大型探测仪探测魔手王，魔手王无法察觉丝毫。

“重伤？管他重伤不重伤，一定要杀了他！”巴巴塔连忙催促道，“我们走吧，快点。”

“走，去见见他。”

罗峰带着巴巴塔，直接施展瞬移进入了这颗生命星球的核心之地。

魔手星周围一片星域在整个古轮宇宙国属禁地之一。古轮宇宙国中的一些家族也知道，这片星域被一名强大的不朽神灵占据了。既然这名不朽神灵没太大的野心，只占据了一片星域九个星系，自然也没谁来招惹他。

这片星域的核心便是魔手星。

“最近魔皇脾气不好，都小心点，别惹怒了魔皇，丢了性命。”一名不朽神灵对着一群侍女喝道。

“是！”

从魔手王控制的九个星系中一层层选拔出的聪慧侍女们此时心颤着，因为在最近数千年里，这片星域的统治者魔皇心情一直不好，侍女们稍微一点不对便会触怒他，结局无比悲惨。

“进去吧。”不朽神灵吩咐道。

八百多名侍女每个都端着餐盘，前后排列开，朝宫殿深处走去。越到宫殿深处，她们越心颤。终于，她们抵达魔皇的居处了。

当这一群侍女才进去一半时，便听到一道冰冷的声音。

“魔手王。”

无形的威压蔓延开。

八百多名侍女不受控制地全部停下来，那可怕的威压令整个宫殿的不朽神灵都瑟瑟发抖。

“天哪，好可怕的威压，比主人最强时的威压还要强大十倍百倍！到底是什么样的强者啊？从古轮宇宙国哪里冒出来的强者？”

轰！宫殿顶层炸开，一道灰色身影冲天而起。

唰！一道金色身影出现在高空中，直接一脚踹在那灰色身影上。那是蕴含法则奥妙的一脚，直接将灰色身影踹得吐出金色的血液，同时倒飞出去，一直倒飞到靠近破裂的宫殿才站稳。

这正是一名有着类似鹰首的阴狠男子，身穿灰色铠甲。

一名不朽神灵偷偷地看着这一幕，暗惊：“瞬移！那金甲人会施展瞬移！完了，主人他完了！”

整个宫殿的无数侍者都不敢直视罗峰与魔手王的对战，有些是偷偷看着。此时，他们心中无敌的存在魔皇非常狼狈，而那金色身影是那么耀眼。

“瞬移？”魔手王悬在半空，抬头看着上方的金甲人，恭敬地行礼，“拜见大人。大人能够施展瞬移，应该是封王巅峰级强者，不知道我怎么得罪了大人，还请大人说出来，我定当竭尽全力弥补。如果还是无法让大人消气，大人再收掉我的性命也不迟。”

罗峰俯瞰魔手王，声音巨大：“你倒是明白形势！”

“大人能施展瞬移，我没有逃掉的可能，就算我实力完好，也远不是大人的对手，更何况现在我的不朽神体损伤极大，实力大损，大人挥手即可灭杀我，我还能怎么做？只能想尽办法保住一条命。如果保不住，也只能认命。”魔手王恭敬无比。

魔手王也不怕丢面子，恭恭敬敬的，显然想要尽量表现自己的诚意，至于下方侍者……

哼，这些侍者，只要自己逃过这一劫，全部处死！

“魔皇怎么这么狼狈？”

“这个金甲人到底是谁？比魔皇强大很多啊！”

无数侍者暗暗思索，丝毫不知道危机可能会到来。

“杀，罗峰，杀死他！”巴巴塔急切传音给罗峰。

“一切还请大人明说，我现在都不知哪里得罪了大人。”魔手王恭敬地道。

罗峰俯瞰魔手王：“你再怎么挣扎也无用，我告诉你，你必死！”

魔手王脸上露出不甘之色，刚要张口，罗峰已经出现在他的身前，手中握着一根尖刺，这是涂有费摩毒液的尖刺。此时，罗峰握着尖刺就这么一刺。

哧，尖刺刺破铠甲，刺入魔手王体内，随即被拔出，带出金色血液。

魔手王的不朽神体不断受到费摩毒液的侵蚀，他的眼眸中满是惊恐，随后，整个人完全崩溃湮灭，连洒落的金色血液也一样湮灭，剩下那件铠甲、世界戒指等从高空坠落，被一道黑色影子席卷而去。

黑色影子在罗峰身侧停下，正是巴巴塔。

“解决了。”巴巴塔看着手中抓着的铠甲，神情复杂，“六万多年了……”

罗峰看着巴巴塔，没打扰此时的巴巴塔。

“老大，你看到了吗？魔手王死了！他死了！

“当年你嘱咐我留下你的传承，我都一直不敢告诉罗峰你的仇人是谁，我都没敢想会有报仇的这一天！

“仇报了。

“他没有丝毫还手之力。当年追杀得我们上天无路、入地无门的魔手王在罗峰面前却是这么脆弱……”

巴巴塔念叨着，周围完全被罗峰的念力、微型探测仪屏蔽了。罗峰屏蔽这一切，默默等待巴巴塔平复情绪。

第907章

不朽神体分裂

巴巴塔在那里念叨着，释放着情绪。

呼延博陨落带来的痛苦、数万年的压抑、大仇得报的畅快、对当年无尽岁月的追忆……

许久。

“罗峰，我好了。”巴巴塔看向罗峰，“谢谢你！”

“呼延博前辈对我有恩，我是他的弟子，这是我应该做的。巴巴塔，现在我就将你收回世界戒指内？”罗峰询问。

“我在世界戒指内能请教那些封王级强者，能尽早成为不朽神灵。”巴巴塔点头，“我这点实力在你身边，只会影响你，反正我也能通过附属智能联系你，我就先待在世界戒指内吧。”

罗峰心念一动，将巴巴塔直接收入世界戒指。

拥有进化之心后，巴巴塔就和机械族族人一样，不过机械族族人要成为界主很容易，成为不朽神灵却很难。

罗峰施展瞬移，直接离开了魔手星。

“走了。”

“金甲神灵走了。”

“太可怕了，魔皇在金甲神灵面前一点还手之力都没有！我听说不朽神灵可是拥有不死之身呢，但魔皇轻易就被杀了。”

“魔皇陨落，我们不用再害怕了。哈哈，这片星域是我们的天下了。”

整个魔手星立即开始了权力的一次更迭。

宇宙中有一片偏僻的星域，距离人类疆域无比遥远，这里有一颗普通的恒星，在这恒星之上，无尽的火焰环绕着一道身影。

“果真有强者将我给杀了。”带着仇恨的声音响起，这道身影正是魔手王娑罗普。

娑罗普盘膝坐着，恒星的炽热温度对他没有丝毫影响。

“而且来者实力那般强大，却又隐匿身份，很可能就是那罗峰派来的。我早就猜到很可能有这一天。”娑罗普低声喃喃。

当年罗峰在天才战中就无比耀眼，更是被吸纳进虚拟宇宙公司，魔手王娑罗普便盯上罗峰了，他怀疑罗峰得到了呼延博的传承。

“当年我追杀呼延博，施展灵魂秘法，那呼延博必死无疑，但他在暗宇宙中逃得太快，在短时间内又难以追上，我为了宝物，就没再继续追杀他。

“他的隐匿之地极多，谁知道死前他逃到哪里去了？

“五万年后，罗峰突然崛起，又是精神念师，和呼延博同一脉，还能买下地球。一个土著小子，没有特殊收获，怎么可能买得起一颗星球？而且在天才战中表现得那般强悍，没得到传承谁会信？我当时就怀疑他可能和呼延博有关，但他一直在混沌城，我也拿他没办法。

“终于他成了域主，回到乾巫宇宙国，他使用的飞船竟然是陨墨星号！哼，陨墨星号飞船，这下毫无疑问了，他就是呼延博的再传弟子！

“这时候他是监察特使，是虚拟宇宙公司原始秘境成员，我如果动手，一旦被发现，就死定了。

“我只能赌，赌那呼延博死前没留下我的信息，没告诉弟子谁杀了他。他如果真的为弟子好，就不会给弟子树一个封王级的敌人。毕竟他在世时，他的几个弟子也就那样，再传弟子又能强到哪儿去？他又不可能预测未来。

“看来，我猜错了。他留下了我的信息，告诉了罗峰。

“罗峰现在地位极高，很容易就能请动一些超级强者帮忙。请某个强者隐匿身份击杀我，是很容易的事。”魔手王娑罗普盘膝坐在那炽热的火焰中，眼眸中满是凶光。

“幸好我没有将所有赌注都压上，自我分裂不朽神体，将不朽神体一分为二，一个是拥有整体实力的40%，一个是拥有整体实力的60%。

“不朽神体分裂后，弱小的不朽神体一直留在魔手星装作受了重伤，另一个不朽神体隐匿在这里，默默等待。我的计划是等待百万年。如果百万年内还没遇到危险，我就可以再度现身了。哈哈……幸好我留了一手，幸好啊！

“我没资格被逆转时空复活，所以我留着这一手！金甲人，虽然我不知道你是谁，但你十有八九与罗峰有关。除了罗峰，我的仇人中没谁能请得动这样的大人物。

“罗峰，我现在斗不过你，可是，我会回来的，我会再度回人类疆域的！”

娑罗普发出歇斯底里的吼声，吼声在恒星深处犹如冲击波轰击着四周。

自行分裂不朽神体，非一般强者有勇气去做的。

魔手王分裂不朽神体，那拥有整体实力60%的只有完美状态时十分之一的实力，至于拥有整体实力40%的，不朽神体则更弱小。这种情况实际上有很大的风险：其一，二者战斗力都明显太弱了；其二，敌人一旦灵魂控制其中一个，魔手王整个就会被控制住。

这两大风险皆非一般人愿意承受。

这两大风险带来的唯一好处——魔手王拥有了翻身的机会。

不朽神体分裂后，两个不朽神体虽然能彼此感应，但都不会恢复原来状态，只有当一个不朽神体陨落时，另一个不朽神体才会逐渐恢复，且须经历漫长岁月才能恢复到完美状态。

……

时间流逝。

暗宇宙中犹如狰狞甲虫的生物飞船正保持80倍光速前进。

飞船控制室内摆放着一张晶莹剔透的餐桌，餐桌两旁坐着十二名超级强者，罗峰则坐在主座。

“明天就会抵达宇宙秘境，两年多了，终于要到了。为了即将抵达的宇宙秘境，我们干杯。”罗峰举杯。

“恭贺主人！”十二名强者都缩小不朽神体变得和人类相当，举杯道。

他们一起举杯共饮。

此刻的罗峰依旧不知道两年多前，他在魔手星上杀死的魔手王娑罗普只是分裂的不朽神体。这种概率实在很小。就算知道，罗峰也没办法，因为娑罗普另一个分裂的不朽神体肯定藏得很偏远、很隐秘。

“宇宙，”罗峰端着酒杯，“实在太大了，竟然要两年多时间。”

“主人，主要是乌华秘境太偏僻了，我等都没去过。”重箭王笑道。

“宇宙广袤无边，无数个宇宙秘境分散在宇宙各地。主人手下强者中只有极少数来自遥远之地，去过乌华秘境的，还真一个都没有，所以主人才需要在暗宇宙中飞行两年多时间。”覆水王也说道。

罗峰点头。

“也幸好这艘生物飞船速度够快，比陨墨星号还快。”罗峰暗道。

轰隆——

飞船外界隐隐传来一阵强大的能量波动。

“是劫杀。”

“又是劫杀。”

重箭王、覆水王、极虹王、天阵王他们一个个都笑了，罗峰也笑了。

人类疆域所对应的暗宇宙还算安全，只有极少数的区域有劫匪，因为人类疆域的管制很严格。一旦出了人类疆域，在一些偏僻之地的暗宇宙中飞行就经常会遇到劫匪，经常会与宇宙飞船中的强者厮杀。

“是一些封侯级的异族。”极虹王的不朽神力蔓延出去。

“我等真寂寞。”天阵王则道，“飞行两年多，虽然碰到了不少次劫杀，却没有一个真正敢劫杀我们。”

“那些劫匪也不傻，虽然生物飞船从外表看不出层次高低，但我们维持80倍光速在前进。这可是达到80倍光速的宇宙飞船啊，绝大多数封王级强者都没这等飞船，那些劫匪敢动我们吗？”极虹王声音刺耳，大笑着，“想要被劫杀也容易，只要速度降下去，降到10倍光速，我保证每天就能遭到一次劫杀。”

“哈哈……”

“有趣。”

“这得主人同意才行。”

这群强者都笑着。

罗峰也一笑。

“这艘生物飞船是我的飞船中最快的一艘了。陨墨星号的极限速度是50倍光速，那可是经过虚拟宇宙公司改造的飞船，越往后改造越难提高速度。80倍光速真的很不可思议。”

“别急，等到了宇宙秘境中，有你们战斗的时候。”罗峰一笑。

第二天，罗峰他们终于抵达了宇宙秘境乌华秘境，而那冰狱星正是在广阔的乌华秘境中。

第908章

乌华秘境

乌华秘境最大直径是16万光年，但在宇宙秘境中只能算是小型秘境。除了六个极度危险区外，乌华秘境其他区域危险程度很低，不朽神灵即可进去闯荡。

六个极度危险区，连宇宙尊者进去都有可能陨落！

冰狱星便在六大危险区之一的冰狱星带中。

乌华秘境内，冰狱星带最外围，一艘宛如狰狞甲虫的生物飞船出现了。

“冰狱星带，我到了。”

罗峰站在控制室内，遥看前方。虽然异族大能给了他冰狱星的准确坐标，但是那冰狱星是冰狱星带核心之地，就算是宇宙尊者也不敢那么嚣张地闯进去啊，罗峰自然也不敢。

“按照资料上描述的，乌华秘境整体危险程度较低，但冰狱星带很危险，异族大能给我的考验，还真如他所说的，不在乎我的生死。”罗峰暗道。

异族大能那等宇宙最强存在之一，如此培养弟子也不奇怪。

“乌华秘境六大危险区是已经探测出的。乌华秘境实在太大，很多地方强者都没去过，说不定什么时候会冒出一个第七危险区。”

小的宇宙秘境直径数万光年，大的直径数百万光年，甚至上亿光年。

不说直径上亿光年那等夸张的超级宇宙秘境，单单直径数百万光年的宇宙秘境，在光速飞行下贯穿它也需要百万年！要完全探测清楚，恐怕得穿梭亿万次，而且真正细心探测都不一定能发现其中真正的危险，光速飞行呼啸而过怎么会一定能探测到危险呢?

所以每一个宇宙秘境的陌生之地得少去，除非对自身实力有十足信心。

“出发。”

罗峰乘坐生物飞船，同时开启大型探测仪、微型探测仪，让生物飞船开始朝冰狱星带深处前进。他可不敢施展瞬移，冰狱星带最大直径也就2.1光年，施展瞬移恐怕会遇到危险。

生物飞船以亚光速前进，飞行了三个多月。

罗峰正闭眼盘膝坐在控制室内。

“警告，警告，遭到攻击，遭到攻击！”飞船智能连忙禀报，“对方实力为封侯高等级，其攻击无法损坏生物飞船。”

“嗯？”罗峰睁开眼，脸色一变，“不好！”

轰！轰！

两道强劲的攻击直接扫过这艘生物飞船，生物飞船只是略微晃动，轻松抵挡住了。它的防御比陨墨星号要强上百倍，飞船融合了宇宙中一种奇特生命——挪维卡树灵。树灵属植物生命的一个分支，攻击性极弱，智慧不高，无比淳朴，只会不断增强自己的防御能力。

像有些金属飞船融合金属生命一样，生物飞船也可融合一些特殊生命，令飞船发生质的改变。

这艘生物飞船防御力极强，速度极快，又有生物飞船的通性——自我恢复能力强，但攻击方面很弱。

遭到攻击，罗峰咬牙切齿。

罗峰立即施展瞬移，从飞船内到了飞船外。

罗峰立在飞船旁边，遥遥看向远处，只见远处一条浩浩荡荡的青色、紫色驳杂的河流横挂长空。这条河流的宽度有3亿多千米，深度也有1亿多千米，长度极长，这便是冰狱星带名气颇大的星河。

罗峰警惕地看了一眼周围，随即有些恼怒地看向星河中冒出的两道身影。

罗峰的飞船能轻易扛下攻击，可罗峰就怕能量波动会引出冰狱星带那群最可怕的敌人，也就是冰狱星带的主人。

“幸好这里距离冰狱星还远。”罗峰暗松一口气。

“哈哈，人类，你以为你乘坐飞船，用探测仪隐匿起来，我们就发现不了你？亚光速飞行引起的震荡，我们能轻易察觉。不过你的飞船真不错，竟然能扛住我们的攻击。”

“人类，怎么站在那里不过来？你不是愤怒得想要动手吗？”

两名有鱼尾、全身满是黑色鳞片、散发一层蒙蒙青光的凶厉异族强者叫嚣着，罗峰一眼就认出这是俄鼍族的强者。俄鼍族天生善于在水中攻击，而这条星河极度冰冷。

星河水以冷、密度极大出名，就算封王级强者闯入其中，也会感觉到刺骨的寒冷以及惊人的阻力，速度都不及平时的1%。

用星河水结合金属，能打造出一套铠甲来。穿着蕴含星河水的铠甲即可抵挡寒冷，而且在星河中仿佛回到母亲怀中，感觉不到任何阻力。显然，那两名俄鼍族强者身上之所以散发一层蒙蒙青光，就是因为穿着融入了星河水的铠甲。

“哈哈，害怕了？”

两名俄鼍族强者在那里嗤笑着，想引罗峰进去，他俩在星河中待了数十万年，已摸清了很多危险之地。他俩天生擅长在水中作战，且有铠甲护身，再加上熟悉星河内部诸多危险之地，只要罗峰敢闯进去，他俩自然有信心打败罗峰。

罗峰脸色一沉，左手掌心悬浮起两颗黑色球：“去。”

嗖！嗖！

两颗黑色球快如流光，直接冲进了那条滚滚星河中。星河水虽号称密度大，但又怎么能与镇封星辰相媲美？那阻力对黑色球影响很小。至于寒冷，更是对黑色球无用。

“快逃。”

两名俄鼍族强者连忙朝星河深处钻去，可两颗黑色球速度快得离谱。

“他的虚化不朽神力在星河中难道没被削弱？”两名俄鼍族强者不敢相信，

逃的同时，都拼命去抵挡那两颗黑色球。

“念力钻入星河水中，攻击力被削弱千倍，幸好我有将魂辅助，否则单单靠界主的世界之力，恐怕会被这星河水弄得崩溃掉。”即使念力被削弱千倍，也能压制封王级极限强者罗峰，对付两个封侯级强者依旧轻松。

“好重。”

两名俄鼍族强者只感觉不可思议的冲击力从那黑色球中传来，直接击裂了他们的兵器，一颗黑色球贯穿其中一个的不朽神体。

接着，他俩都被黑色球贯穿。黑色球上附带的费摩毒液一碰触他们的不朽神体便疯狂侵蚀，令他俩眼中露出惊恐，紧跟着完全湮灭。

他俩在星河中待得太久了，就算遇到封王级强者，他俩也丝毫不惧，可没想到今天竟然陨落了。

罗峰的念力引领着两颗黑色球和俄鼍族强者陨落后遗留的宝物，直接将它们带出星河，悬浮在他面前。

“两个张狂的家伙。”罗峰摇头。

他这次来准备得何等充分，对冰狱星带的一个个特殊之地都是有了解的。星河浩浩荡荡，河流深处的确有一些危险之地，而冰狱星上那群可怕存在，更是擅长在这寒冷的水中前进，所以罗峰从没想过入水。

“他俩的做法没错，躲在星河水中，凭借对星河的了解，利用星河的特性，加上他们的速度，封王级强者都奈何不得他们。”罗峰摇头。

如果那两名俄鼍族强者知道刀河王的大名，恐怕就是另一说了。

可惜，除了人类族群的传播技术最发达外，连机械族的传播技术都落后些，更别说其他巅峰族群了。

妖族、虫族等巅峰族群都做不到超远距离迅速传播消息，像俄鼍族这个渺小族群，距离域外战场如此遥远，他们又怎会知道域外战场上发生的事？

……

“宇宙飞船飞行速度太快，会引起空气震荡；瞬移又会产生特殊空间波动，令擅长瞬移的强者立即感应到。”罗峰站在半空皱眉，“我直接依靠自身飞行吧，飞行时，体形越大引起的动静越大，我飞行的动静肯定比生物飞船小多了，再凭借弑吴羽翼对空间的控制，仿佛鬼魅，对空间的影响可以降到最低，而且我可以飞慢点。”

罗峰收起生物飞船，开始缓缓飞行，逐渐加速，气流平缓。

微型探测仪完全将他隐匿。

罗峰小心翼翼地前进，不管是异族大能，还是这里的危险程度，都让他不敢大意。随着逐渐深入，罗峰看到冰狱星带的一个个特殊场景，像冰狱星带最外围的星河、冰冻着一具具尸体的万神墓山、更深处极度危险的星带……

“星带。”罗峰站在虚空中，旁边悬浮着一座座冰山，前方是五颜六色的水流，水流好似丝带，将冰狱星带最核心处一圈又一圈地包围。水流弥漫着滔天的寒气，罗峰距离它那般遥远都能感觉到。

罗峰知道，那并非水，而是一颗颗奇异且极度冰冷的细小晶体。

这是冰狱星带第二危险之地。

至于最危险的，便是被星带包围的那片广袤的核心区域。那一颗颗被冰封的星球，一眼看去，罗峰都能隐约看到数百颗。

“冰狱星。”罗峰喃喃道。

第909章

兜寇

罗峰站在虚空中，隔着茫茫星带，看着远处的一颗颗冰狱星。虽说冰狱星距离罗峰非常遥远，但罗峰的视力极好，隔着上万千米都能看清人的毛孔，自然能看到远处的一颗颗冰狱星。

“黑色金属板。”罗峰感觉到一阵阵强烈的召唤从那冰狱星方向传来。

“是……那颗！”罗峰目光瞬间锁定其中一颗，“召唤就是从那里传来的。异族大能给的坐标没错，那黑色金属板就在那颗冰狱星中。”

异族大能让他做的事情很简单，就是进入那颗冰狱星，带走黑色金属板。

“可那一颗颗冰狱星是那群特殊生命的老巢，每颗冰狱星都代表着一名强大、特殊的生命。”罗峰暗暗思索。

冰狱星带中生活着一群宇宙诞生时便孕育出的特殊生命，他们被宇宙其他异族命名为兜寇。

兜寇是极度冰寒之气凝聚而成的生命，长相美丽，天性单纯，但非常嗜杀，杀戮对他们而言是一种游戏，他们不会有罪恶感。

兜寇也有智慧，虽无法繁衍，但天赋极高。

据说冰狱星带中生活着数千名兜寇，按照虚拟宇宙公司给的资料，这数千名兜寇中有数百名都成了不朽神灵，并且还有两名兜寇成了宇宙尊者。

其中数百名成为不朽神灵的兜寇，建造了各自的冰狱星。

“兜寇乃特殊生命，就算同等层次的，也比人类强上百倍。”罗峰暗道。

人类封王级强者的不朽神体极限是10万倍界主之力，除非血统、基因发生改变，否则就是如此。

而兜寇封王级强者的不朽神体极限是1000万倍界主之力，这是纯粹的界主之力，没有计算任何振幅类秘法。

像金角巨兽的界主之力就是人类的10倍。

宇宙中，恐怕最弱的特殊生命都能与金角巨兽相媲美。

“每颗冰狱星都很危险，我或许能和一名不朽级兜寇进行一战，可只要发出一点动静，我就等于暴露了。”罗峰喃喃道。

但凡在冰狱星带暴露了踪迹的，都没有一个能逃掉，因为那里有两位宇宙尊者。

因是特殊生命，所以兜寇的两位宇宙尊者比人类的很多宇宙尊者要强大。

正当罗峰观察情况、思考方案时，远处宽阔汹涌的星带中忽然冲出一道模糊的身影。

“哈哈……”蕴含冰冷寒气的清脆声音朝四面八方传开，那笑声中满是欢快。

“嗯？”罗峰遥遥一看，远处那星带中接连冲出三道模糊身影，一道紫色身影，两道青色身影。

那紫色身影的身高大概3.2米，身材窈窕，通体紫色，头上垂下数百个紫色辫子，体表有水晶般的紫色铠甲，玲珑剔透，外形类似人类中的女性。而另外两道青色身影，身高都是3.6米左右，俊美无比，也垂着数百个青色辫子，通体青色铠甲，外形类似人类中的男性。

兜寇作为特殊生命，其实没有男女之别，外形不同只是代表他们的天赋略微有别。

紫色兜寇数量稀少，青色兜寇数量多一些。

紫色兜寇的寒气善于直接冻死灵魂，青色兜寇的寒气则善于冻坏身体。

三名兜寇一跃而起。

三名兜寇彼此欢笑着，速度暴增，很快便达到光速，直接进行宇宙穿越，消失在罗峰的视线中。

“宇宙穿越？”罗峰仔细看了看，“冰狱星周围虚空的杂质和阻碍全部被清除，空荡荡的，完全能加速到光速。嗯，刚才那三名兜寇实力比较弱，应该是界主级兜寇，可他们的实力能与人类普通不朽神灵相媲美，轻易便可以进行宇宙穿越，回到他们的住处。”

“看来只能这么办了。”罗峰微微点头。

世界戒指中。

穿黑衣的罗峰正站在那里，十二名强者都恭敬地行礼：“主人。”

“天阵王。”罗峰看过去。

“主人。”天阵王恭敬地道。

“你手下有封侯级别的奴仆吧，喊一个出来，最好是灵活小巧点的、聪明点的。”罗峰道。

天阵王、魑芒王等灵魂类大师，个个都有一群灵魂奴仆，封王级奴仆或许少，可封侯级的还真不少。

“是。”

天阵王一挥手，旁边便出现了一名身高仅仅1.1米的瘦小奴仆，他佝偻着身子，全身满是黑色鳞甲，一双碧绿的眼睛，这正是妖族当中的魔螺猴。

“主人。”魔螺猴连忙露出谄媚的笑容。

“从现在起，你听候我主人的吩咐。”天阵王指着罗峰，“完全听从，我主人的吩咐就是我对你的吩咐。”

“是是是。”魔螺猴连连应道。

罗峰看着封侯级魔螺猴：“你可有微型探测仪、大型探测仪？”

“没有。”魔螺猴连忙摇头。

“主——”

天阵王刚要说是被他给收缴了，罗峰一翻手便扔出了一件探测仪：“这是微型探测仪，兼有大型探测仪的功能。”

“这是虚拟宇宙的感应器，不记名登录。”罗峰又扔出一件物品，“你先都试试。”

“是是是。”魔螺猴很兴奋，“虚拟宇宙……”

像头盔那种感应器都有不记名账号，更别说现在罗峰地位如此之高，弄一个永久性不记名账号很容易，只是这些不记名账号受到虚拟宇宙系统监测的强度更强。

“你听好——”罗峰郑重地吩咐。

魔螺猴连忙仔细聆听。

“等会儿你一出去就加速到光速，进行宇宙穿越，在暗宇宙中抵达这个坐标后，再穿越回原始宇宙。”

罗峰投影出一面屏幕，屏幕上出现了一幅星图，正是一颗颗冰狱星的星图，罗峰在星图上标示出详细坐标。

“当你在原始宇宙出现时，你应该在距离这颗冰狱星1600万千米处。

“记住，你必须一直开启微型探测仪，隐匿自己的行踪，防止被发现。

“然后你就悄悄进入这颗离你最近的冰狱星，寻找一块黑色金属板。黑色金属板的特质是……”

罗峰给魔螺猴仔细讲解了一下，还讲解了如果被发现该怎么做，唯恐魔螺猴弄错，还让魔螺猴重复了一遍。

“很好。”罗峰点头，“准备出发吧，我马上便将你引领出去。”

“是。”魔螺猴道。

罗峰的命令等于他主人的命令，无论罗峰让他做什么，魔螺猴都不会有丝毫反抗。

对这些强者来说，一旦灵魂被控制，就会完全臣服于主人。

汹涌宽阔的星带外面，罗峰悄然隐匿站在那里，时刻开启着微型探测仪，旁边则站着那魔螺猴。

“就是这个时候，去吧，开始加速，达到光速，然后进行宇宙穿越。”罗峰吩咐道。

“是。”魔螺猴眼眸中泛着兴奋的光芒。

嗖！

魔螺猴速度飙升，在星带上空划过一道流光，其速度很快便达到光速，空间微微一震，魔螺猴已经消失不见。

罗峰看着这一幕："那些兜寇从一颗冰狱星前往另外一颗冰狱星，从星带飞往自己的住处，都是靠宇宙穿越，否则那么遥远的距离，就算保持亚光速飞行也得十天半月。宇宙穿越引起的震动会经常性地出现，那么，魔螺猴进行宇宙穿越也不会引起重视吧？"

"看运气吧，希望魔螺猴运气好，能将黑色金属板给我带回来。"罗峰暗道，"带不回来，至少也得侦察出那颗冰狱星内部的情报来。"

进入冰狱星实在太危险，罗峰可不会盲目地闯进去。

在离那颗冰狱星1600万千米处，宇宙空间荡起丝丝涟漪，魔螺猴出现了，他自然是开启了微型探测仪的。

"嘿嘿，跟随主人这么多年，实在太寂寞了，一直没事干，总算有点事了。这个鬼地方到底是哪儿？似乎很危险。"

魔螺猴警惕地看着周围，同时意识通过感应器连接虚拟宇宙系统，将他所看到的一切都传送给罗峰。

"冰狱星。"

魔螺猴无知且胆大，从未听过冰狱星，也丝毫不知道冰狱星到底有多危险，但罗峰的谨慎促使他小心翼翼地朝冰狱星飞去。1600万千米这个距离实在很短，魔螺猴虽然飞得很慢，但片刻后已经逼近了。

呼！呼！

两道流光忽然从冰狱星中飞了出来，正是两名界主级兜寇。

两名俊美无比的兜寇彼此谈笑着，虽然目光掠过魔螺猴所处的位置，但开启微型探测仪的魔螺猴完全隐匿踪迹，至少肉眼是无法看到的。两名兜寇依旧谈笑着，同时也开始加速，加速到光速，随即进行宇宙穿越，消失不见，前往冰狱星带其他地方。

“幸好没看到我，不过主人的主人真胆小，那两个小家伙应该是界主吧，我能轻易消灭他们，主人的主人竟然还禁止我招惹其中任何一个生命。”魔螺猴小心翼翼地朝冰狱星飞去，终于抵达冰狱星。

第910章

塔拉莎

罗峰隐匿在星带之外，意识连接着虚拟宇宙系统。

虚拟宇宙，雨相山原始区，罗峰的庄园中。

“抵达冰狱星了。”罗峰坐在书桌前，看着面前的笔记本电脑屏幕，屏幕上正播放着视频，这个视频是那魔螺猴同步传送过来的。

“现在就靠魔螺猴你自己了，我也不知道黑色金属板藏匿在冰狱星哪里。”罗峰认真地看着。

冰狱星地表寒气逼人，魔螺猴落在地表上。

“好冷。”魔螺猴看着四周，微型探测仪也覆盖周围，“主人的主人让我找什么黑色金属板，在哪儿呢？”

这颗冰狱星直径约有8000千米，表面光秃秃的，几乎什么都没有，唯有一条条宽阔的通道，直接通往冰狱星内部深处。

“选择一条。”

魔螺猴随便选择一条通道，悄然朝里面飞去，同时依靠微型探测仪进行探测。越深入，他感到越冷。

飞了大概3000多千米，魔螺猴终于飞到了尽头。

“这冰狱星深处竟然是……一座宫殿？”魔螺猴眨巴一下眼睛，看着眼前那座高上千千米，由紫色、青色驳杂的寒冰建成的晶莹剔透的宫殿，宫殿中弥漫着一股让他恐惧的气息。

“有可怕的强者在里面。”魔螺猴咬牙。

“主人的主人，我现在该怎么办？”魔螺猴通过虚拟宇宙系统询问罗峰。

“你现在控制探测仪，让探测信号笼罩整个冰狱星，但是得避开那座宫殿。除了宫殿外，其他地方全部仔细探测一遍。”罗峰下达命令。

“是，主人的主人。”

魔螺猴没有丝毫犹豫，立即执行。

大型探测仪开始迅速扫过这颗冰狱星，除了星球核心的那座宫殿外，把其他地方全部探测了一遍，一切信息自然都通过虚拟宇宙系统传送给了罗峰。

罗峰皱眉地看向笔记本电脑屏幕。

“冰狱星和虫族母巢很相似。”罗峰轻声道，“整个冰狱星上，宫殿外的其他所有区域都没有什么宝物，全部是冰块。毫无疑问，黑色金属板就在那座宫殿中。”

“魔螺猴，进入那座宫殿。”罗峰吩咐。

“是，主人的主人。”

魔螺猴虽然感觉到了宫殿中让他恐惧的强大气息，但他绝对不会违抗罗峰的命令，他小心翼翼地开始从门进入。

宫殿太大了，也很空旷，一眼望去，看不到一个生命。

“真冷啊。”

魔螺猴缓缓往宫殿中飞，不敢飞得太快，唯恐引起里面强者的注意。

“到底在哪儿呢？黑色金属板在哪儿呢？”魔螺猴通过微型探测仪一次次寻找。

当魔螺猴飞过内殿门槛时，一股无形波动蔓延开来。

“异族！”一道愤怒的咆哮声传来，同时一道紫色流光几乎瞬间就到了魔螺猴的前方。

“不好！”魔螺猴大惊。

“探测整个宫殿，然后逃跑。”虚拟宇宙中的罗峰飞快命令魔螺猴。

魔螺猴顾不得其他，立即控制探测仪，然后将速度飙升到极限连忙逃跑。

“还想逃！”

紫色身影遥遥指向魔螺猴，那晶莹剔透的手指迸射出的一缕紫光直接落在魔螺猴身上。魔螺猴身上迅速结出一层冰，瞬间整个都化为巨大的冰块，而冰块中的魔螺猴已经一动不动了，他的一切灵魂印记都被冻得崩解。

自此，魔螺猴陨落。

“哼。”强大的紫色身影冷哼一声，“这些异族，个个都想得到冰狱星石和冰狱青露，一个封侯级的也敢来我这里，成为冰雕吧！”

紫色身影随即一挥手，一股气流卷着魔螺猴的尸体直接飞到这座内殿的角落，只见那角落处已经有了十几座冰雕，都是漫长岁月里宇宙中其他前来冒险的胆大的异族不朽神灵。

虚拟宇宙。

罗峰坐在书桌前一遍遍地回看探测仪最后探测到的宫殿内的情形。

“这座宫殿内竟然有冰狱星石。”罗峰看着屏幕上一块指甲大小的好似透明的紫色小石头的图片。

“藏黑色金属板的地方在别处，还好，黑色金属板没和冰狱星石放在一起。”罗峰道。

冰狱星带共有两种闻名宇宙的特殊宝物，引得一些无路可走或者敢于冒险的强者来这里赌一把。

只要成功偷到一种，那就真正翻身了。

这两种闻名宇宙的宝物，一种是冰狱星石，一种是冰狱青露。唯有青色兜寇花费无数心力才能制造出冰狱青露，也只有紫色兜寇才能艰难制造出冰狱星石。

它们都是很昂贵的材料，具有奇效。

单单那座宫殿中存放着的那指甲大小的冰狱星石，价值就在2万亿混元单位左右。

“宝贝啊，可越珍贵的宝物，一般都在越危险之地。”罗峰摇头，“冰狱星带是乌华秘境六大危险区之一，特别是冰狱星带还有两位宇宙尊者，他们实力强大，是宇宙尊者中的强者，很可能能与天蚀宫主那一水准的强者相媲美。

“那座宫殿的内殿显然是被那名不朽级兜寇炼化了，好似一件兵器，一旦有强者进入内殿，那名坐镇的不朽级兜寇就会立即感应到。”罗峰眉头皱着，“我要想得到黑色金属板，就必须进入内殿，而进入内殿，就必定被发现。”

罗峰隐匿在虚空中，看着远处浩浩荡荡的星带，也看着更远处的那颗冰狱星：“进内殿，则必定被发现，是个死结。异族大能给我的考验，还真不容我取巧啊。”

罗峰回忆起之前看到的那三个界主级兜寇，当即心意一动，旁边出现了魔杀族分身，魔杀族分身当即身体一晃，一阵黑色气流变幻，魔杀族分身变成了一名高3.6米的青色兜寇，全身散发着冰冷的寒气。

天赋秘法——复制！

魔杀族分身生命气息迅速变化，和罗峰之前所看到的一名青色兜寇一模一样。

“只要对方不渗透进魔杀族分身体内探测，就绝对不会发现破绽，这也是诸多计划中最安全最有可能成功的，希望能成功。”

地球人本尊、魔杀族分身都看向远处的冰狱星，魔杀族分身随即化为一道流光飞去。

魔杀族分身速度飙升，达到了闯过通天桥第二十层的境界，论战力，其完全能压制一般的封侯级强者，法则感悟极高的他轻易即可达到光速。

身体进行宇宙穿越。

仅仅片刻，罗峰出现在距离那颗冰狱星大概600万千米的宇宙空间，此时的他完全是青色兜寇形象，生命气息也一模一样，光明正大地飞向那颗冰狱星。

罗峰可不会愚蠢到用探测仪隐匿自己。

“贝珐，贝珐。”一道声音直接在罗峰耳边响起。

“嗯？”罗峰一惊，转头看去。

只见远处一道流光飞来，正是一名紫色兜寇，身高3.2米，要比罗峰显得小巧玲珑些，正一脸兴奋地道：“贝珐，你也听说塔拉莎老师冰封了一个异族？”

“我只是来拜见塔拉莎老师。”罗峰心中一动，连忙道。

幸好这兜寇使用的语言被虚拟宇宙系统收录了。

特殊生命因为数量少，所以一般都使用本族语言，而罗峰显然是会这种语言的，至于他变成的那个青色兜寇的声音，他也听过。

“走走走，我们一起去见塔拉莎老师。”紫色兜寇拉着罗峰的手，直接朝下方飞去。

罗峰只能任由对方拉着。

二者一道朝下方飞去。

罗峰来之前做了充足准备，知道兜寇之间的感情极好。他们是特殊生命，天生拥有无限寿命，但不能繁衍。能够一代代繁衍的生命，必须成为不朽神灵才拥有永恒生命。

漫长的生命令他们亲如手足。

他们重视每一个族人。只要死一个族人，即使是界主级的族人死了，也会引起其他所有兜寇的愤怒，连那两位宇宙尊者都会亲自追杀凶手。

可很多前来冒险的异族强者到这里时，还是杀死了不少兜寇。

罗峰和紫色兜寇牵着手，沿着这颗冰狱星的通道直接往深处飞行，很快就飞到了那座寒冰宫殿。

“塔拉莎老师，塔拉莎老师。”紫色兜寇拉着罗峰，直接往宫殿内殿飞去。

罗峰只能硬着头皮飞行，很快便飞进了那危险的内殿，同时一道身影走出，正是之前击杀魔螺猴的那名不朽神灵。

“娅乌、贝珐，你们俩来了。”塔拉莎微笑着，一点没有之前的凶狠，反而很是亲切，可罗峰很清楚，这份亲切是对同伴的。一旦发现罗峰的真正身份，这个塔拉莎就会直接下狠手。

“那个异族呢？”娅乌连忙道，同时朝内殿的那些冰雕看去。

罗峰也装作看向那些冰雕。

“是妖族中的魔螺猴，大概是封侯级实力。”塔拉莎指向远处那个冰雕。

娅乌拉着罗峰的手，朝那个冰雕飞去。

罗峰跟着她，落在了那个冰雕面前。

“魔螺猴，现实中我是第一次看到呢。”娅乌的眼睛很亮。

“贝珐，过去你最能说，今天见到我怎么一句话都不说？”塔拉莎一步就到了罗峰身后，亲切地摸了摸罗峰的小辫子。

第911章

暴露

罗峰心中一紧，任由塔拉莎摸着自己的小辫子，旁边娅乌则道：“我也感觉贝珐今天有点不对劲呢。”

“是不是有烦心事？”塔拉莎继续摸着罗峰的小辫子。

“心情不好，就是有些不想说话。”罗峰闷闷地道。

塔拉莎看罗峰的目光很亲切：“看来我们贝珐有烦心事了，好好想，想不透就来告诉老师，老师开解你。”

“嗯。”罗峰点头，他能够感觉塔拉莎、娅乌对这个贝珐有一种浓厚的感情——亲情。

“资料果然非虚，特殊生命兜寇对来侵犯的异族非常凶厉，但他们内部非常和谐，个个亲如亲人。杀了他们一个族人，就会引起其他所有兜寇的追杀。”罗峰暗道。

“你们俩在这儿玩吧。”塔拉莎笑道，“有事就去修殿找我。”

“好的，塔拉莎老师。”娅乌连忙道。

“明白了，塔拉莎老师。”罗峰也说着。

塔拉莎一笑，转身离开了。

罗峰这才暗松一口气，之前视频中击杀魔螺猴的塔拉莎那般冷漠、杀意冲天，此刻却和蔼可亲。罗峰却不知，宇宙衍变，在这儿的一个个特殊生命兜寇并非同时孕育出的，而是有先后之分。

有的早，有的晚。

塔拉莎算是最早被孕育出来的兜寇之一，排名第九，要比贝珐、娅乌早亿万年。在数千名兜寇中，塔拉莎实力排在前十，担当着教导一些弱小兜寇的重任，所以贝珐、娅乌等都喊塔拉莎老师。

罗峰看着面前一个个冰雕，冰雕中有魔螺猴，有异族雷泉族强者……甚至还有一名人类强者！他们全被冰封，灵魂早已被冻得崩解。

“好有趣的魔螺猴。”娅乌仔细观察魔螺猴许久，“第一次在现实世界中观看，过去都是在虚拟世界中看到呢。”

“虚拟世界？”罗峰心中一动。

虚拟技术在宇宙中属于很普通的科技了，搭建小范围的虚拟世界很容易，比如地球当年因为得到一艘古老飞船残骸上的个人光脑，便搭建出了战神殿这一虚拟世界。搭建小范围的虚拟世界一直是一项很普通的技术，难的是搭建超大范围的虚拟世界。

笼罩一个星系的虚拟世界，笼罩一个星域的虚拟世界，笼罩一个星区的虚拟世界，笼罩人类疆域的虚拟世界，笼罩整个宇宙的虚拟世界……随着范围的增大，搭建的难度也是不断飙升的。

“兜寇搭建一个笼罩冰狱星带的虚拟世界，的确很轻松，单单利用从历代侵入者那里得到的一些智能光脑，就能轻易做到。”罗峰也理解。

“贝珐，我们去秘法殿逛逛吧。”娅乌说道，“塔拉莎老师创造的秘法很复杂呢。”

“我就不去了。”罗峰道，“我想单独走走。”

“哦。”娅乌点点头，“也对哦，塔拉莎老师创造的秘法适合我们，不太适合你们呢。”

罗峰略微一愣才明白，娅乌说的是紫色兜寇和青色兜寇的区别。

“那我去啦。”娅乌随即欢快一蹿，消失不见。

“运气还真好。”罗峰见状，暗松一口气，“我本来还在想办法单独行动，没想到这么轻松就找到机会。嗯，去那存放黑色金属板的地方。”罗峰也是一蹿，便在这宫殿中开始飞行起来。

这座宫殿最深处，塔拉莎盘膝坐在寒冰地面上，无形神力直接扫荡了一遍宫殿内殿，脸上露出一丝笑容：“娅乌去了秘法殿，贝珐去了万物殿。娅乌也真是的，明明知道贝珐心情不好，不陪着贝珐，反而去秘法殿。贝珐又不修我这一脉，也好，万物殿中有从那些侵入者那里搜出的各种各样的奇怪物品，能让贝珐分分心。”

随即，塔拉莎闭上眼睛，意识连接虚拟世界，和其他族人交流去了。

对特殊生命兜寇而言，漫长岁月里，那些抱着侥幸心理冒险来冰狱星带的异族强者的确很多，虽说99%都被抓住了，但还是有些运气好的曾偷走过宝物，这也使得总有异族强者过段时间就来试试。他们被杀了后，随身携带的很多宝物，对兜寇而言几乎没用，一般都是扔了或者当装饰品、玩物。

塔拉莎便将许多玩物放在一个殿内，并将其命名为万物殿。

黑色金属板便在万物殿中。

……

罗峰飞到万物殿里来了。

整个宫殿的布局早在之前就被魔螺猴的探测仪精确探测过了，罗峰心中早有准备，当然一清二楚。

“现在就看运气了。”

罗峰踏在冰冷的寒冰地面上，扫视随意堆放在地面上的各种各样的物品，有一些兵器，也有一些铠甲，还有一些特殊材料。这些物品的价值都不算高，至少罗峰没放在眼里。

“黑色金属板。”罗峰猛地一挥手，将一些物品直接挥到一旁，看到了下面被掩盖的黑色金属板。

“第三块黑色金属板！”罗峰一摸就知道，这就是他要找的那块黑色金属板。

“得到黑色金属板了，我得赶紧离开。”罗峰暗暗道，“从我离开宫殿到出冰狱星，要好一会儿。这段时间内，如果被塔拉莎发现不对，我就麻烦大了。不过，塔拉莎应该对族人不会有太强的戒备心，我有逃脱的可能。”

“而且看样子，黑色金属板是随便放在这里的，塔拉莎显然没重视。”

罗峰不再犹豫，把黑色金属板收进世界戒指后，就直接往外走。

嗖嗖嗖，罗峰在宫殿内乱窜，速度不算慢也不算快。

在罗峰飞出内殿门槛的一瞬间，一道声音在他耳边响起：“贝珐，回去了？不等娅乌？”

“不等了，想回去了。”罗峰虽然心头一颤，可还是说道，“下次再来塔拉莎老师这里。”

“嗯，去吧。”塔拉莎亲切嘱咐道。

罗峰顾不得其他，很快便飞出宫殿，然后就沿着通道往出冰狱星的方向飞。罗峰虽然拥有瞬移的能力，但根本不敢使用，因为使用瞬移肯定会被发现，这是虚拟宇宙公司给的资料中明确提到的。

罗峰虽然焦急无比，但也只能强装镇定朝外飞去。

冰狱星带搭建的虚拟世界中。

一个广场上，塔拉莎正陪着三名兜寇族人，他们坐在一起，喝着果酒。

“贝珐这孩子，不知道怎么回事，刚才去我那里，闷闷的，感觉有些不对劲，不知道怎么了。”

“可能是表白被拒绝了。”其中一名兜寇笑道。

虽无法繁衍，但青色兜寇一般会追求紫色兜寇，成功配对后，生活在一起。因为青色兜寇数量多，紫色兜寇数量少，加上很多紫色兜寇喜欢单独生活，所以被拒绝的情况很常见。

“塔拉莎，你说贝珐去你那里，还闷闷的？我刚才还看到贝珐和博雅他们几个大笑着一起去玩战斗游戏呢。”

“大笑？”塔拉莎脸色微变，兜寇本性单纯，不会掩饰，“刚才还闷闷的，马上又和博雅他们欢快大笑去玩战斗游戏？”

……

修殿中盘膝而坐的塔拉莎忽然睁开眼，无形的不朽神力迅速朝外蔓延开去，扫荡到刚刚飞出冰狱星通道的罗峰。那无形的不朽神力朝罗峰体内一渗透便轻易发现其体内的那颗生命晶核。

“不是贝珐！是异族！”塔拉莎眼眸中陡然迸发出无比可怕的杀意。

唰！

原本还在宫殿内的塔拉莎直接施展瞬移，消失不见，再度出现便已经到了罗峰面前。

施展瞬移在冰狱星带中本是禁忌。

虽然这群特殊生命中一些厉害的强者，如塔拉莎等，都是懂得施展瞬移的，但他们平常没有一个使用瞬移，都是靠宇宙穿越去其他伙伴那里。因为异族来偷盗宝物，最快的手段就是施展瞬移。

只要兜寇们都不施展瞬移，一旦发现有施展瞬移造成的空间波动，那么肯定是异族。

除此以外，发现异族、追杀异族时，自然也可使用瞬移。

总之，发现瞬移波动，就代表着有异族侵入，或者有重大情况发生。

“异族！”

“异族来了吗？”

冰狱星带，一颗颗冰狱星中，有数十名强大的不朽级兜寇同时感应到了施展瞬移造成的波动。

冰狱星带中体积最大的两颗冰狱星上居住着两位可怕的宇宙尊者。特殊生命的宇宙尊者，天生就无比强大。

“异族？”

“有异族？”

两位宇宙尊者也发现了。

“只要飞出冰狱星，然后加速到光速，我便可以成功地逃走了。”罗峰刚冲出冰狱星的通道，就往冰狱星高空飞。

接近冰狱星的地表处有强大的气流，类似地球的大气层，有阻力。

必须飞出去，才能加速到光速。

轰！

一股强大气息忽然出现，正是那道紫色身影。塔拉莎双眸迸发着可怕的杀意，盯着罗峰，冰冷的声音响彻天地：“异族！”

正朝上空飞去的罗峰看到上空那道紫色身影，脸色顿时大变。

第912章

逃

塔拉莎心中满是愤怒，他没想到异族竟然伪装成他的族人，他还曾摸过假贝珐的辫子，这令他愈加恼怒："不可饶恕！"

轰！

塔拉莎冰冷地看着下方的罗峰，也不废话，直接朝罗峰遥遥一指，一道紫色毫光瞬间迸射向罗峰。罗峰在看到塔拉莎出现的瞬间便知道不妙："糟糕，被发现了，实施第三方案。"

罗峰在同一瞬间立即施展瞬移，可那紫色毫光速度极快，瞬间便射进罗峰体内，一道让人心颤的寒气掠过罗峰身体，罗峰的意志仿佛都被冻结。

这对灵魂有莫大损伤的一指，却遇到了对灵魂攻击完全免疫的魔杀族分身。

嗖的一声，罗峰已经消失不见。

"什么?! "塔拉莎不敢相信，他全力冻结敌人的灵魂，敌人竟然逃脱了。塔拉莎连忙闭上眼睛朝四面八方感应，意识和空间法则波动相结合，努力地感应，可是罗峰与他的距离实在太遥远，超出了他的感应范围。

"塔拉莎，以后别犯这样的错误了，交给我吧。"一道雄浑的声音在塔拉莎脑海响起。

"首领，他偷走了一块黑色金属板。"

"我知道，一切交给我。"

"是，首领。"塔拉莎点头，只是心底依旧不甘。

他不认为那个狡猾的敌人能逃走，当他在施展瞬移时，冰狱星带两位最可怕的宇宙尊者都会注意到这里，就算他措手不及让那个狡猾的敌人施展瞬移逃走，可两位宇宙尊者随便一位去追杀，都能轻易追到。

嗖！

在星河上空，罗峰突然出现，而后再度消失。

嗖！

在一片庞大的陆地上空，罗峰突然出现，而后又再度消失。

嗖！嗖！嗖！

罗峰疯狂地施展着瞬移，每次移动距离都超过1光年。

罗峰也不管会遇到什么危险，只管以最快速度逃窜。

……

在一片陆地上空，一道散发着无尽威压的青色身影站在虚空中，眼眸中有着一丝笑意："这个异族小家伙逃得真快，可是，仅仅懂得瞬移和掌握完整空间法则是两个不同的层次，你怎么可能逃得出我的手掌心？"

青色身影朝各个方向散开不朽神力，感应各处波动，轻易感觉到其中一个方向有施展瞬移产生的波动。

"就在那里。"

青色身影一闪，仿佛戏弄猎物般追了过去。

一般悟透瞬移后，不管是界主还是封王级强者，移动距离都是差不多的，移动距离的长短更多取决于自身对空间法则的感悟。身体瞬间和空间波动相结合，直接将自身传递到远处某个空间波动位置。

悟透瞬移后，单独朝某个方向感应，一般能感应超过1光年的距离。如果朝四面八方同时感应，那就吃力多了，感应到的距离也就只有感应单独方向时的1%。

所以塔拉莎根本感应不到罗峰到底瞬移到哪里了。

可那两位宇宙尊者就不同了。

悟透完整的空间法则后，宇宙尊者的移动距离就夸张多了，宇宙尊者的一次移动距离超过1000光年，就算朝各个方向同时感应，也能覆盖半径超过10光年的范围。

幸好罗峰一直在施展瞬移，位置一直在变化，那位宇宙尊者想立即就抓住罗峰也得花费一些心思。

……

呼！

罗峰出现在一座连绵起伏的山脉上，双手双脚撑地。

嗖！

罗峰再度消失。

几乎同时这座连绵山脉的上空出现了那道青色身影，接着再度消失。

一逃一追。

“这小家伙还真是不停了。”青色身影追了数十秒钟便有些不耐烦了。因为每一秒罗峰都能瞬移数十次。如果这位宇宙尊者想要轻轻松松地抓到罗峰，怕是难了。因为他得先确认罗峰会出现在哪里，他才会施展瞬移去那里。

先确认再施展瞬移的过程，会让罗峰又先一步溜走。

“得花费一些力气了。”

青色身影站在虚空中，周围是数万座悬浮着的黑色小山和飞船残骸，这里也是乌华秘境的其中一个危险之地。当然宇宙尊者不会在乎这些，他直接施展了招数。

轰，耀眼的青光从青色身影身上迸发，一时间，青色身影仿佛化作了恒星，散发着无尽的青光。

释放如此强大的能量，就是为了干扰空间波动。宇宙尊者既然掌控了完整的空间法则，是能够轻易封印、破坏空间波动的，单单影响空间波动更是简单，可也是有范围限制的。

此时，这位宇宙尊者燃烧了少许不朽神体，顿时强大到不可思议的地步。

在这位宇宙尊者的全力施展下，空间波动瞬间被干扰。

光年实在是一个极大的长度单位。

正常情况下，即使是干扰空间波动如此简单的事，宇宙尊者也无法覆盖半径

1光年范围，还得燃烧少许不朽神体，才能干扰超过半径10光年范围。

……

雾气弥漫的虚空中。

罗峰刚要施展瞬移便摇头叹息一声，他清晰感应到那空间波动瞬间混乱了，很多还断裂了，虽然很快就会恢复，但至少现在他无法施展瞬移了。

轰！

强大的威压蔓延开，笼罩周围，同时周围空间完全被封印了，那可怕的封印令罗峰现在动都不能动，他被死死地束缚住了。

“见过尊者。”罗峰喊道。

“变回你原来的样子，我不杀我的族人。”雄浑的声音响起，那道青色身影出现在罗峰面前，身高和其他青色兜寇差不多，只是威压强了很多，站在那里代表着空间。那股威压令罗峰暗惊。

“既然要杀我，凭什么命令我？”罗峰看着眼前的宇宙尊者。

青色兜寇尊者看着罗峰：“倒是胆大，你是仗着自己是魔杀族，不怕被我灵魂控制？”

“是。”罗峰点头。

魔杀族没有灵魂，自然不可能被灵魂控制，这就是生命的不同。罗峰早就查过资料，很清楚这一点。

“说吧，魔杀族的天才，”青色兜寇尊者看着罗峰，“你一个界主竟然能够施展瞬移，就算是魔杀族的，也是了不起的绝世天才，竟然会来我这里？更让我疑惑的是，从你不断施展瞬移来看，你明明知道，仅仅施展瞬移是逃不过我的追杀的，那你为什么还做无用功？一次次施展瞬移，逼得我燃烧0.1%的不朽神体，你该知道，你这么做已经惹怒了我。明知道逃不掉，还惹怒一位宇宙尊者，是很不明智的行为。”

“是。”罗峰咧嘴一笑，“你杀了我，就知道原因了。”

“你难道……”

青色兜寇尊者眼眸中迸发出煞气，面露震怒之色，猛地一挥手，轰隆一声，一个无形的大巴掌直接拍击在罗峰身上，瞬间便将罗峰给拍得完全湮灭，连罗峰随身携带的普通世界戒指、感应器、无数材料等也都湮灭。

“没有！”青色兜寇尊者仔细查看。

青色兜寇尊者将罗峰拍得粉碎，把一切普通物品全部拍碎，没发现其他什么特殊物品，他脸色一变。

整个冰狱星带，其他兜寇都不知道黑色金属板的重要性，可是他和紫色兜寇尊者是知道的。

“被耍了！”青色兜寇尊者怒哼一声，“肯定是他某一次施展瞬移时将东西扔下了。”

乌华秘境的另外一处，距离冰狱星带数千光年的地方。

一艘生物飞船正悬浮在那里。

罗峰正站在控制室内，手中握着一块岩石，露出笑容：“东西到手。”

为了夺得记录《九劫秘典》的黑色金属板，罗峰制订了诸多计划，单单针对魔杀族分身的行动，便有六个方案，足以应付各种不同情况。现在实行的这第三方案，就是算准了宇宙尊者不会舍得轻易燃烧不朽神体而制订的。

第三方案是，当被发现时，魔杀族分身立即施展瞬移抢走黑色金属板，再立即施展瞬移逃走，然后一次又一次地施展瞬移，速度必须快，不能有一丝犹豫。

罗峰一次次施展瞬移，宇宙尊者刚开始追杀时，是不会舍得燃烧不朽神体的，只有追得不耐烦了，才会宁可燃烧不朽神体也要抓住罗峰。

然而，罗峰早就在世界戒指中安排了一名奴仆执行任务，当魔杀族分身施展瞬移到那座悬浮的连绵山脉上、双手双脚撑着地面时，魔杀族分身将一颗伪装成岩石的世界戒指放在了那里，然后立即施展瞬移逃了。

青色兜寇尊者虽然一直追着罗峰，但不知道那奴仆带着黑色金属板进行宇宙穿越，在暗宇宙中飞行十秒后立即返回乌华秘境。

“东西到手，该回去了。”

“这次行动损失了一名封侯级魔螺猴和魔杀族分身，不过魔杀族分身稍微花费一些能量即可再度孕育。”罗峰握着手中岩石，露出笑容。

忽然一股冰冷气息从他身后蔓延开来。

罗峰脸色一变，猛地转身。

后面站着一个身穿朦胧紫色纱衣的“人”，罗峰心一颤，他知道这“人”是谁，这“人”正是冰狱星带两大宇宙尊者中的另外一位——紫色兜寇尊者！

第913章

冰狱

“紫色兜寇尊者！”罗峰暗叹，还是棋差一招，现在麻烦了。

罗峰微微躬身表示尊敬：“见过紫色兜寇尊者。”

“小家伙，你还真厉害。”紫色兜寇尊者看着罗峰，似笑非笑，“你竟然能够将一位宇宙尊者耍得团团转，让他白跑一趟。”

“再怎么厉害，也没能逃过尊者的追捕。”罗峰摇头，随即好奇地看着紫色兜寇尊者，“不知道尊者能否为我解惑，另一位尊者都被我调开了，尊者你是怎么找到我的？”

紫色兜寇尊者饶有兴味地看着罗峰，他没有想到这次的偷盗者在他面前竟然侃侃而谈，似乎在和长辈交谈。

“难道这个小家伙就一点不担心我会杀了他？不担心我灵魂奴役他？”

“尊者？”罗峰被盯得有些发毛。

“你不怕我杀你？不怕我灵魂奴役你？”紫色兜寇尊者问道。

“已经沦落到这个地步，我又无法反抗，怕又有什么用？”罗峰道。

“有趣。”紫色兜寇尊者笑着，“你这小家伙，派了魔杀族族人去偷盗，竟然只是为了一块没用的黑色金属板。虽然那黑色金属板很特殊，但一点用都没有。塔拉莎那儿可是有冰狱星石的，不偷盗冰狱星石，竟然偷盗没用的黑色金属板，有趣，有趣。”

“主要是我的属下没用，眼界太小，对宇宙中的宝物知道得太少，看到黑色金属板，发现它很特殊，就认定是宝物，所以就偷盗回来了。”罗峰摇头，“可能他也知道，冰狱星石肯定会被保护得更加严密，他也没有把握偷到手吧。”

“他很聪明，如果他去偷盗塔拉莎的冰狱星石，塔拉莎就会立即怀疑他是假的贝珐。”紫色兜寇尊者点头，“这黑色金属板是我当年偶然得到的，研究了一番后，也没发现它的用途，所以就当作玩物在我的那些族人中流传，最后落到塔拉莎手里，被他随意放在那里。”

罗峰一怔。

玩物？

的确，这黑色金属板承载《九劫秘典》，受到宇宙运转法则的限制，只能自己一人使用。对其他人而言，无法得到其中的《九劫秘典》，又无法拿来他用。恐怕两位宇宙尊者都不知道黑色金属板记载着《九劫秘典》，自然当成一个玩物。

“不知道尊者能否放了我，我愿为我的行为负责。”罗峰微微躬身，并非他异想天开，而是根据虚拟宇宙公司搜集的资料，紫色兜寇尊者和青色兜寇尊者都是很喜欢宝物的，的确有一些异族被抓捕后，命属下送来宝物赎回自己，而且还成功了。

“放了你？”紫色兜寇尊者饶有兴味地看着罗峰，“也好，那黑色金属板对我来说只是一个玩物，就当顺便卖给你，不过代价可不小。”

“请尊者一说。”罗峰心中一喜。

被赎回的确有例子可循，没想到自己这么走运，这位尊者连黑色金属板都不追回了。

“你手段高超、来历不凡，这代价自然就更——”紫色兜寇尊者脸色忽然一沉，看了一眼罗峰，道，“小家伙，你竟然逼迫青色兜寇尊者燃烧些许不朽神体，显然已经惹怒了他，看来将你放了可不行。”

罗峰脸色微变，他当然知道那青色兜寇尊者被魔杀族分身气得一肚子火。

“跟我走吧。”

紫色兜寇尊者再也不和罗峰废话，无形的空间波动席卷周围。

嗖！嗖！嗖！

紫色兜寇尊者连续施展三次瞬移，每次移动距离都超过了1000光年。

当罗峰感觉眼前景色终于清楚时，他就已经到了一颗无比冰冷的星球上。罗峰朝四周看去，这是一个茫茫无尽的冰冷星球，天空中能看到一颗颗冰狱星。

“这是在冰狱星上，而且应该是超大体积的冰狱星，也许是紫色兜寇尊者或是青色兜寇尊者的住处。”罗峰暗道。

“飞船呢？”罗峰原本是在飞船内的，现在却发现飞船没了，“看来生物飞船也被弄走了。”

轰！

一股强大的气息出现在半空，俯视着罗峰，正是那位青色兜寇尊者。

“哈哈……这次你可丢脸了。”紫色兜寇尊者笑着道。

“哼！”青色兜寇尊者落下后，依旧盯着罗峰，“人类，是你安排那魔杀族族人来偷盗的？那魔杀族族人的本体到底在哪里？竟然敢那般轻易寻死，肯定不是他的本体。”

“青色兜寇尊者，那魔杀族族人的本体是我的好友。”罗峰恭敬地道，“我这次请他的魔杀族分身来帮我一次，已经欠了他一个人情，怎么能供出他来？”

紫色兜寇尊者在一旁边说边揶揄一笑：“蠢，你直接说一个特殊人物，比如说你的朋友是巨斧斗武场创始者的徒弟、混沌城主的徒弟……总之，是你们人类那些超级存在的徒弟，我看他敢不敢去报复。”

“哼。”青色兜寇尊者瞪了罗峰一眼，“可恨，太可恨！这么杀了你，实在太便宜你了——”

忽然——

远处上空，空间荡起涟漪，只见连续数十道身影都通过宇宙穿越而来，或是青色兜寇，或是紫色兜寇，都非常俊美，接着，一个个俯冲而下。

越来越多兜寇赶来，周围空间不断荡起涟漪。

“这就是那个伪装成我的？”贝珐盯着罗峰。

“伪装成你的已经被杀了，这是主使者。”青色兜寇尊者声音低沉。

“首领好厉害啊，不仅杀了那伪装的异族，还抓到了主使者。”贝珐兴奋道。旁边的一群界主级兜寇也都非常兴奋，仿佛看稀奇物品般地看着罗峰。这群兜寇彼此相处和睦，他们面对首领也没有一般界主面对宇宙尊者时的惶恐，而是一种对待爷爷般的尊敬。

“首领，你杀了那异族啊，那异族还和我牵手了呢。”娅乌看上去有些闷闷不乐。

“那是异族伪装的。”旁边的贝珐连忙喊道，“我才是真贝珐！”

“知道啦。”娅乌连忙应道。

数百名兜寇一片闹腾，而那塔拉莎则死死地盯着罗峰，眼眸中有着杀机，显然对之前被罗峰安排的魔杀族分身欺骗一事很不满。

“两位首领，不知道你们打算怎么处置这个异族？”塔拉莎问道，顿时娅乌、贝珐等兜寇都看向两位首领。

青色兜寇尊者看向旁边的紫色兜寇尊者。

紫色兜寇尊者笑道：“你似乎很愤怒，你来决定。”

“哼。”青色兜寇尊者盯着罗峰，“得慢慢折磨他。塔拉莎，你来押解，给我将他押解到冰狱中去！”

“是。”

“冰狱？”

“这个异族要倒霉喽。”

“冰狱又要开启喽。”

一些界主级兜寇个个欢呼。

罗峰脸色难看，暗道：“冰狱？果真如我所料，只要不杀我，就肯定会将我关进冰狱。嗯，我还有机会，暂时没必要让老师混沌城主出面。”

这片区域为什么叫冰狱星带？

这些冰冷的星球为何不叫寒冰星，不叫其他名字，而是叫冰狱星，名字里带着一个“狱”字？

就是因为冰狱星带有一个传说之地——冰狱。

罗峰得到的资料中说，这冰狱是一件类似镇封星辰的大型重宝，能直接将一名名强者关押镇压其中。这重宝便由那两位宇宙尊者其中一位掌控。

“走。”塔拉莎等三名兜寇盯着罗峰。

罗峰也不反抗，乖乖被押解着。

这三名不朽级兜寇属于兜寇中排名前十的强者，个个不朽神体的基本力量都是千万倍界主之力，加上身体振幅、念力振幅等手段，每个实力都能与真衍王相媲美！

这就是特殊生命，基础条件比人类好太多，加上他们三个又是不朽级兜寇中最优秀的，自然厉害。

之前魔杀族分身能逃掉，一是因为灵魂攻击对魔杀族分身无效，二是魔杀族分身施展瞬移时，不朽神灵是无法追到的，就算真衍王也不行，必须是掌握整个空间法则的宇宙尊者，如青色兜寇尊者，才能追杀到。

暗宇宙中。

一艘飞船正缓缓飞行着，飞船控制室内正站着天阵王。

天阵王的世界戒指中。

“嗷——”

金角巨兽分身那庞大的身体正盘坐在那里，而此刻他的体内世界中正在孕育着魔杀族分身。

呼！

魔杀族分身出现在一旁。

“主人。”覆水王等众多强者恭敬地行礼。

“幸好我留了一手。”魔杀族分身低声道，“我就知道异族大能安排的磨炼不可能那么容易，所以我的原核是绝对不能出意外的。一旦陨落，即使老师混沌城主能逆转时空复活我，我再也无法拥有星辰塔等许多至宝，也会失去《九劫秘典》。”

诸多计划实施的前提——必须保证原核的安全。

所以当魔杀族分身行动时，地球人本尊就和金角巨兽分身分开了。金角巨兽分身带着原核、天阵王等乘坐宇宙飞船在暗宇宙中飞行。

不管怎么崩溃，至少原核没事。

“地球人本尊有塔珠，不可能被灵魂控制。如果遭到攻击，为了地球人本尊身上的至宝，也只能请出老师混沌城主了。”魔杀族分身暗道，“现在倒没必要了，那两位似乎没发现我拥有至宝，反而要将我关进冰狱。”

第914章

身陷冰狱

那两位宇宙尊者显然不知道被他们抓来的仅仅是地球人本尊，地球人本尊身上的弑吴羽翼、《星辰布道图》、塔珠都非常重要，真被逼急了，罗峰请混沌城主现身，自然能轻易离开冰狱。

《星辰布道图》、塔珠都勉强算至宝，混沌城主即使发现了，也不会太在意。

只是，请出混沌城主是没办法的办法，不到最后，罗峰不会那么做。

那颗冰狱星核心，上万千米高的寒冰宫殿内。

青色兜寇尊者、紫色兜寇尊者并肩漫步在宫殿内。

“其实，我真的很想一巴掌拍死那人类！”青色兜寇尊者声音低沉，道。

“你找死不成？坐山客那是何等身份？那可是宇宙最强者之一！如果我们惹怒了坐山客，就算是我等结识的那些强者，也庇护不了我俩。你自己找死就算了，可别连累数千名族人！”紫色兜寇尊者连忙呵斥道。

青色兜寇尊者连忙笑道：“我只是一说。你说，我俩好歹也是堂堂宇宙尊者，在宇宙亿万个族群的宇宙尊者中都排得上前列，却要在那人类面前演戏，故意装作不知道黑色金属板的特殊性，这算什么事啊。”

“这是坐山客吩咐的，我们当然得照做，而且坐山客给你我的好处也不小。”紫色兜寇尊者点头。

“当年坐山客吩咐，将这黑色金属板随便放在一颗冰狱星上，禁止放在我俩的冰狱星上，等待异族来偷，还说只要发现偷盗者是血肉类生命，就禁止打杀，要将其关押进冰狱。”青色兜寇尊者皱眉，“之前那魔杀族分身是能量生命，我直接一巴掌打杀了，没想到他的幕后主使竟然是这人类！”

“你说，坐山客为何这般命令？”青色兜寇尊者问。

“还用说？花费这么多心血，应该是磨砺培养强者吧。”紫色兜寇尊者眼眸很亮，“这个人类应该是被那坐山客选中的。”

“培养弟子？”青色兜寇尊者摇头，“有这么狠的老师吗？坐山客可是明明知道我们的规矩的，却还要将他想培养的人送进冰狱。就算这人再厉害，冰狱中关押的都是些什么东西，我们是知道的。”

“狠。”紫色兜寇尊者声音低沉道，“可能这就是磨砺吧。渡不过这一关，这人类就算死了，反正也等于是坐山客的磨砺害死了他，和我们无关。”

“嗯嗯。”青色兜寇尊者连连点头。

他俩边走边说。

“不过这人类的确够狡猾，连我都被他骗了，你是怎么找到他和那黑色金属板的？”青色兜寇尊者好奇地问道，“当年坐山客吩咐，假如有异族真的神不知鬼不觉地偷走了黑色金属板，那也就罢了。只有被我们抓住，才送进冰狱。”

“哈哈。”紫色兜寇尊者笑了。

“快说，你怎么发现的？”青色兜寇尊者追问。

紫色兜寇尊者微笑道：“那魔杀族族人不是带着黑色金属板逃吗？一次又一次地施展瞬移，他在中途悄悄将伪装成一块岩石的世界戒指放在一座悬浮山脉上，我便盯上了，发现有异族拿走了那块岩石，而后尾随那异族，最终发现了那人类。经过我的观察，我确定那人类是主使者，这才现身。”

“不对。”青色兜寇尊者连忙摇头，“我在追杀魔杀族族人，你可没有。而且那魔杀族族人一次次施展瞬移，将那世界戒指放在山脉上，是一瞬间的事，待我到那座山脉上，我都没意识到，你怎么意识得到？而且你怎么来得及去探测？”

紫色兜寇尊者神秘一笑。

“说，快说。”青色兜寇尊者好奇得很。

“很简单。”紫色兜寇尊者得意地道，“我在那黑色金属板上留下了小小的印记，不管那黑色金属板在哪里，我都能感应到。

“你我彼此都有信物，我感应到你在不断改变位置，可那黑色金属板一动不动，所以，我直接施展瞬移到了那里并且悄然隐匿，看到了一名异族拿走了装着黑色金属板的戒指，然后尾随，结果你也知道了。”

“你……”青色兜寇尊者一瞪眼，“你竟然留下印记！你在黑色金属板上留下了印记！”

“不行？”紫色兜寇尊者微微一笑，“我一直很好奇，是谁让坐山客安排这个局，他专门磨砺的强者到底是谁。我当然想要亲眼看看，可我又担心，真的让他给偷走了黑色金属板而我们还不知道。

“以防万一，我就这么做了。

“哈哈……坐山客又没禁止我们这么做，更何况，坐山客只是想要让那偷盗黑色金属板的血肉类生命去冰狱中磨砺。”

青色兜寇尊者摇头感叹，为罗峰感到惋惜。

罗峰明明能偷走黑色金属板的，却因为紫色兜寇尊者的好奇心而栽了。

“倒霉的小家伙，希望别死在冰狱。”青色兜寇尊者摇头。

“反正我们也不能插手，他是死是活，就看他的运气了。死，也是死在坐山客的磨砺中，与我们无关。”紫色兜寇尊者摇头。

“坐山客在浩瀚宇宙中独来独往，脾气乖戾，连那几大超凡势力都不愿招惹他，果然不假。”青色兜寇尊者摇头。

这颗巨大的冰狱星是青色兜寇尊者的住所，地表上有一根800多千米粗、上万千米高的圆柱形冰柱刺向天际。

呼！呼！呼！呼！

四道身影从高空俯冲而下，正是塔拉莎等三名强者押解着罗峰，周围空间完全被封锁，显然是塔拉莎他们其中一个强者在时刻维持着空间封锁，防止罗峰直接施展瞬移逃走。

他们却不知道，没有魔杀族分身的帮忙，地球人本尊根本无法施展瞬移。

“那就是冰狱？”罗峰遥看那巨大的圆柱形冰柱，一股丝毫不弱于镇封星辰的强大气息蔓延开来。

“对，那就是冰狱。”塔拉莎押解着罗峰，冷冷地道，“你还真是有趣啊，即将被关押进冰狱，恐怕亿万年都出不来，终日惶恐，最终死在里面，你竟然一点都不慌。”

“既然被抓住了，慌又有什么用呢？”罗峰笑着。

他的原核被金角巨兽分身带着离开了乌华秘境，正在一个奴仆的神国中歇息，只要他召唤这个奴仆，即可通过神国传送，直接抵达乌华秘境。

罗峰的目光落在远处的冰狱上。

冰狱是整个冰狱星带中最可怕的地方。

相传，冰狱星带的那两位宇宙尊者虽然会杀戮那些偷盗被抓的异族，但如果抓到一些实力超强，或者有一些特殊的强者，就会把他们关押进冰狱中。

亿万纪元下来，冰狱中不知道关押了多少名强者，那些强者在冰狱中实力自然也会提升。

加上那两位宇宙尊者令被关押的异族们彼此残杀，在杀戮的压迫下，冰狱中的强者的确变得很疯狂。

“只要没面临绝境，就没必要请出老师混沌城主，而且在我成为超级强者的途中，我还真的想一次都不请老师混沌城主出面。”

罗峰心中早就有了这个想法，在他看来，被逼得请出混沌城主是一件很丢脸的事。

有能力，就自己去拼，就自己去扛！

一步步成长，直至和老师混沌城主比肩，甚至于更强。

在这路途中，一次都不请混沌城主出面，这是罗峰对自己的要求。

强者一开始便不给自己后退的借口。

……

塔拉莎他们三个押解着罗峰，到了冰狱前。

“人类，”一名青色兜寇声音尖厉，“虽然你的实力不错，但被关押进冰狱的最弱者都是封王级强者，没这点实力，首领根本不屑将这些异族关押进冰狱，而且漫长岁月下来，里面生死搏杀……我提醒你，如果害怕、恐惧，早点自爆算了，里面的黑暗、疯狂不是你能承受的。”

“哦，真是让人期待呢。”罗峰一笑。

“这是你的号牌。”塔拉莎随手一扔，扔出一块紫色、青色驳杂的号牌，号牌上有着妖族通用的数字。

罗峰接过号牌。

“号牌？代表我的身份？”罗峰好奇，心中暗道，感觉有点像地球的监狱者号牌呢。

“进去吧。”塔拉莎猛地一推罗峰。

罗峰直接被推向那冰狱，一下子靠近冰狱百千米。

顿时——

轰隆隆——

一股可怕、强劲的吞噬力量直接笼罩罗峰，罗峰仿佛陷入无尽的旋涡中。

罗峰身陷这股吞噬力量中，顿时双翼一展，便要抵抗。

“别抵抗。”

“不要试图抵抗，抵抗的后果你应该知道。”

塔拉莎他们三个冷漠地看着罗峰。

“也对。”罗峰摇头，“这里可是那两位宇宙尊者的地盘，他们施展一个瞬移便能来到这里了。”

“那就去看看传说中的冰狱吧。”罗峰仰头看向那吞噬之力的源头。

冰狱已经裂开一个黑漆漆的洞窟，洞窟口一层叠一层，仿佛风扇的扇片。

轰！

罗峰猛地被吞噬到其中。

轰隆隆——

一层又一层的“风扇片”关闭，那巨大的冰柱恢复如常。

自此，罗峰便被关押进了冰狱。

“好好‘享受’吧，人类。”塔拉莎冷漠地看了一眼冰柱。

“走吧，塔拉莎。”

“我们走。”

顿时他们三个化作三道流光，迅速冲天而起。

第915章

噬魂兽

这是一个茫茫无尽的冰雪世界。

罗峰被吞噬进来后，感觉到一股可怕的压力作用在自己身上，自己仿佛被一座巍峨的大山压住。罗峰双翼一展，硬是扛住这股镇压之力，稳稳悬于空中，俯瞰这片无尽的冰雪大地。

“这就是冰狱？”罗峰环顾四周。

空间中仿佛有千万把看不见的刀子，时刻都在震颤。

“不愧是重宝，时刻都令空间震颤，这种情况下根本无法施展神国传送。”罗峰早有预料，任何一件镇压封印类重宝都是会压制神国传送的。

施展神国传送的条件比较苛刻，空间必须得稳定。

像打斗厮杀时，能量波及空间，都是无法施展神国传送的。

“也无法施展瞬移。”罗峰仔细感应了一下，便发现冰狱中的空间波动与外界的空间波动完全隔绝，“就算有魔杀族分身在，我也最多只能在冰狱内部移动，无法出去，这和星辰塔的禁地空间非常相似。”

星辰塔内有无数个禁地空间，强者们只能在一个禁地空间内施展瞬移，无法瞬移到其他禁地空间。

无法施展神国传送，无法施展瞬移，时刻仿佛被大山给压着，这就是罗峰初入冰狱的感受。

唯一让罗峰欢喜的是，可以连接虚拟宇宙系统。

“真是厉害。我在星辰塔、在魔山、在初始宇宙、在血洛世界……总之，我去过的任何一个地方都可以连接虚拟宇宙系统。”罗峰不由得感叹，“这虚拟宇宙系统果真厉害，就算我处于重宝内、至宝内，都一样能连接。”

“主人，你现在所处的空间太特殊，大型探测仪在空间干扰下无法正常工作，微型探测仪还能保持正常运行。”巴巴塔的附属智能向罗峰禀报这一问题，罗峰暗自点头。

微型探测仪的科技含量远高于大型探测仪，在这冰狱中还能发挥作用。

“青色兜寇尊者将我关进冰狱，难道就这么关着？应该没这么简单吧？”

罗峰从半空缓缓降落在雪地上。

罗峰踩着积雪一步步行走，每一步都跨出上千千米：“我先好好逛逛这冰狱，看看那青色兜寇尊者将我关在这里到底是为了什么。”

罗峰踩着积雪行走，留下的脚印引来了冰狱中的一名强者。

“脚印？这是什么脚印？”一道模糊的黑影落在积雪上，“冰狱中应该没有谁的脚印是这样的，难道是新来者？”

“哈哈……我的机会来了。”

……

“这冰狱真广阔。”罗峰在雪地中忽然停下，遥看四周，“因为镇压力量太强，我的念力只能覆盖数万千米范围。我现在已经走了数十万千米，前方依旧是一眼看不到尽头的冰雪，以及那一座座冰山。”

这就好像镇封星辰内部也有空间，如同一枚戒指能承载一方世界。

冰狱作为青色兜寇尊者的重宝，内部的空间远大于从外面看到的体积。

罗峰深吸一口气，冰冷的寒气进入胸膛。

“都说这冰狱中关押着很多强者，我就不信，一个都碰不到。”

罗峰继续前进。

雪地被踩出一个个脚印，每个脚印都相隔上千千米，若是普通人根本无法探测追踪，可对于冰狱中的强者而言，上千千米距离仅仅是一个迈步罢了。

“主人，小心偷袭！”微型探测仪迅速发出警报。

轰！

罗峰双翼一振，直接腾空而起，空间震颤幅度增大。

一道黑色流光直接从罗峰下方一划而过，落在雪地上。

“嗯？”罗峰站在高空俯瞰下方，那雪地上盘坐着一个通体漆黑的生灵，他正盯着罗峰。他全身还覆盖一层黑色鳞甲，有8米多长的身躯，有比身躯还略长的宛如锯子般的尾巴，一对獠牙很长，双眸中燃烧着黑色火焰。

“异族噬魂兽？”罗峰微微一怔。

噬魂兽属于宇宙中一个极为罕见的族群，同金角巨兽、魔杀族一样都是以稀有出名的，噬魂兽的稀有程度完全可以与魔杀族相媲美。如此稀有的噬魂兽同样拥有天赋秘法，而且还是两种天赋秘法。

“人类，你竟然认得出我。”沙哑的声音从那只噬魂兽口中传出。

“竟然能在冰狱中碰到噬魂兽，哈哈，也算你我有缘分。”罗峰微笑着看着眼前充满杀机的噬魂兽，从高空下降，落在雪地上，“噬魂兽，我刚刚进入这冰狱，不知道你能否将冰狱中的情形讲给我听一下？”

“自大猖狂的人类！”那只噬魂兽发出一声尖叫，嗖的一声便动了。

快如闪电！

一般的强者在这冰狱内部时刻都受到冰狱空间的镇压，速度早就慢了不知道多少，可那只噬魂兽展露出的速度依旧很惊人。

罗峰双翼一振，轻易闪避开。

“我想和你聊聊，何必一来就厮杀呢？”罗峰轻松地笑着。

那只噬魂兽发出嘶哑的叫声，消失了。

“瞬移?!”罗峰瞳孔一缩。

那只噬魂兽突然出现在罗峰的身后，张开血盆大口朝罗峰咬来，而察觉危险的罗峰双翼一展，任凭那只噬魂兽咬来。

那只噬魂兽猛地一咬，咬在弑吴羽翼上，感觉像是咬在了G级金属上。

“魂刀。”罗峰转头看着那只噬魂兽，他强大无比的意志引领着虚化念力呈刀状，直接劈向那只噬魂兽。

很简单的一招灵魂攻击。

虽然罗峰在灵魂方面琢磨得不够多，但他的意志操控虚化念力运用得非常精准。他施展一些精妙的幻术可能还很难，可施展直接的灵魂攻击倒不难。

魂刀直接劈出，虽然招式一般，但兽神意境很深奥，这一招不弱于封王巅峰级灵魂类大师的一击。

那只噬魂兽猛地一怔。

罗峰左手一挥，六颗黑色球接连砸在那只发愣的噬魂兽身上。在没有抵抗的情况下，第一颗黑色球就砸得那只噬魂兽筋骨断裂，第二颗黑色球砸得那只噬魂兽身体完全裂开，其他几颗黑色球呼啸而过，噬魂兽化为无尽的碎片，消失了。

那只噬魂兽竟然就这么消失了！

“消失？”罗峰脸色一变，“没凝聚成实体，没施展瞬移，怎么可能消失？我刚才又没动用费摩毒液。”

要施展瞬移，身体必须得凝聚成实体，被劈成碎片是无法施展瞬移逃跑的。

不施展瞬移都能消失，只有一种情况，那就是噬魂兽本尊在远处，那么即使这个不朽神体破裂，不朽神力也依旧会回到噬魂兽本尊那儿，因为这些不朽神力早已蕴含噬魂兽的精神印记。

“难道是——分身！”罗峰暗惊，“这竟然只是那只噬魂兽的一个分身。”

噬魂兽共有两种天赋秘法，第一种天赋秘法为极可怕的攻击手段噬魂，第二种天赋秘法为极强的逃命手段分身。施展天赋秘法分身后所形成的分身，论实力，自然是远弱于本尊的，也无法施展天赋秘法。可分身至少懂得法则奥妙。只要本尊懂得法则奥妙，分身就会懂。

罗峰继续前进。

那只噬魂兽偷袭罗峰一次后，没想到他又接连偷袭了两次。

第二次，那只噬魂兽施展的是灵魂攻击，以罗峰可怕的意志以及兽神吼这等秘法，罗峰自然是轻易抵挡住了，根本无须塔珠的帮助。

第三次，那只噬魂兽施展的是幻术，幻术对罗峰无效。

罗峰的应对手段都是同一招，使用《星辰布道图》的镇封星辰，直接将噬魂兽分身砸死。

“主人，那只噬魂兽通过分身一次次来袭击你，显然是在试探你的真实实力。如果觉得你威胁不大，恐怕他的真身就会前来击杀你；如果觉得你太强，他就会小心翼翼地避开你，实在太狡猾了。”世界戒指中的极虹王说道。

“主人还没爆发真正实力，连费摩毒液都没用。”炼心王道。

罗峰的世界戒指中正是极虹王、炼心王，至于其他奴仆，则跟随着金角巨兽分身。

炼心王是灵魂类大师。

极虹王拥有紫色古钟。

二者互相配合，关键时刻绝对能起到改变战局的作用。

罗峰当初制订计划时，自然也考虑到了自己被抓的情况，所以给地球人本尊留了两个强者。毕竟地球人本尊虽实力强但无法燃烧不朽神力。

这也是罗峰和其他强者最根本的差距——不能燃烧不朽神力。

一旦对方燃烧不朽神力，罗峰就会吃亏。

“我慢慢等，看他本尊到底现不现身。”罗峰继续行走在雪地中，他相信冰狱中还有其他强者，“根据之前青色兜寇尊者那番话，还有塔拉莎那番话，显然这冰狱是非常恐怖的，到底恐怖在哪里呢？”

第916章

命运

在距离罗峰数十万千米外的雪地中，一道黑色影子潜伏在那里。

“这个人类似乎不懂瞬移，不过实力很强。我的分身虽然只有我一小部分的实力，但被他那么轻易地杀死，他最起码是封王巅峰级战力，还是让其他家伙去啃这块骨头吧。”黑色影子唰地消失了。

罗峰依旧行走在雪地中，不急不躁，仿佛在欣赏景色。

“那只噬魂兽的本尊竟然不来，我仅仅露出这么点手段就吓住他了？他还真够谨慎的。”

罗峰继续走着，他已经沿着一条直线走了足足近千万千米，却没发现除噬魂兽之外的其他被关押者。

“嗯？”罗峰眼睛一亮，遥遥看着远处一座冰山，那座冰山之巅上竟然站着一道身影。

二者距离数十万千米，可以他俩的视力，只要没有障碍物，就都能轻松看到对方。

那道身影转身，遥看罗峰。

他有高大的不朽神体，全身满是羽毛，一双竖瞳遥遥盯着罗峰。

“是卡屠族。”罗峰暗道。

卡屠族属妖族联盟麾下的一个附庸族群。

卡屠族战士以冷漠、凶厉出名。

当罗峰确认远处那座冰山之巅上站着的强者是卡屠族时，就明白自己恐怕得有一场厮杀了。

嗖！

远处的卡屠族强者瞬间在半空留下一道璀璨的光。

他直接飞扑向罗峰。

罗峰站在雪地中，抬头看那名卡屠族强者杀来，默默等着。

二者距离越来越近。

卡屠族强者眼眸中有着无尽的杀意和疯狂，令罗峰眼中也隐现杀机。罗峰暗道："冰狱中被关押的强者，怎么见到其他强者都直接动手？"

卡屠族强者直接施展空间封锁，周围一定范围内的空间波动完全被封锁，双方都无法施展瞬移。

罗峰无奈一笑："这名卡屠族强者应该不懂瞬移，实际上我也施展不了瞬移，根本没必要施展空间封锁。"

"人类，死吧！"卡屠族强者传音喝道，"不是我死，就是你死！"

轰！

一股可怕的气息从卡屠族强者身上猛地爆发，令原本还很冷静的罗峰大吃一惊："燃烧不朽神体？疯了疯了，这个卡屠族强者就算真的想要和我一决生死，也没必要在还不知道我真正实力的情况下，就直接燃烧不朽神体吧？不朽神体损耗过大，可是需要很久才能恢复的。"

嗖！罗峰双翼一振，迅速避让开卡屠族强者的近身攻击。

"卡屠族的强者，我和你之前根本不认识，你甚至连我的实力都不清楚，怎么一上来就燃烧不朽神体？就算要杀我，假如我实力很弱，你不是白白燃烧不朽神体了？"罗峰传音道。

哧！

血红色的刀光划过长空，罗峰再度远远避开。

嗖！嗖！嗖！

罗峰凭借弑吴羽翼，一次次闪躲着。他判断出眼前这个卡屠族强者是封王巅峰级水准，一旦对方燃烧不朽神体，他还真的无法硬拼，只能避开，让对方多消耗些不朽神体。

“我燃烧不朽神体后的瞬间闪躲速度竟然不如你！”卡屠族强者显然有些疯狂，“人类，你如果实力够强，就和我正面一战！就算我死，也让我在正面战斗中死去吧！”

“卡屠族强者，你以为我那么愚蠢？”罗峰一次次轻松地闪躲着。

无论卡屠族强者在燃烧不朽神体下何等剽悍，他碰都碰不到罗峰一下，纯粹是做无用功。如果卡屠族强者知道刀河王的声名，恐怕就不会做出这种愚蠢的事情了。可是很显然，在被关押进冰狱的众多强者中，知道刀河王的还真的没几个。

……

“哈哈……”

卡屠族强者忽然仰头大笑起来，笑声仿佛冲击波朝四面八方传递开去。

他悬在半空，也不追击罗峰，就这么大笑着。

“哈哈……哈哈……”卡屠族强者笑得很疯狂，可让罗峰震惊的是他竟然依旧燃烧着不朽神体，丝毫没有停下的意思。

“你……”罗峰开口。

“哈哈……这就是命运，这就是命运啊！”卡屠族强者仰头大笑。

“我弄藏幼小时便是天才，一路成长直至封王，意气风发，只因太爱冒险而身陷冰狱！一旦身陷冰狱，永无出去之日，无尽纪元空浪费在这冰狱中了！已经过去了漫长岁月，我族恐怕早已将我遗忘，我的亲人早已死去，我的朋友又有几个还活着呢！

“出不去，白白浪费岁月，还得和你们这群家伙钩心斗角，厮杀争夺那一线生机！哈哈，亿万纪元来从无一刻敢松懈，我受不了了！老瞎子、噬魂……你们一个个继续挣扎吧，我就不陪你们了，先走一步了！”

声音朝四面八方传播，卡屠族强者看向震惊的罗峰：“人类，我本想在厮杀中陨落，没想到没这等机会。”

“就这么放弃吗？”罗峰问道。

“不放弃又如何？人类，陷入冰狱是最大的折磨。”卡屠族强者摇头，“除非你族群中的超级存在非常重视你，亲自带走你，否则没有出去的希望。我族……哈哈……恐怕早就将我遗忘了。

“走了，走了。

“解脱了！”

卡屠族强者猛地自爆，仿佛一颗升起的太阳，无尽的能量冲向四面八方。他完全没顾及旁边的罗峰，他已心如死灰，至于罗峰是否在他的自爆下死去，他也懒得多想。

他觉得死了便死了，死了恐怕也是罗峰的解脱。

……

冰山深处。

那只噬魂兽正盘坐在那里，听到传遍整个冰狱的声音，他凶厉的眸子略微一怔，掠过一丝哀伤。

“老朋友，你就这么放弃了？”

“要死，为什么不死在我的手上？那样我也多一丝出去的机会。”沙哑的声音在洞窟中回荡。

……

雪地下上千千米深处，一个地穴中，蜿蜒盘坐着的身影有着类似人类的头，眼睛闭着，轻声叹息：“他解脱了。”

……

冰封海洋深处，美轮美奂的宫殿内。

“又一个放弃了，好好好，放弃得越多，我能出去的概率就越大！”

……

冰狱中，那些被关押无尽岁月的强者得知卡屠族强者死去时，或是共鸣哀伤、或是嗤笑、或是冷漠……反应不一。可没有谁震惊，因为这种自己求死而陨落的情况早就发生过好多次了。

……

半空，气流混乱，罗峰缓缓展开双翼，看着面前悬浮着的世界戒指、兵器、铠甲等，这些是那名卡屠族强者的遗物。

“自杀？”

“能修炼成为封王级强者，哪一个没有超强的毅力？哪一个没有坚定的信念？竟然被逼到自杀！”罗峰喃喃道，耳边回荡着之前卡屠族强者所说的那番话，渐渐明白为何他要求死了。

“卡屠族，一个弱小的异族，就算是妖族强者在这里，都没办法和族群联系，因为妖族没有虚拟宇宙系统，而卡屠族只是妖族的附庸族群罢了。”罗峰轻声道，“他无法联系族人，只能在这里独自忍受无尽的孤独。”

厮杀是冰狱中的主题。

“无限岁月，一直孤独地待在这冰狱里，也无法和族群联系，只能厮杀，一年、百年、万年……无尽纪元，终于崩溃了。”罗峰暗叹。

这就是时间和孤独的威力，在时间、孤独面前，就算封王级强者也会有崩溃的一天。

罗峰的确被卡屠族强者的自杀震撼到了，他再也没耐心慢慢地行走，而是化作一道流光，在高空中以极限速度不断飞行。

嗖！

流光划过长空。

罗峰越回想刚才的事越觉得震撼，他问自己：“我当初面对生死之路的考验之所以能扛下，虽然只有六千多年，但我觉得每一秒都比一年长，是因为我还有着执念！我如果也像卡屠族强者一样，知道亲人已经死去，知道自己已经被族群遗忘，我会在冰狱中坚持亿万纪元吗？”

“会，一定会！”罗峰点头。

“我一定会出去，然后想办法逆转时空复活亲人。”罗峰紧握双拳道。

“实力，青色兜寇尊者依仗自己实力强，将众多强者关押起来，当作游戏。”罗峰暗道，“如果这些被关押的强者中有谁成为宇宙尊者，青色兜寇尊者恐怕会立即斩草除根吧。”

罗峰一直朝这片空间的尽头飞，下方是无尽的雪地，无尽的冰山。许久，罗峰终于看到了一个透明的巨大冰碑。

冰碑巍峨，上面刻有妖族文字。

“难怪……”罗峰看着这些文字，喃喃道，“好狠的青色兜寇尊者！”

第917章

苍绛族

巨大的冰碑上刻着的妖族文字，描述了冰狱唯一的生机。

上一次大屠戮至今，冰狱中已关押约一万两千名异族，每一名被关押者都拥有一块号牌。凡是能凑足一万块号牌者，便可以安然离开冰狱，失败者将会被全部杀光，这便是大屠戮。

在此之前已经发生过一次大屠戮了，有一名人类强者曾安然离开冰狱。

异族们，这是你们唯一的生机。

想要出去，那就战斗吧，夺取其他强者的号牌。

你们中只有一个能出去！

每一个文字都蕴含着强大、可怕的神力，那股威压犹如滔天巨浪一次次冲击着周围，不过就算是宇宙尊者本身也不可能让罗峰屈服，更别说仅仅留下的文字了。

“好狠的青色兜寇尊者。”罗峰喃喃道，“给被关押者一丝希望，却又将他们的后路完全堵住。一万两千名异族强者只有一个有机会出去，其他的都得死！强者在命运面前都是不甘屈服的，他们会挣扎、会拼命。”

“于是，就有了一场场厮杀，有了钩心斗角，有了陷入崩溃后的自杀。”罗峰暗自摇头。

紫色兜寇尊者、青色兜寇尊者关押的都是无限岁月中闯入冰狱星带被抓到的封王级强者，或者具有特殊手段的生命。

凡是有背景或者受族群重视的强者，早早就被族群的超级存在带走了，被关押在这里的，都是没什么背景的。

族群忘记了他们，他们只能自我挣扎。

“决出唯一的胜者。”罗峰感叹，“也不知道所谓唯一的胜者是不是真的能出去，还是说，刚刚出去，就被青色兜寇尊者杀死？”

冰狱关押不了真正的超级天才，如科谛，如罗峰，如七剑王，如命陨王，绝世天才都是有紧急求救手段的。族群中的超级存在，如宇宙之主会亲自来带走他们。

青色兜寇尊者、紫色兜寇尊者哪敢违逆宇宙之主?

“坐山客老师，”罗峰喃喃道，“对于一般人来说，来冰狱星偷走黑色金属板本就是极危险的事，但这对我来说，危险程度远不算高，不像你的做派。”

“所以，这冰狱才是你磨炼我的地方吧。”

“让我感受到强者的挣扎，让我清晰地明白宇宙最基本的原则——弱肉强食。”罗峰站在巨大的冰碑面前，思考着。

在距离罗峰7万多千米的雪地上，一片透明的叶子从雪地中慢慢探出头来，那片叶子朝着罗峰的方向飞去。

“人类？”

“是人类，是冰狱中唯一的人类！那人类肯定有连接虚拟宇宙系统的器物，也很可能有不记名账号的感应器。”雪地深处的强者顿时激动了。

“不记名账号，虚拟宇宙，人类的虚拟宇宙！”雪地深处的强者抑制不住内心的期待。

他们在冰狱中实在太寂寞了，他们这些异族也可以使用人类的不记名账号感应器。所以在冰狱中，人类的不记名账号感应器绝对属于众多强者都哄抢的宝物，这可以帮他们排解孤独。

“杀死他，我要连接虚拟宇宙系统！”

一道高80多米的透明影子猛地出现，紧跟着施展瞬移直接消失。

罗峰默默地站在巨大的冰碑面前，他身后突然出现一个80多米高、通体透明的奇异生命。

这个奇异生命身上满是叶子，每一片叶子都仿佛玻璃般透明。只见他那粗壮的藤蔓缠绕着一条很长的黑色锁链，哧哧哧，黑色锁链仿佛毒蛇猛地缠绕向罗峰。

罗峰双翼一振，在半空留下曲折的轨迹，已经闪到那透明生命的后面了。

黑色锁链落在了雪地上。

雪地震动，出现裂缝，可前方的冰碑丝毫无损。

“人类，”透明生命咆哮着，“你逃得再快也没用。”

呼！呼！呼！

黑色锁链散发一丝黑色毫光，速度完全达到了极限，一时间，罗峰只感觉眼前完全是无数的锁链幻影。这让罗峰不得不承认，当对方完全爆发时，他的身体飞行速度和黑色锁链相比，的确是慢了些。

“哼。”罗峰哼了一声。

罗峰左手掌心浮出六颗隐隐散发紫色光晕的黑色球，一把甩了出去。六颗黑色球上的法则秘纹被催动，无数金色丝线串联，顿时引动宇宙本源法则。一时间，天空中出现了数百米长的兽神幻影，兽神幻影咆哮着挥动着右蹄爪扑向那透明生命。

透明生命不敢大意，操控着黑色锁链去抵挡。

砰！

兽神幻影的右蹄爪狠狠拍击在黑色锁链上，直接将黑色锁链拍飞，黑色锁链摔在远处的雪地上，雪地崩裂，锁链落入地底深处。

“嗷——”

兽神幻影咆哮着，蹄爪拍击向透明生命。

唰！

透明生命消失，躲过这一爪。

透明生命出现在罗峰身后，无数的透明叶子形成一条粗壮的手臂，直接抓向罗峰。

“空间封锁。”罗峰驱动锁空之臂，只见周围茫茫空间的波动顿时完全停止，焱祭大陆原住民文字在半空若隐若现，同时罗峰双翼一振，施展明月策，羽翼犹如战刀，直接呼啸而过。

透明生命只感觉有奇异的力量切过手臂。哧，手臂直接从半空坠落，跌落雪地中。

远处凌空而立的罗峰遥看兽神幻影正咆哮着冲向透明生命。

透明生命发出一声嘶吼，欲钻入地底，同时也挥动着那条黑色锁链阻拦兽神幻影。无奈，拥有超强意志的罗峰完全能与封王巅峰级强者相媲美，加上至宝《星辰布道图》的威力，就算面对封王级极限强者，他也丝毫不惧，更别说这个实力仅为封王巅峰级的透明生命了。

砰！

兽神幻影再次拍飞那条黑色锁链，而后粗壮的右蹄爪朝下方一抓，抓住透明生命，六颗涂有费摩毒液的黑色球都侵入其体内。

“不！”透明生命发出惊恐的叫声。

透明生命的实力在冰狱幸存者中算是垫底的，可他的生存能力极强，一是因为他能施展瞬移，二是因为他的不朽神体庞大，就算拼命燃烧不朽神体，他坚持的时间也是远超其他生命的。

可此刻，六颗黑色球穿过他，一瞬间就毁掉了他几乎一半的不朽神体。

嗖！嗖！嗖！

六颗黑色球化作六道流光，飞回罗峰面前，落入罗峰掌心，然后消失。

“人类。”透明生命看着罗峰。

“你应该知道，你现在的不朽神体已经损耗一半。”罗峰心中感叹对方生命力之顽强，六颗黑色球啊，就算当年击杀封王级极限强者，一次性也能消耗其30%左右的不朽神体，而这次对付的是实力弱很多的封王巅峰级强者，竟然才毁掉其50%左右的不朽神体。

“你的实力只剩下一成，更不是我的对手。”罗峰看着透明生命。

透明生命盯着罗峰：“人类，有什么要说的，尽管说。我承认，现在空间被封锁，速度又不如你，我逃不掉，实力又远不如你，一切都在你的掌控之中。不过你要明白，冰狱中没几个怕死的，逼急了我，我也会选择自爆。”

“我刚刚看过一个自爆的。”罗峰笑道，“你别急着自爆，自爆对我也没有威胁。我现在有事问你，如果你老实回答，我可以饶你一命。”

“饶我一命？”透明生命不敢相信。

“我说一不二。”罗峰从半空缓缓下降，落在雪地上，道，“机会已经给你，你别自己错过。”

“人类，你问吧。”透明生命道。

“你是什么生命？宇宙亿万个族群，几乎没有我不知道的。”罗峰直接问道。他还真的很好奇这点，他何等眼界，竟然有他不认识的生命。如果说是特殊生命也就罢了，可看战斗力，他也算不上特殊生命。

“苍绛族，”透明生命道，“植物类生命的一种，不过我在宇宙秘境冒险时曾遇险，发生了变异，变成现在这样了。”

“变异？”罗峰惊诧，随即恍然。

像使用血洛晶成为黑武者，是一种变异；像驱动血洛之力使血统、基因改变，是一种变异；像《九劫秘典》使基因一次次跃升也是一种变异，只是《九劫秘典》引起的变异比较特殊，从外表几乎看不出变化。

“我再问你，你为何来杀我？而且没一点把握就来？”罗峰问道。

“人类，”苍绛族生命声音低沉，道，“虽然冰狱中绝大多数生命都对生有着强烈的渴望，但漫长的岁月令很多生命早就没有了对生的敬畏，他们心底深处对死亡有一丝渴求，所以有时候遇到陌生者，他们都懒得去探测对方实力，直接厮杀，成功了很好，失败了也算是一种解脱。”

“你别将外界的做事方式，和冰狱中的相比。

“冰狱中的五大巨头，个个强大，还有其他生命，有些还是特殊生命，实力也强大。能在无限岁月下活下来的，都是封王巅峰级实力。像我等，算是垫底的，根本没机会出去，只是不甘心，依旧挣扎罢了。

“至于我来杀你，是因为我想得到不记名账号感应器，我想要意识感应虚拟宇宙，我想要感受一下外界。”

“感应器？”罗峰错愕。

“孤独！孤独！我在生死间挣扎已经不止万年、亿年，而是无尽的纪元，仿佛永远看不到尽头。能够进入虚拟宇宙，是一件何等奢侈的事啊！”苍绛族生命看着罗峰道。

第918章

十大封王

罗峰听了暗自点头，他能够理解这些被关押无尽纪元的强者渴望进入虚拟宇宙的心情。罗峰虽然在宇宙中闯荡，但能通过虚拟宇宙和家人经常见面。虚拟宇宙100%还原，让罗峰感觉跟真的一样。

“你有不记名账号感应器吗？”苍绛族生命忽然问道。

罗峰一怔。

“你让我进入虚拟宇宙，让我和外界接触一下，我愿为你做任何事情！”苍绛族生命连忙道。

“我没有。”罗峰摇头。

苍绛族生命透明的脸上满是失望。

罗峰没有心软，因为他清楚绝对不能暴露自己有不记名账号感应器这个消息，因为一旦传出去，他就会成为整个冰狱的公敌！冰狱中的那些强者会联起手来对付他，他自然不会愚蠢到这地步。

“我再问你，”罗峰看着眼前高大的苍绛族生命，“你们都相信只要凑足一万块号牌就能出去？”

“信，当然信！”苍绛族的生命气息都强了不少，“青色兜寇尊者在遥远的过去公开说过，对于我们，他还不至于耍心机。更何况……我们除了信，也没有别的办法。”

罗峰皱眉：“无尽纪元来，冰狱中是怎么样的情况？现在还有多少强者活着？他们实力又如何？”

“杀戮、暗算、钩心斗角，为了那一丝希望，他们什么事都做得出。”苍绛族生命发出刺耳的笑声，“人类，冰狱中的强者可比外界的强者心狠手辣多了，有些甚至宁可同归于尽，也不愿将生的机会给别人！”

罗峰回忆起之前那名自爆的卡屠族强者，那名卡屠族强者的确一来就和罗峰厮杀，甚至想要和罗峰同归于尽，可惜碰都碰不到罗峰，最后只能选择自爆，但也伤不了罗峰。

“至于实力，在极限条件的逼迫下，强者还是能爆发出更大的潜力的。”苍绛族生命道，“到如今，活下来的强者还有八百六十多名。”

“八百六十多名？”罗峰暗叹，“看来已经陨落一万一千多名强者了。”

“当个个被逼到极限时，一些血统强大的强者就非常占优势。八百六十多名强者中，封王巅峰级、封王高等级都是垫底的，其中封王高等级也只能潜藏着，根本不敢出来厮杀，而且个个极善于逃命。至于封王巅峰级强者倒是敢出来厮杀。这些强者大概有八百名，封王级极限强者大概有五十名，还有十名强者接近封王级无敌层次，以及完全称得上封王级无敌强者的五大巨头。”苍绛族生命说道，“我给你看样东西。”

苍绛族生命一挥，一个巨大的冰块从高空砸落在雪地上。

罗峰一看，那个冰块高约10米，上面用妖族文字写着一个个密密麻麻的名字和其他信息。

“这是冰狱中强者的排名。”苍绛族生命道，“我们在冰狱中实在是太寂寞、太枯燥了，大多时候都无法安心修炼，且随时可能遭到偷袭。这么漫长的岁月，强者的排名算是一件让我等比较有兴趣的事情。这是冰狱中五大巨头之一的天狼根据所有强者的实力，做出的一个大概排名，从第一名到第八百六十三名，实力从高到低。”

罗峰皱眉说道：“怎么可能？在实力相当的情况下，战斗时谁胜谁负是很难说的。”

“我等当然明白，天狼所编撰的排名，虽然不可能完全准确，但还是很有公信力的，也是根据冰狱中的一场场战斗编撰出来的。”苍绛族生命感慨，“能够冲进前一百名，或者冲进前五十名，也算是一种进步。你说可笑不可笑，我们在这里寂寞孤独到看重这一排名了！”

笑声传出，巨大的不朽神体都在微微颤抖。

罗峰看着巨大冰块上的一个个名字。

“冰狱中那些可怕强者真的很强，不管是五大巨头、十大封王，个个都不好惹。”苍绛族生命说道，“你作为新来者，肯定会遭到一次次偷袭，经历一场场厮杀，除非你能击败封王级极限强者，证明自己的实力，否则你的战斗没有尽头。”

罗峰点头。

“你走吧。”罗峰道。

“你放我走？”苍绛族生命忍不住问道。

“再不走，我可改变想法了。”罗峰看着苍绛族生命。

“人类，我劝你，在冰狱中别有善心，否则结局是很悲惨的。”苍绛族生命的声音在半空回荡，已然施展瞬移走了。

罗峰看了一眼雪地上的巨大冰块，目光一扫便将冰块上的详细信息全部记下，然后翻手将冰块收入世界戒指，至于苍绛族生命所给的劝告，罗峰没理会。强者的做事风格是不会因为其他生命的一句劝说就改变的。

“卡屠族生命，第七百三十二名。

“苍绛族生命，第六百一十一名。

“噬魂兽，第一百零二名。”

罗峰念叨着：“我遇到的卡屠族生命、苍绛族生命的实力的确是垫底的，噬魂兽因为有天赋秘法所以排名较高。”

通过这些信息，罗峰对整个冰狱有了清晰的认识。

整个冰狱被划分为五块区域——冰海、东方冰狱、西方冰狱、北方冰狱、南方冰狱，冰狱的中央是冰海。五大巨头都有意识地分别盘踞在五大区域，绝对不轻易交手。

“五大巨头中，三个是特殊生命，一个是茨黯族，一个是妖族皇族天狼，还有一个是……”罗峰喃喃道。

金角巨兽的身体素质是人类的10倍，同是封王巅峰级，人类的不朽神体是10万倍界主之力，金角巨兽的不朽神体是100万倍界主之力。

最低级的特殊生命都能与金角巨兽相媲美，更何况这三个特殊生命，最弱的不朽神体是人类的60倍，最强的更是人类的200倍，这还不谈振幅类秘法。

茨黯族是宇宙中数量稀少的族群，如魔杀族一般稀少，身体素质也是人类的10倍。

妖族皇族天狼反而是基础最薄弱的一个，身体素质是人类的6倍。

……

总之，这五大巨头本身的身体素质就非常好，加上无尽岁月的磨砺，个个拥有可怕的实力。

“冰狱中一共就只有三个特殊生命活下来，这三个都成了巨头。”罗峰暗叹，“特殊生命果然很可怕。”

“人类的基础一般，想要达到封王级无敌层次，要难得多。”罗峰愈加感觉到人类在宇宙中的一些劣势。论身体天赋，人类在宇宙中是很平庸的，可看似平庸的人类诞生了很多震动宇宙的超级存在。

罗峰在冰海海边的雪地地底建造了一个住所，暂时在这里静修。

“按照冰块上的介绍，这五大巨头，个个都能与我的老师真衍王相媲美。”罗峰暗道，“我现在根本没能耐夺得一万块号牌，也好，就把这个当作一次磨砺，将他们个个击败，走出冰狱。”

“至于青色兜寇尊者，是真放人，还是假放人，与我无关。

“他若是敢耍手段，我便请老师混沌城主出马，让他赔了夫人又折兵。”

罗峰闭上眼不再多想。

雪地中。

一名身高约3米、通体火红色、身上有一根根狰狞骨刺、脸上戴着猩红面具的强者正大步前进，在他周围上万千米区域，强大的法则领域蔓延开来，雪融化，湖泊中的水都沸腾起来，这块区域成了无尽的火海。

可当他走过，那些沸腾的湖水在冰狱的影响下迅速恢复如初，仿佛什么也没发生过。

“脚印吗？陌生的脚印。”戴着猩红面具的强者道，“冰狱里来了新人。好张狂的家伙，竟然敢留下脚印，这么自信吗？哈哈……”

这名强者大步走去，终于，他接近了冰海海岸线。

轰隆！

一道银色身影忽然冲天而起，随即银色双翼展开，悬浮半空，俯瞰下方。

戴着猩红面具的强者抬头看着罗峰，咧嘴一笑，一只巨大的独眼中满是疯狂：“人类。”

“白骨王，十大封王之一，第十一名。”罗峰俯瞰来者。五大巨头、十大封王，是整个冰狱中最强大的。在五大巨头轻易不出现的情况下，十大封王在冰狱就是横着走的。

“人类，人类。”一声声低吼，疯狂的气息越发浓郁。

“白骨王。”

战意蔓延开来。

第919章

秘法

冰狱中无尽的岁月的厮杀，令苍绛族生命、卡屠族生命等看不到希望，甚至有求死的念头，可是像噬魂兽就不太可能求死了。至于纵横冰狱、无比嚣张的十大封王，个个都充满野心。

他们的实力或许比五大巨头弱一些，可还是有一丝出去的希望。

战斗！

他们疯狂地战斗，吸取经验，提升自己。

“人类，你遇到我竟然不逃，很好。”白骨王盯着罗峰。

“十大封王威名远播，冰狱中其他强者遇到你的确会早早逃跑，至于我，如果你不击败我，我怎么可能逃跑？”罗峰悬浮半空。

“当我击败你时，你就没机会逃了。”白骨王声音低沉。

话音刚落，周围空间瞬间被封锁，双方都无法施展瞬移离开。

嗖！

白骨王瞬间消失，速度快得身体化作一道模糊的流光，直接杀到罗峰面前。

罗峰双翼一振，在半空划过一道曲折轨迹，同时左手掌心悬浮出八颗黑色球，然后将八颗黑色球扔出，八颗黑色球上印刻着的法则秘纹顿时被催动，无数金色丝线串联，一时间，天地间出现了一个兽神幻影。

白骨王的一爪抓了个空，他转身看着远处的罗峰以及兽神幻影，笑道：“好快的速度，竟然是掌控者，很好。”

“嗷——”

兽神幻影咆哮而来。

“哈哈哈……”白骨王猖狂地笑着，向兽神幻影冲过去。

一道尾巴幻影和白骨王的一爪瞬间撞击，产生的强大冲击波瞬间撕裂周围的雪地，只见白骨王在反震力道下不由得倒飞开去，兽神幻影也一震，整个身影模糊，紧跟着恢复如初。

周围的雪地迅速恢复，白骨王站在远处的雪地上，抬头看着罗峰：“人类，我现在承认，你配看到我的真正战斗形态！”声音犹如雷声在天地间回荡，同时白骨王全身爆发出可怕的气息。

他的一根根骨刺竟然不断收缩回到体内，同时不朽神体逐渐变大，不朽神体的颜色也在变化，从之前的火红色慢慢地朝白色转变。当变化停止时，白骨王通体变得犹如白金般白，体表有由扭曲的骨头形成的铠甲，强大的气息蔓延着。

“白骨王，这就是你的战斗形态？很好，很好。”远处的罗峰目光冷厉，“接招吧。”

意志迸发，强大的意志引领着意识，控制着念力，只见半空的兽神幻影都变得更加清晰些，咆哮着杀向下方的白骨王。白骨王自信地站在原地，当兽神幻影的尾巴闪电般抽来时，白骨王才突然挥动右爪。

空间被撕扯，兽神幻影的尾巴却突然收回，紧跟着猛地一抽。

“狡猾的家伙！”白骨王咆哮着，猛地前冲，利爪上的爪套是他身上唯一的一件重宝。如果说冰狱强者和外界强者的区别，首先就是重宝数量。

像在外界，与白骨王同等实力的强者一般都有几件重宝。

冰狱中的生死挣扎令白骨王疯狂地研究这一件重宝爪套，早就能将爪套威力发挥到极限，丝毫不弱于外界玄墓王等强者拥有数件重宝发出的威力。

白骨王直接迎向兽神幻影，他的双爪化为无数幻影。

兽神幻影的尾巴被抓裂，八颗黑色球都直接崩飞。

“好霸道。”高空中的罗峰看到白骨王在战斗形态下所向披靡，凭借利爪竟然能正面击溃兽神幻影，不由得震惊。

这白骨王就算和黑刹王相比，实力也相差无几，甚至更加可怕。

嗖！白骨王击溃兽神幻影的同时，直接冲向罗峰。

“人类，受死！”

罗峰双翼一振，半空再度出现了曲折的轨迹，他已经逃远了。

“白骨王，你实力强大，佩服佩服。我现在不是你的对手，就先走了，等下次，你我再战。”声音回荡在半空。

白骨王停下，眼看着罗峰逃走，不由得愤怒地咆哮，咆哮声令天地震颤。

白骨王停止咆哮，看着罗峰远去的身影：“这人类的瞬间迸发速度好厉害，就算是五大巨头，瞬间迸发速度也没这么快，看来冰狱中又多了一名超级强者。”

白骨王虽与罗峰只有短暂的一战，但瞬间判定出了罗峰的真实战力。他认为罗峰比一般的封王级强者要强，甚至罗峰的瞬间移动速度堪称冰狱第一，危险系数不低于他们十大封王。

“哈哈，有意思了。”白骨王不怒反喜。

白骨王不喜欢枯燥无味的冰狱，在漫长的冰狱生涯中，偶尔出现特殊强者才有意思。

罗峰逃出空间封锁范围后，钻入雪地深处，随即极虹王出现，直接施展瞬移到了东方冰狱的一个雪地深处。

罗峰在雪地深处轻而易举地建造了一个住所。

“我还是小瞧冰狱强者了。”罗峰坐在椅子上端着美酒，边喝边回忆着刚才那一战，“我以为这些强者被关押时，大多实力不太强，很多都是经历无尽的岁月慢慢成长起来的，我认为他们没有厉害的重宝，就算有，估计最强的那几个有个一两件。可我错了。若是将一件重宝发挥好，不比拥有十件重宝的强者弱。”

强者用来战斗的重宝，就算有十件八件，可战斗时要全力以赴，自然只能全力使用一件。

“而且冰狱强者和外界强者不同，他们的压力更大，被磨砺得更疯狂，他们一直在拼命提升自己。如果得到一件重宝，肯定是要将重宝研究透了的，并将重宝的威力发挥到他们所能发挥的极致。”罗峰暗道，“外界强者虽说得到重宝后也会研究，但哪会如冰狱强者一般疯狂地研究呢？我感觉白骨王也就普通封王级极限水准，可他凭借重宝，实力大增，并且他的那套爪法无比适合施展重宝，能将其发挥到极致。爪法、身法配合完美。”

罗峰相信，这应该是白骨王自创的秘法，因为学习其他强者的秘法是很难达到这般完美地步的。

罗峰思索许久，默默点头。

冰狱强者与外界强者相比，更加重视自身，且能将重宝发挥出更强的威力。这就是两者的区别。

“我错了。自从我悟出明月策第一式，离开混沌城，我再没有深入研究秘法了，因为我觉得它不是特别重要。”罗峰暗叹，“可今日才明白秘法对自身实力的重要性。秘法配合重宝，能发挥出不可思议的威力。我的至宝《星辰布道图》威力很强，我应该尽快创出能配合《星辰布道图》的秘法。”

明月策为刀法，为弑吴羽翼的战斗之法，罗峰的最强战力金角巨兽分身走的是近身战斗流派，拥有的弑吴羽翼也不能浪费，所以不能松懈刀法。可罗峰还需要另外一种秘法，即一种适合精神念师战斗的秘法。

“开始吧。重宝、至宝、基因、振幅类秘法……有提升外在的，也有提升内在的。”罗峰喃喃道，“外在方面暂时无法提升，在冰狱中，我就强化内在，强化自身。《星辰布道图》有一种配合自身的秘法，能发挥出更强大的战力。”

《星辰布道图》是罗峰手中最适合用来战斗的至宝。

塔珠、《星辰布道图》、弑吴羽翼，虽说都是至宝，但三者是完全不同的。弑吴羽翼适合逃跑时使用，塔珠能稳固灵魂，《星辰布道图》攻击力很强。一件主要用来逃跑的至宝，被罗峰用来战斗，威力当然不大。

攻击力很强的《星辰布道图》，如果发挥得好，会非常可怕。

毕竟就算是宇宙中的封王级无敌强者们，又有几个有攻击类的至宝呢？

……

罗峰在雪地深处开始静修，意识连接虚拟宇宙，在虚拟宇宙中一次次试验自己的战斗秘法。他没必要模拟出《星辰布道图》，只需要一次次创造控制念力兵器的秘法，弄出一件念力兵器即可。

“罗峰竟然开始重视念力兵器了。”混沌城主为罗峰提供一个个对手时，也暗自疑惑。

罗峰之前是用战刀，现在转而用念力兵器。

混沌城主不急着告诉罗峰他并不适合使用念力兵器，因为他很清楚，不让罗峰跌跟头吃亏，说教是没多大用的。

其实，混沌城主并不知道，罗峰的地球人本尊的确最适合精神念师这一流派，等将来成为不朽神灵也是如此。

第920章

寻找人类

当罗峰通过虚拟宇宙研究创造适合《星辰布道图》的秘法时，冰狱中开始流传起关于他的消息。

“这还有假？当时白骨王和那人类一战，动静那般大，能量波动我都感应得到，我在远处偷偷观战，看得清清楚楚。我是亲眼所见，当然不是假的。”

“怎么可能？你说得也太离谱了，你说那人类的瞬间移动速度是白骨王的数十倍？说他的瞬间移动速度快得称得上是冰狱第一？冰狱中的五大巨头，个个不凡，其中三个还是特殊生命，怎么可能速度都不如他？”

“这是事实！”

“我不是不信你，你我是生死好友，相互扶持才能在冰狱中侥幸生存到现在，我怎么可能不信你？只是速度快成那样，也太离谱了，我实在无法相信，也不敢相信。”

……

“我感应到战斗波动，飞出海面偷偷观看，我是亲眼所见。”

“哈哈，谎话编造得别这么离谱，一听就是假的。”

……

“那个人类的瞬间移动速度快得称得上是冰狱第一？”

“是的。”

“怎么可能？”

……

冰狱就这么大，当时感应到波动，许多隐藏在冰山中、雪地深处、冰海深处的强者都偷偷观看罗峰与白骨王的战斗，他们把所看到的情景说给好友听。

然而除了亲眼看到的几名强者外，其他听到消息的没几个相信。

直到一年后，白骨王也公开夸赞罗峰，说罗峰的速度为冰狱第一。

顿时，冰狱中的风向就变了。当事者之一白骨王亲口承认，这个消息的可信度就高多了。白骨王何等身份，不至于撒谎。

十年后。

五大巨头之一的天狼公开了新的冰狱排名，将罗峰排在了第十八名。

罗峰仅仅凭借刚来时的三场战斗，竟然排在了第十八名，显然，五大巨头之一的天狼也很看好他，并且还在资料上描述其“速度极快”。

刚开始关于罗峰的一些传言，对罗峰还算有利，可后来的就不妙了。

“那人类一定拥有连接虚拟宇宙的不记名账号感应器。”

“他是冰狱中唯一的人类，不谈别的，他自身肯定能够连接虚拟宇宙，以他这等实力，在外界的地位肯定颇高。据说他还是一名精神念师，能控制奴仆也不奇怪。既然能控制奴仆，身上有一些连接虚拟宇宙的不记名账号感应器也是理所当然的事。”

……

这些传言颇有逻辑，是可信的。

罗峰拥有的可连接虚拟宇宙的不记名账号感应器，足以令冰狱中的强者心动、疯狂。

漫长的岁月令他们都变得很有耐心。刚开始，他们都没行动，到后来，有强者开始暗中寻找罗峰了。但因为罗峰实力强大，真正敢打罗峰主意的毕竟是极少数。

寻找罗峰的强者数量更稀少，也就那么两三个。

“怎么找不到？”

“躲在哪里呢？”

“冰狱就这么大，我们几乎将整个冰狱都找遍了，怎么找不到他？”

……

几名寻找罗峰的强者都有些恼怒，他们施展不朽神力搜索，按理说能轻易找到，可他们不知道，罗峰拥有微型探测仪，完全能隐匿自身的踪迹。

冰狱中倒也有几名强者拥有微型探测仪，却没有一个的能比得上罗峰的，他们自然找不到罗峰。

北方冰狱的最强者银眸，居住在一座冰山之巅的巍峨宫殿里。

银眸，五大巨头之一，冰狱排名第二。他的眼眸一直是闭着的，一旦睁开，被其盯上，便代表此人几乎就会陨落。

“虚拟宇宙？”宫殿的王座上，一名高近30米、穿着雪白战铠的不朽神灵正坐着，他的脸上有一只巨大的横眼，横眼正闭着，不朽神体隐隐有波动，无形的波动从他身上散开，周围时间流速都受到影响了。

“主人，根据情报，没有人见过那人类的不记名账号感应器，但他是精神念师，拥有不记名账号感应器的可能性很大。”

“我也是这么认为的，主人。”

下方两名封王级强者都是银眸灵魂控制的奴仆。

在冰狱中，强者们虽然感到绝望，但都不愿臣服，要收奴仆只能施展灵魂控制。

“我要见那人类。”王座上的银眸下令。

“主人，没有谁能找到那人类。”

“那人类的藏匿手段很厉害。”

“哦？”巨大的身影从王座上走下，“那我就亲自去找他。很久没离开北方冰狱了，不过如果能得到不记名账号感应器，能够连接虚拟宇宙，也值得。”

银眸一步便走出宫殿，去寻找罗峰了。

虽然银眸排名第二，但五大巨头的实力实则很难十分准确地评判出高低。

漫长岁月里，他们五个各占一方，很少厮杀。银眸擅长的是时间法则，加上其又是特殊生命，拥有一些特殊手段，是根本不在乎罗峰的瞬间迸发速度的。在"时间静止"面前，速度再快也没有用。

银眸因为有把握不让罗峰逃掉，所以才会选择亲自出马。

寻找罗峰的事，银眸也没隐瞒，他是公开寻找罗峰的。

"银眸寻找那人类"的消息传遍冰狱，可是让冰狱众多强者震惊的是，就算是银眸，也没找到罗峰。

东方冰狱雪地深处。

罗峰的微型探测仪一直开启着，之前在域外战场，罗峰收获了巨额财富，将他之前的探测仪卖掉，换成了价值数百亿混元单位的微型探测仪。这是罗峰专门购买的，微型探测仪是闯荡宇宙秘境时用来保命的。

罗峰的地球人本尊盘膝坐着，意识连接虚拟宇宙。

虚拟宇宙，修炼场中。

"嗷——"

犹如蜈蚣的巨兽盘坐在星空中，吐着火焰，向罗峰咆哮着。

"兽神之尾，凝！"

罗峰面前悬浮着一颗颗金珠，每颗金珠上都雕刻着复杂的秘纹。在罗峰的操控下，一百六十颗金珠立即化作道道流光飞出，万千金色丝线在半空串联，瞬间，一道长上千米的兽神幻影出现在星空中。

这兽神幻影与通过兽神兵形成的兽神幻影有很大的区别。

兽神兵共六式，是希罗多所创，一旦施展开，兽神幻影从虚幻逐渐变得真实，而且是整体进化。据传，修炼到第六式时，兽神幻影就仿佛真正的兽神降临，离真正的兽神只差一点点。

罗峰现在的兽神幻影缥缈不定，唯有尾巴上的一片片鳞甲清晰分明，并且能隐约看到鳞甲上的奇异秘纹。

乍一看，就以为这是真正兽神的尾巴。

罗峰喃喃道："希罗多可能没有见过真正的兽神雕像，我拥有兽神雕像，能亲眼看到兽神雕像上每一片鳞甲上的秘纹。

“这百年来，我的金角巨兽分身专心研究尾巴上的秘纹，所以兽神幻影的尾巴更加真实，其他部位还比较虚幻。尾巴是真正的杀招。

“希罗多也没错，他没有见过真正的兽神雕像，适合他的就是整体一步步进化提高，施展杀招。

“而我有兽神雕像，可以将全部念力集中在重要之处。”

“嗷——”

远处火焰中的巨兽猛地一蹿，在空中留下幻影，直扑而来。

兽神幻影咆哮着冲去。

轰！

二者在半空撞击，只见兽神幻影的头、蹄爪等部位仿佛雾气，一撞就破，可当巨兽的许多利爪掠过后，又恢复如初，唯有那条布满鳞甲的长尾巴，无比真实。尾巴终于动了，快得仿佛一道弯曲的闪电，直接抽打在巨兽的头上，巨兽的头直接崩裂，不朽神体猛地震动，而后轰的一声，巨兽化为粉末。

“成了。”罗峰站在星空中露出一丝喜色。

星空中忽然出现一道金色身影，弥漫着淡淡的威压，罗峰转头一看，连忙恭敬地行礼，心中却有些疑惑：“老师。”

之前创出明月策时，是自己去雷霆岛拜见老师的，这次老师怎么亲自跑到修炼场中了？

“你的念力兵器操控秘法的造诣已经丝毫不低于你的刀法了。”混沌城主赞许道。

罗峰乖乖聆听。

“修炼场中的磨砺和现实中的战斗还是略有区别的。”混沌城主道，“你在现实中战斗十场后，再来见我。”

“是，老师。”罗峰恭敬地道。

罗峰刚创出新的秘法，心中也是想试验一下的。

“去吧。”混沌城主道。

罗峰恭敬地行礼，意识直接离开虚拟宇宙。

混沌城主看着罗峰消失，忍不住摇头：“武者和精神念师是两个流派，虽说都是兽神之道，但再厉害的超级强者都是全力以赴钻研其中之一，他一心二用，兼走武者、精神念师两个流派，让他吃点亏吧。”

随即，混沌城主消失。

第921章

击电奔星

东方冰狱，雪地地底深处。

“哈哈，历经百年，总算创出第一式。”罗峰满脸喜悦，起身站起。

“恭喜主人，贺喜主人。”炼心王恭敬地道。

“主人实力大增，在这冰狱中能夺取更多的号牌了，凑集一万块号牌的概率也更大了。”极虹王恭敬地说道。

罗峰哈哈笑着：“我让你们俩出来，不是让你们拍马屁的，我是想让你们帮我出出主意的。”

“出主意？”

炼心王、极虹王对视一眼。

“我曾自创巅峰秘法明月策，那是近身战斗之法，现在我又创造了一种念力兵器的攻击之法，也是巅峰秘法。你俩说说，该用什么名字好？”罗峰询问道。当初思考明月策这个名字时，他就否定了很多其他名字。

起名字对罗峰来说是很吃力的事。

“既然是念力兵器的攻击之法，是配合那些星辰的秘法，又是主人在冰狱中所创，要不就叫‘星狱’？”炼心王道。

“不好，冰狱只是主人闯荡宇宙时的一处所在地，而这巅峰秘法注定将随着主人的功成名就而传播四方。依我看，主人走的是兽神之道，施展念力兵器都会形成兽神幻影，就叫作‘兽神’。单单兽神二字，虽然显得张狂，但也表明主人的目标就是达到兽神那等层次，就该霸气些。等主人成为宇宙中的超级存在，这兽神之名，更是顺理成章。”极虹王说道。

罗峰听后一直摇头。

极虹王、炼心王在一旁出主意，罗峰也在思索着。

思维相互碰撞，出现一个又一个名字。有些名字霸道，有些名字内敛，可真正能让罗峰满意的很少。

最后比较来比较去，罗峰确定了一个看似普通的名字。

“就叫‘万星布道图’。”罗峰眼眸中有着一丝期待，“我这秘法也展露着我的道。星辰塔中能够动用的镇封星辰也就一万多颗，按照坐山客所说，当时我最多能施展十颗罢了。万星布道图的‘万星’代表着我的野心——所创秘法要同时催动所有能动用的镇封星辰。‘布道’的含义就不用多说了。这第一式的速度快到极致，便叫‘击电奔星’吧。”

罗峰取第一式的名字倒是很快的。

万星布道图第一式——击电奔星!

创出这一式，罗峰仅花费百年时间，而当年罗峰研究银河挂长空时花费的时间超过千年。

之所以这次花费的时间如此短，一是因为罗峰现在的境界更高了，二是因为第一式击电奔星是在《衍神七变》第一篇鳞甲篇的基础上结合兽神意境创造出的。罗峰已经有根据第一篇鳞甲篇创造出银河挂长空的经验，创出击电奔星的速度自然更快。

罗峰并非不想根据第二篇筋肉篇来创造秘法，只是难度明显更大。

先创出第一式，以后创出第二式更容易些。

罗峰挥手便将极虹王、炼心王收入世界戒指，准备走出这里：“我已创出适合《星辰布道图》的秘法，实力大增，现在就去好好检验一下吧。老师混沌城主也是让我战斗十场后再去找他的。”

“嗯？”罗峰在洞窟口忽然停下，皱眉，“老师混沌城主其他的不多说，让我战斗十场后再去找他是什么意思？

“若是满意，没必要让我战斗十场后再去找他，也就是说他对我创造的念力兵器攻击之法不满意。”

罗峰脑海中掠过一个个念头。

他本就聪慧，只是之前苦修百年创出秘法后满心喜悦，当时没想太多。

“为什么不满意？

“是因为我一心二用吗？”

罗峰瞬间便猜出原因。

这实在太好猜了。

强者得集中精力于一门，即使是再有天赋的强者，也得将天赋集中在一门上，一心二用是很不明智的事。如伯兰曾分心研究空间法则、时间法则，最后却遭到打击，随即醒悟。

“老师对我创造念力兵器的攻击之法不满意，也就是说，老师支持我走武者之路。我的意志强大，念力振幅又高，很适合走精神念师流派，老师是知道的。”罗峰暗道，“可老师为何还是支持我走武者流派？”

罗峰在武者流派上有天赋，在精神念师流派上也有天赋。

“到底走哪一条路？”罗峰问自己。

罗峰暗道：“老师应该知道一些秘密。可是我走精神念师流派，是坐山客老师定下的，坐山客老师给我留下了劫甲、星辰塔，特别是星辰塔，属于念力兵器，是宇宙最强至宝之一。有这样的至宝，如果我不钻研精神念师流派，岂不是浪费？

“我又没有适合近身作战的至宝，不像二师兄焱帝那样有那焱神戟。

“不管了，从实力上来看，坐山客老师是宇宙最强者之一，他的眼界、见识应该比我的另一位老师混沌城主要高一些。更何况地球人一脉就是坐山客老师引导培育而成的，他当然知道地球人的潜力，我也感觉自己较为适合精神念师流派。

“还有，同时研究明月策、万星布道图，对我来说并不难。

“先同时修炼吧，假如我真的不合适，将来再抉择好了。”

随即，罗峰走出洞窟，直接在雪地深处一飞冲天，那些层层覆盖的雪仿佛空气，根本阻拦不了罗峰。

片刻后，罗峰便飞出了地面。

无尽的雪地，一片白茫茫，寒气逼人。

罗峰在半空展开双翼，遥看四周："得寻找对手与我一战，可他们都隐匿起来了，怎么找到对手？先碰碰运气吧。"

嗖！罗峰划出一道流光，破空飞行。

北方冰狱，那座巍峨起伏的冰山山巅上，宫殿内。

五大巨头之一，北方冰狱之主银眸正坐在王座上一动不动，宛如雕塑。银眸生来就很冷漠，在冰狱中度过无尽的岁月后，更加冷漠，有时更是千年万年都不愿动一下。

宫殿外。

一名通体覆盖黑色铠甲的封王级强者正在巡逻，旁边突然一闪，一道身影出现，正是银眸麾下两大奴仆之一。

"找到那人类没有？"

"没找到，整个冰狱就没有谁发现过那人类。自从当年和白骨王一战后，那人类就完全消失了。"

两名奴仆传音交谈着，他们偶尔出去寻找罗峰的踪迹，一旦找到罗峰，他们会立即通知主人银眸。

"你守卫主人，我出去找找。"穿黑色铠甲的奴仆道，随即施展瞬移，消失不见。

罗峰隐匿踪迹的时间大约百年，原本对罗峰有兴趣的强者都暂时放弃了。

……

"一个都没有。"罗峰在高空飞行，一直飞到冰海上空才停下，俯瞰下方，"看来冰狱强者平常都隐匿起来，一个个都不现身，想要找到强者与之交战，怕是得用点手段了。"

罗峰俯瞰无尽的冰海，眼神忽然凌厉如刀。

“破！”

轰！

一股无形念力直接朝下方的冰层轰击而去，当年罗峰第一次觉醒念力时，便能轻易扭断钢筋，现如今，罗峰的念力之强大，无法想象。

如此强大的念力砸向冰层，结果可想而知。

数万千米范围的冰层瞬间化为虚无，强大的振动波令远处的冰层不断崩裂。

那股振动波朝四面八方传递开去。

“相信很快就会有强者发现这里的动静。”罗峰喃喃道，“冰狱中真正的超级强者恐怕就要现身了。”

动静这般大，很快就引起了一名强者的注意。

“能量波动？

“谁在战斗？”

这名异族强者偷偷冒出冰层，观察波动产生的方向，一眼便看到数千万千米外那道隐隐约约的身影。

“人类！”这名异族强者一惊，吓得立即缩回冰海深处。

“那人类竟然现身了，十大封王、五大巨头中可是有好几位都在找他，他竟然敢现身。”这名异族强者暗惊，却不敢去招惹罗峰。他很清楚罗峰能在白骨王手下逃走，还能被白骨王认定速度为冰狱第一，哪里是他所能招惹的？

至于告诉其他人？

告诉银眸又没丁点儿好处，说不定还会丧命，谁干？

……

能量波动向四面八方传递着，引起了一名名异族强者的注意，可当他们发现是罗峰时，都吓得不敢现身。

能量波动越来越弱，直至消失。

“竟然没强者现身。”罗峰站在冰海上空，等了许久，都没等到一名强者。

“我就不信，引不来一名敢和我交手的强者。”

罗峰飞到远处，又一次用念力轰击下方的冰层。

轰！轰！轰！

第三次轰击后，罗峰终于引出了一名敢和他交手的强者。

第922章

初战

念力轰裂冰层，令无数冰块碎片漫天飞舞，在飞舞的碎片中，一道身影从远处飞来。

罗峰站在冰海上空，透过飞舞的碎片隐约看到那道身影。

“哈哈，人类，你竟然敢现身！”雄浑的声音穿透虚空，在罗峰耳边炸响，同时一股强大的神力朝四面八方扫荡开去，那些碎片瞬间就完全化为虚无。

罗峰看清了远处那名强者，他有狮子的下半身、四蹄，同时上半身类似人类，但有四条粗壮的手臂，身躯呈青黑色。

罗峰脑海中浮现一条信息。

奔雷王，第十二名，精通时间法则。

“竟然是他。”罗峰暗惊，“他的排名虽然比白骨王稍微低一名，但实际上，十大封王的实力相差无几，而且这奔雷王擅长的是时间法则，我擅长的是瞬间速度。一旦遇上时间静止，我就麻烦了，他反而能克制我。”

罗峰心中感到不妙，可同样也升起更盛的战意。

“不敢现身？”罗峰声音响彻天地，遥看远处的奔雷王，“白骨王都奈何不得我，更何况你的排名比他还低一名！”

“人类，难道你不知道，五大巨头中有两位都在找你？”奔雷王的声音也响彻天地。

罗峰心底咯噔一下：“五大巨头？那可代表着冰狱最强战力，其中有三个是特殊生命，我自然存有戒心。”

“银眸、血猲都找过你。”奔雷王继续道。

“都是特殊生命。”罗峰暗自嘀咕。

“哈哈，找过我又如何？难道我就要因此一直隐匿着不出来？”罗峰哈哈笑道。

“对，他们找你没用，因为……今天你将死在我手中！”奔雷王的声音巨大，战意冲天，“人类，受死吧！”

简单几句对话，点出银眸、血猲那两大特殊生命都在寻找罗峰的踪迹，就是为了让罗峰心神不定。

战斗瞬间爆发。

远处足足有三十多名异族强者都在遥遥观看这一战。

“那人类和奔雷王交手了。”

“那人类可能要吃大亏了。”

“那人类的速度好快。”

……

冰海上空，罗峰和奔雷王的战斗瞬间激烈起来。

“雷神践踏！”奔雷王低吼着，宛如一头野牛咆哮着冲向罗峰。让罗峰感到难受的是，那奔雷王的速度似乎一下子提高了数十倍，一下子又骤然慢下来。

在诡异的时光流速下，奔雷王突然到了罗峰面前。

奔雷王的四蹄直接踩踏向罗峰，每一蹄都重得可怕。

罗峰的背被踩踏着，弑吴羽翼硬扛数百次踩踏后，罗峰整个人被踩踏得坠落下方冰海。轰隆——冰海炸裂掀起万丈波涛，一道银光从波涛中猛地冲天而起，正是毫发无伤的罗峰。

“奔雷王，你也接我一招。”罗峰在冲天而起的波涛中，甩手扔出了八颗黑色球，同时暗中施展灵魂攻击——魂刀。

奔雷王再度冲来，同时他的每一条手臂上都缠绕着一条斑驳、古老的锁链，锁链上电蛇流动。正当他准备迎接罗峰的念力兵器攻击时，那无形的魂刀已经降临了。

奔雷王的脸上忽然有了一丝痛苦之色。

“人类！”奔雷王咆哮着，舞动那四条锁链，四条满是电蛇流动的斑驳锁链令周围的时间流速不断变化着。

“雷电之痕！”

其中一条锁链仿佛捕食的毒蛇，猛地蹿出，空中都出现了一道电光，直接扑向那刚刚形成的兽神幻影，兽神幻影立即闪身，同时尾巴抽向那道电光。

砰！砰！砰！

八颗黑色球都撞击在斑驳的锁链上，颗颗都被震开。

“人类，你除了逃命速度快点，还有什么手段？”奔雷王猖狂大笑着杀向罗峰。四条斑驳的锁链，每一条都蕴含着让人心颤的气息，锁链舞动起来，周围完全成了雷电锁链的控制范围。

罗峰翻手收回八颗黑色球，看了一眼奔雷王，暗忖：“施展一线鞭影的我和奔雷王、白骨王、黑刹王他们比，的确弱了一点。”

呼！

罗峰双翼一展，在半空留下曲折轨迹，拉开与奔雷王的距离。

“别逃！”奔雷王咆哮，他总算见识到了什么叫冰狱第一速度。

罗峰看都不看他一眼，盯着左手掌心。

“就看我这花费百年研究出的念力兵器攻击手段如何了。”罗峰眼中有着一丝期盼，瞬间，掌心融入的《星辰布道图》就被印刻了复杂的法则秘纹。如此复杂的法则秘纹，需要动用十六颗镇封星辰才能完全承载。

十六颗镇封星辰中，八颗隐隐散发紫色光晕，其余八颗则没有紫色光晕。

“去吧，展露击电奔星这一招的威力吧！”

十六颗镇封星辰直接飞起，万千金色丝线串联，引动宇宙本源法则，冰海上空出现了长上千米的巨大兽神幻影。

兽神幻影模模糊糊，仿佛雾气会随时消散似的，唯有尾巴鳞片清晰，层层重叠，无形、霸道的威压从尾巴处蔓延开去。

“哈哈，这个还不如刚才那个，我一口气就能把它吹得崩溃掉！”奔雷王笑声震天，却盯着兽神幻影的尾巴，他察觉到这尾巴对他有巨大的威胁。

“去。”

舞动的四条锁链同时化作四道电光，冲向兽神幻影。

“嗷——”

兽神幻影屹立在半空，当那四条斑驳锁链冲来时，那条尾巴动了。

尾巴瞬间抽打在一条锁链上，其他三条锁链连忙绞杀而来，可是在这条尾巴的抽打下，四条锁链都震动扭曲，被抽打得直接倒退开去。

“好。”期盼这一招威力展露的罗峰顿时露出喜色，“竟然能正面击溃奔雷王的攻击。果然，只要我全力研究念力兵器之法，通过念力兵器之法驱使《星辰布道图》，就会产生意想不到的效果。”

远处观战的数十名异族强者，个个目瞪口呆。

他们在冰狱中的岁月都很漫长了，百年时间对他们而言太短暂，他们没想到百年前在白骨王面前只能逃跑的人类，如今竟然能够正面击溃奔雷王。

“他拥有十大封王般的实力？”

“进步怎么会这么快？”

“太离谱了！”

……

罗峰却知道这并不离谱。

《星辰布道图》的每颗镇封星辰都是重宝，特别是十六颗镇封星辰在图卷的联系下形成完美的一体，通过罗峰施展的秘法，威力叠加。

所以《星辰布道图》完全算得上至宝。

如果没有图卷在其中整合，《星辰布道图》即使有十颗星辰、百颗星辰、千颗星辰，数量再多，也没资格称得上至宝。

“创出巅峰秘法，才算不辜负至宝啊！”罗峰暗喜，“不过按照冰块上的描述，奔雷王的锁链可以融合为一，发挥出最强威力，而且他到现在都没有施展时间静止，我不能大意。”

在东方冰狱上空，一道黑色身影正缓缓飞行，正是银眸麾下两大奴仆之一。

这道黑色身影正在寻找罗峰。

“表面上我在寻找那人类，实际上在散心。”穿黑色铠甲的奴仆脸上有着一丝放松，“那人类哪是这么好找的？整个冰狱谁不知道我是银眸的奴仆？没有人敢对我下手，真是自由啊。”

“嗯？”穿黑色铠甲的奴仆猛地转头看向冰海方向，“能量波动？”

“去瞧瞧。”穿黑色铠甲的奴仆当即施展瞬移。

嗖的一声，穿黑色铠甲的奴仆到了距离二人战斗之地大概上千万千米的高空，遥遥看去，一眼便看到千万千米外那一大一小的身影，大的是庞大的兽神幻影，小的是奔雷王。

“奔雷王和一只巨兽在战斗，哪来的巨兽？哦，不。”穿黑色铠甲的奴仆瞪大眼，迅速发现了更加小的罗峰。

“是那人类！他竟然在这里，对，那只巨兽是他施展念力兵器攻击时引出的，情报中早就说过了。”穿黑色铠甲的奴仆大喜，“哈哈，我竟然发现了那人类，立功了，我立大功了！主人知道后一定会很高兴，嗯，立即禀报给主人。”

穿黑色铠甲的奴仆立即施展瞬移，瞬间到了银眸的宫殿门口。

第923章

银眸

远处的奔雷王见状大惊，猛地一拉手中的锁链，收回了四条锁链。

“正面击溃?! ”奔雷王不敢相信，“不是说他被白骨王杀得只能逃窜吗？这锁链可是我当年在冰狱中辛辛苦苦厮杀夺得的一件重宝，威力无穷，可化为多条，也可融为一条。”

“合。”缠绕的锁链迅速连接，不断缩小，迅速化为了一条看似普通的斑驳锁链。

“嗷——”兽神幻影咆哮着冲来，那条比兽神幻影身体还长些的尾巴让奔雷王心中一紧。

“雷电之鞭！”

奔雷王怒吼着，猛地挥动手中的锁链。锁链的速度似乎慢吞吞的，当划破空间时，锁链经过的区域，时间的流速都发生了变化，时间错乱下形成的强大毁灭之力附在斑驳的锁链上。

看似慢吞吞的锁链，速度其实比兽神幻影更快。

砰！砰！砰！

尾巴快得犹如闪电，迅速抽打锁链。

锁链蕴含的是雷电法则、时间法则的毁灭之力，兽神幻影蕴含的是金之法则、空间法则融合后的霸道之力，十六颗镇封星辰，每一颗都是不弱于锁链的重宝，融入图卷后，十六颗镇封星辰犹如一体。

硬碰硬的撞击。

锁链直接被撞飞，兽神幻影的尾巴，迅速扫过奔雷王。

奔雷王速度再快也快不过兽神幻影，在无法抵抗的情况下，他的不朽神体直接被兽神幻影的尾巴扫中，然后破裂。尾巴上的十六颗镇封星辰若隐若现，碰到了那些碎片，奔雷王的不朽神体遭到侵蚀，瞬间就受伤了。

“啊，可恶，浑蛋！”奔雷王凝聚不朽神体，立即伸手将锁链收回，同时怒视着罗峰。

“人类，这仇我记住了！”奔雷王当即就化作流光欲逃跑。

“想逃？哪有这么容易？”

罗峰根本不用追，他念力一动，兽神幻影便挡在奔雷王的前方，那让人心颤的尾巴再度扫向奔雷王。

“可恶的人类，你在逼我！”奔雷王发出一声怒吼。

轰!

全身气息暴增，威压提升了百倍千倍，手中的锁链一扫，便将冲来的兽神幻影尾巴直接砸得崩溃，将那十六颗镇封星辰砸得抛飞。

“奔雷王燃烧不朽神体了！”

“奔雷王竟然被逼得燃烧不朽神体！”

远处偷偷观战的冰狱强者们个个发蒙。

“当年在白骨王面前只能逃跑的人类，现在竟然逼得奔雷王逃跑，这……这也太夸张了。”

“有意思了，这下那人类也得燃烧不朽神体了。”

“奔雷王燃烧不朽神体后实力暴增，那人类的实力和奔雷王很接近，最多稍强些，现在他也必须燃烧不朽神体，否则就不是奔雷王的对手了。”

“那人类也愚蠢，奔雷王既然要逃跑，就让奔雷王逃嘛，为什么非得拦住奔雷王？这不是逼得奔雷王拼命吗？”

……

罗峰眼睛一亮，道：“这奔雷王竟然燃烧不朽神体了，可是我无法燃烧不朽神体。”

“奔雷王，现在我要走了。”罗峰说道。

罗峰双翼一展，化作流光迅速逃跑，同时手一招，那十六颗镇封星辰飞回罗峰的掌心。

“可恶的人类！”

奔雷王手持锁链冲向罗峰，空中不断传出炸裂声，速度快得可怕。

嗖！嗖！嗖！

空间出现一道道曲折轨迹，罗峰一旦爆发，特别是瞬间迸发速度，实在是可怕，可以清晰地看到奔雷王和罗峰之间的距离越来越远。哪怕奔雷王燃烧了不朽神体，他的瞬间迸发速度依旧和罗峰有很大的差距。

“不可能！”

“怎么可能！”

“冰狱第一，冰狱第一！”

远处观战的冰狱强者个个目瞪口呆。

“现在想逃了，晚了！”奔雷王怒火冲天，气息强大，四蹄踏空追着罗峰，他想要施展时间静止，可罗峰和他的距离越来越远，他根本没有把握成功对罗峰施展时间静止。

时间静止很强，可局限性也非常大。

一旦施展空间封锁锁住空间波动，那么即使战斗再激烈，也不会影响空间。

可时间静止不同，一旦对某个区域施展时间静止，那么这个区域内的所有生命都会受到影响，除了灵魂、意识外，其他皆受到束缚，动弹不得。要挣脱开一般需要时间，这点时间足以让强者成功击杀对手。

先施展时间静止，然后杀死动弹不得的对手，一般都会成功。可是，一来施展这一招，不朽神体会遭到反噬；二来，这招必须对敌人所在区域施展。

想要压制罗峰，就必须缩小时间静止控制的区域。区域越小，束缚感越强。

罗峰是精神念师，念力是时刻释放开的，一旦奔雷王的不朽神力涌过来，罗峰当然会察觉。以罗峰的瞬间速度之快，奔雷王根本来不及施展时间静止，而且还得保证罗峰就在那一片区域内。

就算现在奔雷王燃烧不朽神体了，实力飙升，他可以对罗峰周围较大一片区域施展时间静止，且束缚感也比较强烈，也无法成功。因为罗峰非常聪明，逃得远远的。彼此距离太远，加上冰狱中本来就有极为强烈的束缚感，远距离下施展时间静止，对奔雷王来说艰难多了。

“狡猾、可恶的人类！”奔雷王气得咆哮。

奔雷王没设想他能杀死罗峰，只是想逼得罗峰也燃烧不朽神体，他没想到罗峰连不朽神体都不愿意燃烧，一点亏都不想吃。

“可恶！”

奔雷王瞬间化作一道流光，朝远处飞去，消失不见。

北方冰狱，冰山之巅的宫殿中。

“你说的可是真的？”王座上坐了许久的高大身影站了起来。

“主人，我没说错，那人类现在正在和奔雷王交战。主人，我们速速前往，迟了，他们的战斗可能就结束了。”穿黑色铠甲的奴仆焦急传音道，他不想浪费时间，因为他清楚超级强者之间的战斗是何等迅速。

“带我去。”

银眸一步便到了穿黑色铠甲的奴仆前。

“是，主人。”

穿黑色铠甲的奴仆当即施展瞬移，前往战斗之地。

冰海上空。

那些观战的异族强者开始返回自己的住所，这一战令他们都惊叹：罗峰实在太强大了！

“竟然击败了奔雷王，还逼得奔雷王燃烧不朽神体，而且这人类还没燃烧不朽神体，奔雷王肯定气得发疯。十大封王彼此实力相当，很少有谁吃亏，这次奔雷王可吃了大亏。”

“那人类的速度真快。”

“奔雷王燃烧不朽神体都追不上他。”

当这群异族强者边走边议论时，忽然他们感觉到一股让他们心颤的能量波动，便一个个悄悄返回，偷偷观看。

一眼看去，冰海上空正站着一道高大的雪白身影，散发的无尽能量让异族强者们有些发蒙。

“银眸！”

“是银眸！”

“北方冰狱之主，银眸！”

这群在冰狱中生活了无尽的岁月的异族强者，早就忘却了外界的很多事情，他们只知道站在冰狱巅峰的就是五大巨头，而银眸便是其中极可怕的一位。据说只要银眸睁开了他的眼睛，除了另外四大巨头，其他异族强者必死无疑。

幸好银眸并不想击杀那些异族强者，一方面大部分号牌是在其他四大巨头手里，另一方面他也不想冰狱里太过冷清。

罗峰心中感叹着：冰狱强者和外界强者的区别，在奔雷王身上就体现得很明显。像奔雷王这等强者，若是在外界，肯定会有好几件重宝，而且有护体的重宝。他如果有护体的重宝，就不会轻易被我的镇封星辰射穿，更不会被费摩毒液侵蚀。可是，冰狱中的重宝数量明显很稀少，都是那一万多名被关押的强者当年带来的。

罗峰正要离开，忽然，一道强大气息从前方蔓延开来。

罗峰抬头看去，一名高约30米、穿着雪白战铠的不朽神灵默默站在远处，他的脸上有着巨大的横纹，有嘴巴、鼻子，却没有眼睛。他虽然只是站在那里，但散发着让罗峰都感到心冷、孤独的气息。

周围的空间波动完全停止。

“银眸，五大巨头之一的银眸！特殊生命银眸！”罗峰的脸色顿时变了。

在看银眸的资料时，罗峰便感觉到了他的可怕，当亲眼看到银眸的一瞬间，不用交手，心底便泛起强烈的危机感。

危险！危险！

“人类，交出虚拟宇宙的不记名账号感应器后，我就放你走。”银眸站在远处，声音平静，他身后的奴仆恭敬地站着。

第924章

死神一指

一身雪白战铠的银眸站在半空，俯瞰着罗峰，等待着答复。

虽然心中感觉到危险，眼眸却更亮了，罗峰抬头盯着银眸：“我没有不记名账号感应器。”

“我会杀了你，再检查你的世界戒指。”银眸俯瞰着罗峰，冷漠地道。

“你不信我？”罗峰道。

“冰狱中没有我信的人，除了我的奴仆。”银眸缓缓地道。

旁边的奴仆盯着罗峰怒喝道：“人类，赶紧交出虚拟宇宙的不记名账号感应器，如果你不交出，或者死不承认，那么主人必定会杀了你。”

罗峰点点头：“对，我确实有不记名账号感应器。”

话音刚落，银眸的气息就强烈起来。

“可是我不想交出来。”罗峰咧嘴一笑，露出洁白的牙齿。

“你是找死！”奴仆咆哮道。

“看来你是想死了。”低沉的声音从银眸口中传出。

“你说我死，我就死了？”罗峰迸发战意，盯着银眸，体内血液在沸腾。

当初面对金角巨兽，罗峰都不曾有过丝毫胆怯，这次来偷黑色金属板，明知有青色兜寇尊者、紫色兜寇尊者，他依旧敢来。

而且现在他拥有三件至宝，还有将甲、将魂，兽神意境达到了闯过通天桥第二十层境界，更自创巅峰秘法，一名封王级无敌强者就想要让他不战而逃？还要他将虚拟宇宙的不记名账号感应器乖乖奉上？

做梦！

战！

胸膛内战意在沸腾，罗峰盯着银眸，露出雪白的牙齿笑道：“银眸，我来到冰狱，就是想要和一名名超级强者交战，现在十大封王对我已经没有威胁，我的目标是你们五个。我要和你们五个战！你，银眸，就是第一个！”

“不怕死？”银眸俯瞰着罗峰，虽然眼睛一直闭着，但是他全身每一寸皮肤都仿佛眼睛在观看着这一切。

“就你，还杀不死我。”

此刻，罗峰没有丝毫慌乱，只有兴奋、自豪。

当年罗峰进入混沌城拜在真衍王门下，万年过去了，此刻他要和一名实力与他老师相当的存在银眸进行生死厮杀，这是他第一次和这个层次的强者进行对战！

“来吧，让我看看，传说中的封王级无敌强者到底有多强！”罗峰心中在号叫，“让我看看，特殊生命到底有多厉害！”

只有这种让生命都战栗的战斗，才能真正磨砺强者。

“你既然找死，那便死吧。”银眸淡淡道。在旁边奴仆怜悯的目光下，银眸挥出了他那晶莹剔透的手掌，手掌仿佛晶石雕刻而成，刚刚挥出，罗峰便感觉到周围空间迅速发生了变化。

罗峰双翼一振，迅速逃出，同时左手掌心浮现出十六颗黑色球，万千金色丝线迅速串联，凝聚成一道兽神幻影。

“你逃不掉的。”银眸的声音在空间中回荡。

周围空间中凝聚出了一个巨大的手掌，长度超过千米的巨大手掌笼罩向罗峰。

“这是什么手段？空间法则类攻击？”罗峰凭借弑吴羽翼迅速闪躲的同时，操控兽神幻影，令兽神幻影直接迎上那个巨大的手掌。

突然，罗峰微微一愣。

因为他想到了当初在血洛世界看到的三幅远古图影，其中有一幅图影描绘的是兽神的尾巴抽裂巨大的手掌的场景。当然，那幅图影上的两位，一个是兽神，一个可能就是最终令兽神陨落的存在，这两位可比罗峰、银眸强多了。

面对巨大的冰晶手掌，兽神幻影猛地挥动它的尾巴。

轰！

尾巴犹如流星，重重抽打在巨大手掌的掌心。二者都是过千米长度，在半空发生一次撞击，产生了可怕的冲击波。兽神幻影和巨大手掌同时一震，兽神幻影完全崩裂，十六颗黑色球迅速飞向罗峰，至于那巨大手掌，仿佛是已经龟裂的冰块。

“银眸擅长时间法则，也懂空间法则。”罗峰惊叹，“他的时间法则要比空间法则强得多，可稍弱的空间法则都有这般威力！太可怕了！”

罗峰能感觉到银眸的不朽神力很强，超过千万倍界主之力，加上其振幅手段，虽然只是简简单单的一掌，但硬是压制住了罗峰的最强攻击。

这就是自身基础强的体现。

“嗯？”远处站着的银眸发出低叹声，“竟能挡住我的一掌，不错，你有骄傲的资格。”

“不是骄傲，是自信。银眸，别说大话，有什么手段尽管使出来吧。”罗峰双翼展开，站在远处。

“好。”

虽然银眸的眼睛闭着，但罗峰的确有一种被无数双眼睛盯着的感觉。

一根冰晶手指瞬间出现在罗峰面前。要知道，周围的空间已经被封锁，根本无法施展瞬移，显然，银眸在控制时间流速上的造诣已经极为可怕。

罗峰连忙合拢羽翼。

忽然，一股无形波动掠过，罗峰顿时被定在半空一动不动。

这就是时间静止。

“是时间静止！中招了！”

“可悲，可叹。”远处的银眸叹息一声，悬浮在半空的一根冰晶手指直接刺向罗峰。

“破！破！破！”

罗峰的意志催动全身念力，身后的弑吴羽翼、掌心的《星辰布道图》、灵魂中的塔珠都在震颤。在那可怕的意志催动下，三件至宝几乎瞬间震开这股束缚力。

“破开！”罗峰的意志在咆哮，弑吴羽翼挡住已经刺来的冰晶手指。

一股可怕的冲击力通过弑吴羽翼作用在罗峰的全身，罗峰仿佛一颗流星被抛飞，他暗松一口气：“幸好在关键时刻挣脱了时间静止，这银眸实在太强了！他的冰晶手掌、冰晶手指都是不朽神力在远距离凝聚而成。因为我对那弥漫在半空的不朽神力不够警戒，所以才会中了他的招。

“当然，银眸能成功施展时间静止让我中招，更主要的还是其实力。他的不朽神力虽然蔓延开来，但更多的是在手指周围，离我还是挺远。如此距离，他都能施展时间静止，且作用在我身上，比奔雷王强太多了。我在修炼场上遇到的上千个异族强者中，没一个有这么强的。”

当罗峰震惊时，银眸和他麾下的奴仆也震惊了。

“竟然躲过了！”奴仆不敢相信，“多少强者死在这一指下，这人类竟然躲过了，而且还破开了主人的时间静止，这……这怎么可能？”

远处，感应到波动正在观战的数十名冰狱强者都完全惊呆了。之前罗峰抵挡那一巴掌时，他们比较平静，毕竟罗峰是能够压制奔雷王的强者。

“天哪！”

“死神一指！”

“银眸的死神一指！”

“银眸虽然懂得空间法则，但最精通的是时间法则，他的死神一指蕴含时间攻击、灵魂攻击。先施展时间静止，再悄然用死神一指中蕴含的灵魂攻击令敌人灵魂受到侵蚀，再无反抗之力。”

“这人类竟然强成这样，能够扛过死神一指。”

“银眸纵横冰狱的两大杀招，一招是经常使用的死神一指，另一招就是连另外四大巨头都得竭尽全力应对的银色眼睛。”

“说不定今天能看到那一招。”

“可悲的人类，如果银眸真的睁开他的眼睛，那人类就真的完了。”

……

银眸也大为震惊："我对时间静止的运用精妙到极致，灵魂渗透更是炉火纯青，可他竟然挣脱了时间静止，而且是在那么短的时间内就挣脱了，他太强了。当冰晶手指碰触他时，灵魂渗透就已经在进行了，却没起到作用。"

"好险的一招，可惜没用。"罗峰悬浮半空，双翼展开，"银眸，还有什么招数，都使出来吧。"

虽然罗峰的攻击能力弱些，但防御能力的确极强，尤其是灵魂防御。

罗峰忍不住嘀咕："虽然我的攻击能力比不过对方，但论防御，对方也奈何不得我。"

"人类，你的实力的确很强，只要你能挡住我这一击，我便离开。"银眸缓缓地道，"冰狱中，凡是见过这一招的，除了另外四大巨头，其他的都死了。这一招便是银眸凝视。"

银眸额头上的眼睛缓缓睁开，时间流速在变化，空间在震颤……

第925章

传音

银白色的眼睛只有眼白没有瞳孔，盯着罗峰。

银白色的眼睛中蕴含的强大不朽神力令周围空间寸寸炸裂，并且银眸每一寸皮肤上都浮现出一只眼睛，全身密密麻麻的都是眼睛，额头的银白色眼睛散发着银色毫光。

轰！

在银眸睁开眼的一瞬间，那股无形的不朽神力就直接冲入罗峰的身体里了。

“难怪我感觉好像有无数双眼睛盯着我，原来他全身皮肤下都隐藏着眼睛，他到底是什么特殊生命？”

罗峰在看到银白色眼睛的瞬间，那股无形的不朽神力已经接连穿透弑吴羽翼、将甲，进入他的体内。

这银眸凝视蕴含的不朽神力强大得可怕，罗峰体内的兽神发出咆哮声，却仿佛微风拂过，丝毫撼动不了这股无形的不朽神力。

轰！

这股无形的不朽神力瞬间作用在罗峰的灵魂上，罗峰陷入幻境。

“这等幻境也想困住我，破！”罗峰的意志何等强大，轻易轰破了幻境，周围景色消失，进入了山水世界。

“又是幻境，破！

“还是幻境，破！”

……

一层又一层幻境。

罗峰的意志无比坚定，破除着一层又一层幻境，可是幻境形成的速度完全能够跟上罗峰破除的速度。

时间过去很久了，罗峰仿佛已经陷入幻境中千年万年，而那无穷无尽的幻境依旧在继续。

“这不是普通幻境，我从来没听说过这等可怕的幻境，这应该是他的天赋绝招。”陷入幻境的罗峰依旧冷静地分析着，他的意志经过生死之路的磨砺早就非比寻常了。

天赋绝招本就是难以破解的招数。像金角巨兽的分身、强化，都是无法通过修炼得到的。银眸的天赋绝招很诡异。罗峰暗暗思索。

虽然陷入一层层幻境无法完全解脱出来，但他并不着急。

虽然时间看似过去了很久，但罗峰凭借与金角巨兽分身的感应，知道外界才过去一瞬。

这是罗峰意志强大的缘故。若是意志薄弱，完全被幻境影响，那么他根本无法与金角巨兽分身保持感应。

银眸施展出这一招后身上的无数双眼睛继续潜藏，额头上的银白色眼睛也缓缓闭上。这一招是天赋绝招，一旦施展，就能令中招者陷入无尽的幻境中。

破解这招有两种办法。

第一种是凭借不朽神力或者保护灵魂的至宝强行破解，所以罗峰完全可以使用塔珠破解这一招。

第二种是一次次破开无尽的幻境。

若沉沦于幻境，意志自然就会崩溃，灵魂也会崩溃，直至陨落。

若选择破解一层又一层幻境，其过程无比寂寞、孤独，而且每一刻都不能放松，仿佛看不到尽头。亿万年的时间一直在破解幻境，这足以让强者陷入绝望，最终沉沦。

银眸对他这一招颇为自得。

这一招很可怕，绝对比关押进冰狱还要可怕。因为在冰狱中，能够躲在住所休息，但在幻境中，每时每刻都不能休息。

这一招类似生死之路的考验，只是这一招对破解幻境的意志要求低些，当初生死之路的考验真正把罗峰逼到了生死绝境，到后期，他甚至连思考都做不到。

银眸额头上的眼睛刚刚闭上，远处的罗峰就睁开眼了。

“你……你……怎么可能?! ”银眸全身皮肤隐隐浮现出眼睛。

旁边的奴仆惊叫道：“不可能，除了其他四大巨头，没有谁能够抵挡这一招，而且其中两个都是靠在关键时刻燃烧神力才扛过去的，你这人类，怎么可能扛过这一招？”

“你在无尽的幻境中度过了多长时间？”银眸忽然问道。

“无尽的幻境？嗯，是无尽的幻境。”罗峰点头道，“我感觉过了近一万纪元。”

“近一万纪元？寂寞、枯燥的破解，不能有丝毫停歇，在这样的环境中，你熬过近一万纪元？”银眸有些赞叹，“佩服，佩服！”

“还好。”罗峰一笑。

罗峰在经历生死之路的考验时每一秒都仿佛一年，在那六千多年时间里，罗峰感觉他在生死边缘走过了不知多少回，那可比这次可怕多了！

其实这次罗峰选择不用塔珠，就是要磨砺自己的意志。

刚从幻境中出来，罗峰没有丝毫茫然感，反而很清醒。

宇宙中那些古老的生命是从宇宙诞生时便存在的，岁月磨砺出了其极强大的意志，罗峰自然不会浪费这难得的机会。

“佩服。”银眸点头，“你接下了我这一招，我不杀你了。”

“你让我接了你三招，你也接我一招。”罗峰咧嘴，露出洁白的牙齿。

砰！

罗峰随身携带的一枚世界戒指突然破裂，无比强大的气息蔓延开，一口紫色古钟悬浮在罗峰的身侧，紫色古钟内的极虹王已燃烧不朽神体，燃烧不朽神体产生的强大能量灌入紫色古钟中。

当——

肉眼可见的波纹迅速冲向银眸。

罗峰甩手就扔出了八颗涂有费摩毒液的镇封星辰。

波纹速度太快，银眸根本来不及闪躲，直接中招。

砰!

银眸的不朽神体出现许多裂痕，紧跟着开始愈合。

可是八道流光瞬间穿透裂开的不朽神体，并侵蚀不朽神体，最后飞向罗峰。

“我们走。”

罗峰在扔出八颗黑色球时就抓着极虹王，双翼一展，速度飙升到极限。

镇封星辰的速度自然比罗峰快，很快就飞回罗峰的掌心。

“主人，他竟然这样！”奴仆怒道，“不能放过他！”

银眸的不朽神体完全凝聚，站在半空遥看罗峰，露出笑容：“我已经说过，接下我那一招我就不杀他。更何况，怎么追？他已逃远，我无法施展时间静止令他停下，速度又不如他，怎么追？”

奴仆傻眼。

罗峰的速度可是冰狱第一!

在速度这一项上，五大巨头只能认输。

“就这样？”奴仆不敢相信，他没见过主人吃过亏。

“我攻他三招，受他一招，也不算吃亏，不过这一招够狠的。”银眸感应到不朽神体中的一丝损伤，并不在乎。

他的不朽神体损伤量不足千分之一。

忽然，一道声音在银眸脑海中响起。

“银眸，你不是想要不记名账号感应器吗？我看你顺眼，给你一个得到它的机会——一件重宝可以换一个虚拟宇宙的不记名账号感应器。三天后，我安排我手下去你那里，是否交易，看你。”

银眸一怔，看了一眼远处刚刚飞出空间封锁范围就立即消失的罗峰。

“狡猾的人类，贪婪的人类。”银眸不由得暗道。

虽然银眸非常想得到不记名账号感应器，但用一件重宝去换他还是不舍得。冰狱中的重宝数量是非常稀少的，幸亏当年被抓进来的都不是一般的不朽神灵，否则哪会有这么一些重宝？

“我们走。”

银眸解开空间封锁，带着麾下奴仆直接离开。

罗峰和银眸都已经离去。

远处偷偷观战的冰狱强者们受到的震撼不轻。

“那人类被银色眼睛盯上竟然都没死，这可是十大封王都做不到的事！十大封王遇到五大巨头，都是远远地避开，甚至宁可燃烧不朽神力！”

“翻天了。”

“毫无疑问，这一战……”

“冰狱排名会再次发生改变，那人类应该能排到第六名。”

“五大巨头之下的最强者。”

……

围观的冰狱强者心中受到震撼，都忍不住和自己相互扶持的好友议论这事去了，这绝对属于寂静的冰狱中难得的一件大事。

罗峰和极虹王直接回到了雪地地底深处的洞窟内。

“封王级无敌强者真的强，主人，我燃烧不朽神体，同时使用重宝紫色古钟，竟然只令他的不朽神体裂开，没有粉碎，更别说伤他了。”极虹王忍不住道，“太离谱了。”

“他自身的基础就是你的上百倍，你即使燃烧不朽神力，也比他正常形态强不了多少。”罗峰摇头道，“我趁机用八颗涂有费摩毒液的镇封星辰去攻击他，可我感觉他怕是连1%都没损失，至少我感觉不到他的气息有一丝变弱。”

“不朽神体强成那样，身高30米，比人类高那么多，神力雄厚，就是用一公斤费摩毒液恐怕也杀不了他。”罗峰暗道。

若是人类封王级无敌强者遭受一公斤费摩毒液的侵蚀，可能会死，可银眸是特殊生命，不朽神体强大，不是那么容易就死的。

“不知道他会不会答应用一件重宝去换不记名账号感应器。如果能用一个便宜的不记名账号感应器换一件重宝，那真是走运了。还别说，有可能能成。”罗峰暗想着。

第926章

轻松到手

冰狱中那些强者包括五大巨头，对外界的渴望是可想而知的。

“三天后便知道了。”罗峰不再多想，转而反思这次的战斗过程。

“至宝的确威力极强，我创出秘法配合至宝，威力暴增，更令我能压制奔雷王。”罗峰暗想着，“当然像银眸那样的，我就一丁点儿办法都没有了，就算让极虹王燃烧不朽神体，再凭借重宝紫色古钟和费摩毒液，对他的威胁也极小。”

“而且他还没有一件防御类的重宝。”罗峰暗道，“若是在外界，封王级无敌强者哪会连一件防御类的重宝都没有？”

冰狱中被关押的强者，有些的确有重宝，漫长岁月后，这些重宝几乎都在冰狱最顶层的强者手里了。即使如此，这些冰狱最顶层的强者手中的重宝也远少于外界强者。

像七剑王，既有七剑，又有防御类的重宝，还有逃命类的重宝。

论本身实力，奔雷王、白骨王等或许能匹敌七剑王、黑刹王，可生死断杀时，七剑王、命陨王等几名族群重点培养的天才可以凭借众多重宝，与他们拉开距离。

“实力重要，宝物也重要。就是成为宇宙之主，也一样如此。”罗峰暗道，“宝物，坐山客老师为我提供了不少，提升自身实力则要靠自己。”

三天后。

北方冰狱。

“主人。”极虹王站在山脚下，恭敬地称呼旁边这名金属人。

“你就在这里，发现不对立即逃。”金属人下令。

“是，主人。”极虹王应道。

随即，金属人悠闲地爬山。

这个金属人正是罗峰。罗峰采用的是类似妖族的手段，妖族强者在宇宙中闯荡，特别是乘坐宇宙飞船时因为体形过大，所以本体都藏在世界戒指内，他只用一丝意识控制着傀儡身体处理各种事情。

罗峰分出一丝意识控制傀儡之身，就算银眸一怒之下毁掉傀儡之身，罗峰也没一点影响。

“很久没爬山了。”

“在冰狱的束缚下，傀儡之身爬山还真有点吃力。”金属人慢吞吞地爬着。

忽然，一道黑色身影出现在一旁，正是银眸的那名奴仆。

“你来了。”金属人开口，是罗峰的声音。来之前罗峰更改了傀儡之身的发音装置。

“是你！”奴仆大怒道，“没想到你竟然亲自来，主人还以为你会派奴仆前来。”

“我亲自来不是更好？”金属人道。

“走。”

奴仆带着罗峰的傀儡之身消失了。

再出现时，他们已经到了宫殿的大殿内。金属人仰头看银眸，罗峰第一次看到银眸时不觉得有什么不对劲的地方，可现在以傀儡之身仰看，感觉身体受到压迫，眼中情景都模糊了。

“银眸，收起你的威压，我这傀儡之身承受不起，弄坏了我的傀儡之身，我可无法和你交易了。”金属人连忙喊道。

“你这人类。”银眸收起威压。

“哈哈，银眸，你收起了威压，看来是答应这桩交易了。”金属人道。

“你不怕我直接抢走不记名账号感应器？”银眸道。

“直接抢？哈哈，你是从来没感受过虚拟宇宙，还是在冰狱中待得太久对外界陌生了？虚拟宇宙对不记名账号感应器，特别是这种永久性的，监控得极为严格，我可以随时关闭你的权限，令你无法连接虚拟宇宙。”金属人说道。

“若是你将来关闭了权限，怎么办？”银眸问道。

“放心，我不会做这种事情。”金属人道，“你要相信我，你应该也知道，以我这样的实力，我在人类族群中颇有地位，不至于为了一个不记名账号感应器就损坏自己的信誉。”

“好。”

“不过一件重宝只能换取一个不记名账号感应器，也太过分了。”银眸道，“我要换取三个。”

“我总共就两个，还等着做其他人生意呢。”金属人连忙说道，“一个。你一个人能使用不就行了，要那么多干吗？如果有朋友需要使用，也可以借给朋友。”

银眸生性冷漠、寡言，在谈判上的确不如罗峰，若非因为重宝和不记名账号感应器对他来说都很重要，他也不会去争。

“两件。”银眸道。

“一件，没的谈。”金属人道，“银眸，你就算得到两件也没用，难道你想转卖？哈哈……假如让我知道你转卖不记名账号感应器，我会关闭其中一个感应器的权限。反正我是和你交易，当然也只允许你拥有这权限。”

“好吧，就一件。”银眸屈服了。

“真狡猾。”银眸高坐在王座上，忍不住道。

“狡猾。”

“太狡猾了，可恶的人类。”

旁边两名奴仆都在骂着。

那可是重宝，冰狱中每一件重宝都很珍贵。十大封王虽说也有重宝，但个个精明无比，发现五大巨头踪迹早就躲得远远的。虽然十大封王的实力不及五大巨头，但五大巨头要抓到他们也不容易。

“这是不记名账号感应器。”金属人翻手，扔出一个不记名账号感应器，感应器刚被扔出就迅速下坠。银眸一惊，立即释放不朽神力护着感应器。

“小心点。”银眸忍不住道。

“这冰狱的束缚力太强，我这傀儡之身又太弱。”金属人呵呵笑着，“好了，不记名账号感应器给你了，重宝呢？”

“我先试试。”银眸迅速使其认主，然后意识连接感应器进入虚拟宇宙。

金属人说着：“我已给你开启了八万个虚拟游戏的账号，防止你不会用。还有，扫描功能被关闭了，你可别开启，一旦开启，扫描到你的体形，那你出现在虚拟宇宙时的模样就会是你真实的模样了，你现在在虚拟宇宙中就是普通人类模样。当然你变成人类模样，再开启扫描功能也行。”

“有意思，你们人类的虚拟游戏真有意思。”银眸俯瞰着金属人，哈哈笑着，“在冰狱中，无比寂寞，能进虚拟宇宙，以后就丝毫不惧了，哈哈……”

金属人笑了。

“这是重宝。”银眸挥手扔出一件重宝。那是一柄通体碧绿的斧头，斧头有3米多高。

银眸忍不住道：“你真是太贪婪了。”

“哈哈，交易愉快。”金属人笑道，“银眸，你应该开心，因为我要闭关修炼了，以我的隐匿手段，冰狱中其他强者很难找到我，等我下次出来，不知道是几百年后的事了，其他四大巨头就算想要跟我交易，也得等我出关。”

“去吧，别在这儿得意了。”银眸道，“送他离开。”

“是，主人。”

奴仆带着金属人，施展瞬移离开。

银眸遥遥看了一眼，随即脸上浮现笑容。他在冰狱中共得到了两件重宝，可这两件重宝他只使用过一件，另一件没用过。即使是重宝，他现如今能发挥出的威力也就一般，因为以他的战斗手段，凭借天赋绝招，威力早超过重宝了。

“虚拟宇宙真热闹啊！”银眸继续玩游戏去了。

这虚拟宇宙对银眸而言，的确比重宝更有用。

东方冰狱，雪地深处的洞窟内。

“我当时只是灵机一动，没想到真让我弄到一件重宝。这可是重宝，我在星辰塔中也只得到冰浑丝网这一件重宝！”罗峰握着碧绿色的斧头，斧刃非常薄，仿佛冰玉雕刻而成。

看到斧刃，罗峰就能感觉其可怕的威力。

“哈哈。”罗峰将斧头收起来，意识连接虚拟宇宙。

罗峰的专属修炼场中。

罗峰站在星空暗道：“我的实力的确还有提升的余地，不管是明月策还是万星布道图，我都仅仅创出第一式，我早已练成《衍神七变》第二篇，完全可以以第二篇为根基，以兽神意境为辅助，创出第二式。”

创出第二式的难度会比第一式高，可罗峰如今的境界也更高了。

“开始吧。”

罗峰准备进行创造秘法，星空中突然出现了一道金色身影，正是混沌城主。

“老师。”罗峰连忙恭敬地行礼。

第927章

焦急

罗峰暗自纳闷："老师不是让我战斗十场后再去见他吗？现在我才战斗两场，老师怎么亲自来了？老师不是没耐心的人啊……"

"你要创造第二式？"混沌城主看着罗峰。

"是。"罗峰恭敬地回道，"弟子感觉明月策的第一式和万星布道图的第一式都不够，所以要创造第二式。"

"两种秘法你都要创造？"混沌城主问道。

"是。"罗峰没有丝毫犹豫。

混沌城主眉头微微一皱，道："你前几天可有战斗？"

"两场战斗，第一场侥幸赢了，第二场输了。"罗峰道。

"你有何体会？"混沌城主再次问道。

"弟子经过这两场战斗领悟到了自身实力和宝物都很重要。"罗峰道，"实力不够，空有宝物也发挥不出宝物的威力，而如果没有宝物，面对同等层次的对手，就会吃大亏。我现在拥有宝物，自身实力需要再精进些。"

混沌城主、罗峰站在星空中，一问一答。

"现实中的战斗难道没让你明白，精神念师修炼兽神之道是在浪费时间？"混沌城主喝道，声音巨大，直接震慑罗峰的心灵，可罗峰的意志何等坚定！

"浪费时间？"罗峰连忙摇头，"没有，弟子反而感觉实力大增，很适合这条路。"

罗峰可是拥有专门用来进攻的至宝《星辰布道图》，配合秘法，能压制奔雷王。

混沌城主听后不由得微微摇头。

“放弃吧。”混沌城主道。

罗峰一怔，看着混沌城主。

罗峰在混沌城主门下这么久，混沌城主一直都引导他、支持他，为何这次让他放弃?

“为什么？”罗峰忍不住问道，“我的意志极强大，又曾得到过魔音神将传承，振幅极高，以精神念师修炼兽神之道，绝对能走很远。”

“可你在武者的路上，能走得更远！”混沌城主道。

“请老师明说。”罗峰躬身。

混沌城主看着眼前的罗峰，他很清楚罗峰的心性、意志，仅仅凭借一句话就让罗峰放弃，是不可能的。

“那我就告诉你。”混沌城主郑重地道，“首先，你是黑武者；其次，你修炼的是兽神一道。”

罗峰仔细聆听。

混沌城主感慨：“黑武者在血洛大陆已经成了传说！你能成为黑武者，说明你的基因和兽神血脉的契合度极高，将来凭借兽神血脉，你的基因提高幅度将更加惊人。

“基因是基础。在基础上就比对方强十倍、百倍，乃至千倍，别人怎么和你斗?

“而且兽神擅长的是近身战斗。

“你要记住，任何一个精神念师修炼兽神之道，都无法走到最顶峰。”

罗峰傻眼：“无法走到最顶峰？”

“想要走到最顶峰，匹敌兽神，只有武者才能做到！”混沌城主道，“你是黑武者，自然拥有无比罕见的身体资质，修炼兽神之道又如此迅速，显然悟性、天赋极高。诸多天赋在身，你岂能辜负？武者修炼兽神之道，将来是有希望成为宇宙之主的！这条路虽说非常艰难，但绝对能成功。可如果精神念师修炼兽神之道，想要成为宇宙之主，希望何等渺茫！”

罗峰站在那里，沉默了。

“宇宙中一些弱小族群根本不知道这个秘密，精神念师修炼兽神之道，可笑。你看希罗多，最终就卡在最后一步，无法跨过去。”混沌城主看着罗峰，“你好好思考，思考好了，告诉我答案。”

说完，混沌城主转过身，默默地站着。

罗峰沉默。

罗峰暗道：“必须是武者修炼兽神之道才有希望成为匹敌兽神的存在吗？原来黑武者代表的是自身基因和兽神血脉的契合度极高。我修炼《九劫秘典》，基因得到过根本性的改造，远远超过普通人类，最终融合了十颗血洛晶。

“我该怎么选？

“一条路，是老师混沌城主给我选的，武者修炼兽神之道，将来有机会成为匹敌兽神的存在，那可是宇宙之主！

“另一条路，是老师坐山客给我定的，精神念师修炼《九劫秘典》，至于创造什么秘法由我自己来决定，等将来实力强大了掌管星辰塔。他的两大弟子，都是宇宙之主，那么我成为宇宙之主的希望估计更大，而且还有至宝星辰塔。

“我怎么选？”

罗峰的脑海中闪过诸多念头。

“哈哈，苦恼什么？既然这两条路都有希望成为宇宙之主，那么我两条路都走！”罗峰眼睛亮起来，“我和那伯兰不一样，伯兰是分心研究两种法则，而我研究的都是兽神之道，一种是武者的兽神之道，一种是精神念师的兽神之道。”

“二者同时修炼，也能使我更好地研究兽神之道。”罗峰暗道。

混沌城主背对着罗峰，站在虚空中许久。

“老师。”

“决定了？”混沌城主声音平静。

“决定了。”罗峰眼睛很亮，“弟子决定兼修武者和精神念师的兽神之道。若是弟子将来错了，再取舍。”

“既然你已决定，我就不再多说，我便看你同修武者、精神念师的兽神之道，能走到哪一步。”混沌城主转头，看着罗峰。

罗峰也看着混沌城主。

眼神相对，罗峰没有丝毫怯懦。

“很好。”混沌城主微微点头，“路子错了没事，但是必须坚持本心，全心投入。”

“明白。”罗峰点头。

“那你就继续创造秘法吧，我会针对你的缺点，安排一个个对手。”混沌城主说完便消失了。

“多谢老师。”

这一跪，是发自心底的感激。

“即使我没有听从老师的建议，老师也依旧支持我，并且在我创造秘法的过程中，更是不辞辛劳地安排一个个对手，这其实是一件非常花费心思的事。或许老师是因为族群重视培养我，可不管怎样，老师对我有大恩！

“有恩，就得记在心中，待有能力、有机会时，定当报答！

“开始吧！”

罗峰身体一晃，消失了，半空出现了一只庞大的金角巨兽。罗峰依旧准备先创出明月策第二式，再创出万星布道图第二式。

乌华秘境，冰狱星带，冰狱中。

“那人类在五大巨头之一银眸面前先是破解死神一指，而后更是破解了银眸凝视，最后竟然成功逃掉了。”这条消息在冰狱中开始传播起来。冰狱中没有先进的通信方式，连罗峰的大型探测仪都受到了干扰，在冰狱内架设一个虚拟世界是很不现实的。

冰狱中通信落后，强者之间大多有仇怨，一见面就是杀戮，只有少数强者不会如此，他们相互信任，偶尔聚在一起。

所以这条消息的传播速度也极为缓慢，即使过了大半年，也只有不足三分之一的强者知道这件事情。

南方冰狱，无尽的雪地上屹立着一座巍峨的宫殿，宫殿周围插着一块块冰，每一块冰上都雕刻着妖族文字，显然是一次次冰狱排名。这宫殿里毫无疑问住着一名很特殊的存在——天狼。

天狼，五大巨头之一，也是五大巨头中脾气最好的一位。

都说妖族皇族中的天狼族非常凶残，可这头天狼极少杀戮，他的脾气很好，并得到过众多强者的承认。

“主人，看来排名又要变了。”

“有新的战斗发生了？”

由冰块凿出的无比巨大的宝座上，盘坐着一头长10多千米宛如一座山的天狼，他全身是雪白的毛，但毛发尖端有一丝金色，令他仿佛被一层金光笼罩，额头上有三道怪异的秘纹，仿佛三道刀痕。

“是。那人类与奔雷王交战过，也与银眸交战过。”大殿下站着五名奴仆，这五名奴仆都是鳞甲生物，实力为封侯级，当年天狼被关押时就带进来了。

“人类？”盘坐在宝座上的天狼忽然抬起头，“那人类在哪里？赶紧找到那人类，赶紧！”

“主人，这两场战斗已经过去大半年了。”五名奴仆补充道。

“大半年？”

天狼发出一阵阵愤怒的低吼声。

当年银眸等强者就公开寻找过罗峰，但天狼是暗中派遣手下去找，长时间没找到就放弃了，没想到这次终于有罗峰的消息了，却是大半年前的消息。

“不能这样下去了。”天狼忽地站起，四蹄站在王座上，无尽的威压蔓延开，吓得五名奴仆个个跪伏。

第928章

蛰伏两千年

五名奴仆跪伏在大殿，不敢发出声音。

天狼的一双眸子闪烁着凶光：“就算那人类再现身，当我得知消息要去找他时，他恐怕又消失了。”

天狼立即意识到这一点，并且迅速做出决定。

“准备冰块。”天狼声音低沉，道。

“是，主人。”五名奴仆同时应道，其中为首的奴仆立即翻手，恭恭敬敬地将一块雕刻好的冰放在地面上。

天狼从王座走到冰块前。

“你们和我说说那人类和奔雷王、银眸交战的具体情况。”天狼道。

“是，主人。那人类先是和奔雷王交战，几番交手，奔雷王竟然被那人类压制了，而且那人类的速度快得可怕，奔雷王逃都逃不掉，只能被迫燃烧不朽神体。燃烧不朽神体后的奔雷王，速度依旧不及那人类……”五名奴仆叙说着交战时的具体情况。

天狼垂下头看着冰块。

一个个妖族文字出现在冰块上。

第一名：血猧……

第二名：银眸……

第三名：天狼……

第四名：黑风……

第五名：茨黯……

第六名：人类……

……

榜单上的名字很多都是依据族群的名字来定的，像天狼、茨黯、人类。至于血猧、银眸、黑风，则是依据其外貌定的名字。这种方式很常见，因为冰狱中的茨黯族族人就一名，人类也仅有一人。

冰狱排名再次更新，每名强者名字旁都附有一些信息，整个冰块上几乎都是密密麻麻的文字，唯有冰块最上端留着很大一片空白。

五名奴仆见状，暗自疑惑，悄然传音："主人之前编撰时，都是从冰块最上面开始，怎么这次不是？"

"是啊，还没见过主人这样。"

在他们的议论中，冰块最上端留白部分开始出现一个个妖族文字。

能将人类带到我这里的强者，我起誓，永远护佑他。我见到人类，也不会动手杀戮。此誓言，冰狱所有强者见证！

"好了。"天狼抬起头，"你们临摹出九百份，送到山巅。"

"是，主人。"五名奴仆恭敬地应道。

他们迅速临摹，以他们的手段，自然是片刻便弄出九百份临摹品来。其中一名奴仆带着这些临摹品离开了宫殿，前往山脉之巅。

山脉之巅是发放榜单的地方，禁止战斗，禁止停留！

这是所有冰狱强者一致遵守的规定。

那些临摹品被一名名强者带走，而天狼的承诺自然而然借此传遍整个冰狱。

"天狼的护佑？"

"如果我能得到天狼的护佑，只要天狼不死，谁能杀我？"

"天狼不会违背誓言吧？"

"怎么可能?! 天狼可是公开发布的，所有强者皆知，他怎么可能违背誓言？而且天狼一直很骄傲，本就不屑对我们动手。他的脾气好，是出了名的。"

"赶紧找那人类。"

"对，找那人类。"

……

整个冰狱除了那几十名排在榜单前列的强者外，哪一个不是活得战战兢兢的？其实就连白骨王、奔雷王他们也唯恐碰到五大巨头，更别说其他被关押进冰狱的强者了。虽然那些强者实力相对较弱，数量上却占据了九成以上。

他们一起寻找罗峰，阵仗自然大多了。

可是罗峰潜伏在雪地地底，又有微型探测仪，即使他们到了门口，凭借肉眼和不朽神力，也依旧探寻不到罗峰的踪迹。

寻找罗峰的热潮足足持续了数百年，渐渐地，这股热潮开始退去，可依旧有一些封王级强者在寻找罗峰。因为一旦找到罗峰，并将他带到天狼面前，他们就可以过上安稳的生活。

一个广袤的神国中，无尽的海洋上有一座座岛，其中一座岛上。

穿黑衣的罗峰正盘坐在沙滩上，看着浪涛一次次冲上沙滩，一次次退去，至于金角巨兽分身，则在体内世界中临摹着兽神雕像。

"转眼已过去一千年。"

"我的兽神意境在千年前就已经达到闯过通天桥第二十层的境界，本以为想要再进步很难，可没想到我的兽神意境虽然进步缓慢，但从未停止，一直在提升。"罗峰面带笑容，"不过第二十层与第二十一层的差距实在太大，恐怕得花费当初从第十九层提升到第二十层10倍的时间。"

罗峰的兽神意境靠金角巨兽分身不断临摹大型兽神雕像、小型兽神雕像而逐渐增强。

感悟兽神之道的融合法则也很重要，如果没有感悟，单纯靠临摹是很难有成就的。

法则感悟是大树的根、主干。

兽神意境是大树的枝叶。

唯有根扎得深，主干粗、高，枝叶才能长得更茂盛。

这是相互促进的过程。法则感悟是基础，打好基础才能掌握更高层次的兽神意境；兽神意境提升了，对法则感悟也有促进效果。

……

时间流逝。

金角巨兽分身全身心研究《衍神七变》，临摹兽神雕像感悟兽神意境。

地球人本尊在研究明月策第二式、万星布道图第二式。

在混沌城主针对罗峰所创秘法的缺点提供一个个对手的情况下，罗峰的秘法不断完善。他的进步的确极快，以第二篇筋肉篇为基础所创造的招式，单单法则方面的技巧，就已经繁杂到了极为可怕的地步。

罗峰足足花费一千六百年才成功创造出明月策第二式！

一刀出，威力无穷，霸道无比！

可当罗峰去研究万星布道图第二式时，依旧吃了许多苦头。依据创造第一式的经验，罗峰认为花费创造明月策第二式十分之一的时间就能创出万星布道图第二式，毕竟已经有经验了，可是却超出了罗峰的预测。

“第一式以第一篇为基础，要简单些。第二式以第二篇为基础，复杂了许多，经验给予的帮助就少多了。”罗峰发现了问题所在，“近战之法和念力兵器之法有着本质的区别，是完全不同的战斗方向。”

随着秘法复杂程度的加深，二者的区别会越来越大，经验发挥的效果也会越来越小。

罗峰足足花费五百年时间才创出万星布道图第二式，比罗峰预计的时间要长得多。

虚拟宇宙，雷霆岛，那座宫殿内。

罗峰跨过宫殿的门槛，在大殿内行走，走到一半停下，恭敬地道：“老师，弟子的第二式已创造成功，还请老师指点。”

“你发现了吧？”无尽的气流中传来声音。

“发现了。”罗峰恭敬地道，“弟子本以为有了创造近战之法的经验，再去创造念力兵器之法，会轻松很多，事实上的确轻松不少，可远远没有我想的那般轻松。”

“你创造的是巅峰秘法，不是普通秘法，而且还是两种完全不同的秘法，一种是近战之法，一种是念力兵器之法，越往后，差别越大。你创造第一式时，彼此还能借鉴；创造第二式时，借鉴经验依旧有用；创造第三式时，效果就会微乎其微；创造第四式时，便无效果；创造第五式时，依赖经验反而会令你的创造进程变慢；创造第六式时，创造已经变得很难；创造第七式时，第七式是宇宙之主的手段，那时候，你恐怕无法创造了。”

“啊？”罗峰露出吃惊之色。

“一心二用，刚开始还能互相借鉴，到后期反而会相互影响，令你的创造无比艰难。你以为强者们不这么做的原因是什么？强者拥有永恒的生命，多花费1倍时间算什么，他们怕的是一心二用后，永无达到巅峰的机会。”混沌城主道，“你现在还坚持自己的想法吗？”

罗峰点头：“坚持。”

“那你就继续坚持吧，你还有犯错的机会。”无尽的气流中传来声音，“希望你别到创造第四式时，还如此。”

罗峰只是躬身，没吭声。

“去吧，用结果来证明你是对的。”无尽的气流中传来隐隐约约的声音。

“是，老师。”罗峰躬身，暗道，“我一定会用结果来证明！”

嗖，罗峰消失，意识回归现实。

第929章

见天狼

东方冰狱，雪地地底深处。

超过两千年的岁月，罗峰一直盘膝坐在那里，终于，他睁开了眼睛。

“老师，你就看着吧。”罗峰因为之前混沌城主那番话，有了一股战意。

“如果我错了，也得我自己去证实！”

罗峰离开洞窟，来到离地底上万千米的雪地上。

雪地上，罗峰一步步走着。

“宇宙之主是宇宙中的巅峰存在，可实力依旧有高低之分。高者如老师混沌城主，次之如二师兄炎帝，低者如大师兄普缇。当然，他们个个都是亿万个族群仰望的存在。二师兄炎帝虽有两件至宝但没星辰塔那等至宝，大师兄普缇拥有的至宝恐怕还不如二师兄。

“星辰塔能引发四大巅峰族群之间的战争，单单凭借本身威力，便可屹立在域外战场的星空中，谁都不可撼动。维持自身需要不断吞噬能量，会引起九旋星云，九旋旋涡能轻易湮灭宇宙尊者。”

“至宝。”罗峰点头。

当初坐山客说当罗峰成为宇宙尊者且找到最后一块金属板时，离驱动星辰塔就很近了，而且还说，只要罗峰能够驱动星辰塔，就拥有与宇宙之主平等对话的权力！

“在成为宇宙尊者时，我凭借星辰塔，就能与宇宙之主平等对话。”罗峰暗道，“既然如此，我更不可辜负此等至宝，这可是宇宙最强者都觊觎的真正至宝，里面随便一颗镇封星辰就是稳固灵魂的至宝。”

对星辰塔来说，塔珠、上万颗镇封星辰都只是九牛一毛，由此可见星辰塔的威力！

罗峰越想越觉得他坚持精神念师的道路没错。

“虽然老师说兼修兽神之道根本不可能成功创造第七式，也说过人类族群没有一人能通过修炼兽神之道成为宇宙之主，但是宇宙其他异族中有做到的。虽然是极个别例子，但也是有的。恐怕老师也是为了说服我，才夸大了些许。”罗峰暗暗道。

他脑海中思绪如此复杂，显然之前混沌城主那番话还是影响到他了。虽说能在混沌城主面前丝毫不动摇，他内心也的确坚定，但混沌城主是人类族群强者中排名前三的存在，他说的话对罗峰还是有很大影响的。

所以罗峰才不由得一次次思索，愈加坚定内心。

内心之所以如此坚定，一是相信自己，二是论实力，坐山客比混沌城主强。

罗峰并不盲目。

如果没有坐山客的原因，罗峰恐怕会因为混沌城主的话犹豫很久。

……

一座连绵起伏的冰山之巅，一道毫不起眼的身影隐匿在那些冰块之后，一双眼睛滴溜溜地朝远处看着，一眼即可清晰地看到上亿千米之外。

“那是……”

这身影略微一怔，随后猛地蹿出，到了数千万千米外的雪地上。

这是一个金属生命，通体散发黯淡的金属光泽，一双眼睛犹如红宝石，身体佝偻着，好似一头猎豹，此刻正盯着雪地上的一个脚印。

“这脚印……我从来没见过。”金属生命佝偻着身子仔细观察，慢慢地，眼睛都亮了起来，“难道是……如果真的是他，那我可真的走大运了。”

嗖！

金属生命立即腾空而起俯瞰下方，一眼就发现了上千千米外的另一个脚印。

金属生命沿着脚印方向开始施展瞬移，当他再次出现在半空时，遥遥看到下方一道身影正在雪地上行走着，这身影没有丝毫焦急，一步便是上千千米。

“哈哈哈……真是那人类！”金属生命目光闪烁，兴奋无比，“没有其他强者发现他，太好了，哈哈，我终于不用再过这等恐惧的日子了！”

呼！

金属生命立即一个俯冲，直接冲向罗峰。

罗峰在雪地上行走，猛地转身看向后方，罗峰一眼便看清远处半空有一道身影正俯冲而下，对方高约2米，全身散发黯淡的金色光泽，有一双红宝石般的眼睛。

“是排在第六百二十六名的金属生命卡托。”

在冰狱中，强者之间彼此杀戮，若是没有相互信任的关系，一般根本不敢靠近。

“一个排在第六百二十六名的家伙也敢来挑衅我。”罗峰左手一伸，掌心浮现五十二颗黑色球，“我刚刚创出第二式，就让你尝尝苦头吧。”

第二式繁杂无比，威力也极其强大，单单承载那些法则秘纹就需要足足五十二颗镇封星辰。

轰隆隆，五十二颗黑色球在半空就开始引起无数金色丝线串联，顿时，一个兽神出现在半空。这个兽神非常真实，全身所有鳞甲都清晰可见，尾巴的气息最强大，透露着玄妙的法则韵味。

兽神出现在半空，令周围百万千米范围内的空间都在颤抖，这有五十二颗镇封星辰的缘故，也有强大秘法的缘故，还有兽神意境更加强大的缘故。

“啊！”原本激动的金属生命卡托见状，顿时吓得魂飞魄散，立即施展瞬移，逃到数十万千米外，同时连忙道，“你好，我没有任何恶意，我是代表南方冰狱之主天狼来邀请你的。”

罗峰站在雪地上，兽神悬浮在空中。

罗峰满意地看了一眼兽神，之所以一来就施展这一招，是因为罗峰还没在现实中施展过这一招，现在看来，威力的确很强大。

“天狼？”罗峰遥看卡托，左手一挥，兽神消散，五十二颗镇封星辰从高空急速落入掌心消失不见。

远处的卡托这才小心翼翼地飞来，恭敬地笑道，取出了一块冰："大人，你看看就知道了。"

"排名？"罗峰一眼扫过去，便将冰块上的文字看完了，自然看到了天狼的誓言，"这天狼找我干什么？而且还公开起誓。"

"去看看。"罗峰略一思忖便做出了决定。

"走吧，带我去。"罗峰看向卡托。

卡托顿时大喜，美滋滋地道："大人，我运气真好，能第一个碰到你，我这就带大人去南方冰狱之主的宫殿！"

卡托带着罗峰施展瞬移，到了南方冰狱。

罗峰看着远处雪地上那座巍峨的宫殿，以及宫殿周围插着的无数块冰。

"大人，我可不敢直接瞬移到宫殿中去，我们还是飞过去吧。"卡托道。

"走。"罗峰点头。

嗖！嗖！

两道流光破空而去，飞向宫殿，顿时引起宫殿门口两名奴仆的注意。

天狼安排在宫殿的奴仆共七名，五名是当年从外界带进来的，一般为他做一些琐事，而另外两名是天狼在冰狱中将两名强者重伤到几乎沉睡，然后灵魂控制了他们，这两名奴仆负责看守宫殿。

"谁？"

"竟敢擅闯南方冰狱之主的宫殿！"

两名奴仆一看到两道流光就立即喝道，声音巨大。

"咦，那是……"

他俩仔细一看。

"人类！"

"竟然是那人类！"

他俩都认出来了，不由得对视一眼："主人可是非常想要见到那人类的。"

"两位大人好，我是来给大人带路的。"卡托落下后连忙笑道。

“原来是你，你倒是走运，将来能得到主人的永久护佑了。”其中一名奴仆说道。

“人类，主人已等了你两千多年，你随我来。卡托，你也跟着进来吧。”

奴仆带着罗峰、卡托，步入了宫殿。

罗峰观察着一切，进入宫殿，一眼便看到这座巍峨大殿内的王座上盘坐着的巨大天狼。不过论体形，天狼与金角巨兽一比，如同老鼠与大象。

“人类。”天狼的眸子已经睁开，俯瞰下方。

“天狼，”罗峰遥看天狼，微笑着，“你这么急切找我，还立下那等誓言，不知道有什么事？”

“当然有事。”

天狼的眸子转而看了一眼卡托，卡托身子愈加弯曲，非常尊敬，天狼缓缓地道：“卡托，是你找到人类，带他来的？”

“是。”卡托连忙道。

“好，从今天起，你生活在我的宫殿周围，我保证绝无任何强者敢动你。”天狼缓缓地道。

“是是是，谢天狼大人！”卡托激动万分，身体都微微发颤。卡托在六百名开外，在冰狱中绝对属于弱者，在漫长岁月里都是过着担惊受怕的日子，知道找到罗峰就能得到天狼护佑，他便经常去寻找罗峰的踪迹。

“去吧。”天狼不想和卡托说太多。

卡托恭敬地行礼，满心欢喜，甚至还朝罗峰躬身感谢，随后离开宫殿。

罗峰见状，暗叹。

轰隆，宫殿的大门关闭。

“门已关，在这里，除了你我，就是你的奴仆，有什么事，可以说了。”罗峰看着盘坐在王座上的天狼。

第930章

天狼的宝物

天狼俯瞰罗峰，眼眸中有着一丝笑意，发出响彻整个巍峨大殿的声音：“人类，我请你来，你也该猜到了，我想要购买虚拟宇宙的不记名账号感应器，你应该明白被关押在冰狱无限岁月的我，是何等想要接触外界！”

“你是妖族，我是人类。”罗峰抬头看着天狼，“天狼，你该知道，我们两大族群彼此敌对，虚拟宇宙是排斥妖族强者的意识的，你就算得到不记名账号感应器，也无法进入虚拟宇宙。”

不同族群在灵魂、意识上有根本的区别。

虚拟宇宙是人类的虚拟宇宙，妖族、虫族、机械族等其他众多异族，很多都想要借用虚拟宇宙来传递消息，可是与人类族群是敌对关系的族群，是无法连接虚拟宇宙的。虽然那些与人类族群不是敌对关系的异族，可以借用虚拟宇宙，但权限会受到限制，也会被监控。

像银眸属于特殊生命，顶多权限受到限制，还是能使用的。

“我明白。”天狼看着罗峰，“虽然我没有办法，但我的奴仆有办法。我有两名奴仆，他们所属族群和人类是友好族群关系，他们可以进入虚拟宇宙。”

“你之前的感应器呢？”罗峰问道。

这些狡猾的异族强者会想尽一切办法利用人类的虚拟宇宙，毕竟虚拟宇宙实在是太有用了。

“出现了一些纰漏，被虚拟宇宙系统发现了。”天狼说道。

“难怪。”罗峰嗤笑。

虽然异族强者想尽办法，或者控制人类，或者控制鸿盟成员，但是虚拟宇宙系统的监察系统极其厉害，即使藏得再深，也会被发现。一旦被发现，奴仆就再也无法连接虚拟宇宙，甚至还能顺藤摸瓜，通过之前连接虚拟宇宙的坐标，抓捕敌人。

所以，异族间谍被虚拟宇宙发现并杀死的，不计其数。可其他五大巅峰族群依旧一次次通过虚拟宇宙暗中建造各种情报网络。

“我可没有不记名账号感应器。”罗峰摇头。

“这种谎话你糊弄其他异族可以，我妖族和你人类族群斗了无尽的岁月，哪会不知道？”天狼盯着罗峰，“简单的感应器，你随身携带的智能完全可以轻易制造出来，重要的是那感应器得拥有连接虚拟宇宙的权限，而以你的身份，完全能在虚拟宇宙中轻易申请到不记名账号。”

天狼俯瞰着罗峰。

“放心，我不会让你难做。我知道，众多异族在虚拟宇宙中偷偷地建立了情报网络，数不胜数，虽然很容易被发现、被毁掉，损失惨重，但众多异族还是不断在暗中建造一个个情报网络。”天狼看着罗峰，“那么多间谍，多我一个也不多，对吗？”

罗峰站在大殿下听着，盯着天狼：“你想联系妖族把你弄出去？”

“哈哈……我隐瞒也无用，你当然能猜出。对，我想要出去。”天狼道，“虽然经过了无限岁月，不知道我所知道的情报网络是否还在，对此，我没有信心，但我还是想要拼一拼！我想要出去！”

“你以为我会帮妖族？”罗峰道。

“不是帮，是交易。”天狼道，“如果在外面，我要弄到虚拟宇宙的不记名账号感应器太容易了，但在冰狱中，是难得的珍宝，我不会让你吃亏，我愿用一件重宝和你交换。而且你只是与我交换一个不记名账号感应器，又没有帮我传递消息，人类世界每天都有无数个不记名账号感应器被卖掉，有些就是被异族暗中买去的。”

买卖不记名账号感应器的确是很常见的事。

“用重宝吗？”罗峰眉毛一皱，看着天狼，“好大的手笔。”

天狼的蹄爪微微抬起，一根通体黑色的石棍飘浮在半空，边缘有美丽的雕花，乍一看像一件艺术品而非武器。

石棍散发的气息蔓延整个大殿。

“一件重宝换一个不记名账号感应器。”天狼看着罗峰。

罗峰沉默。

“在人类世界，这些不记名账号感应器要多少就有多少，你仅仅卖一个不记名账号感应器罢了。”天狼道，“你我同困在这冰狱中，我所求的，仅仅是离开冰狱，更何况我仅仅是封王级层次，就算出去，对人类也没什么威胁吧。”

别说是封王级强者，就是一名宇宙尊者，对四大巅峰族群而言，也没有根本性的影响。

“不卖！”罗峰摇头。

“一件重宝换一个不记名账号感应器你都不愿意？”天狼忽地站起，气势暴增，大殿内的五名奴仆皆怒视罗峰。

罗峰看着天狼，摇头：“不卖！”

虽然卖掉一件不记名账号感应器是一件很小的事，而且在宇宙中闯荡，因为一些特殊形势而暂时与异族合作的也不少，但罗峰就是不愿意。

“一件重宝还不够吗？两件！我将我自己使用的一件重宝也给你！”天狼咆哮，怒视罗峰，“两件重宝换一件在外面便宜无比的不记名账号感应器，这是我所能承受的最大代价了！人类，你该知足了！就算在宇宙秘境，谁能这般轻易得到两件重宝？”

罗峰抬头看着愤怒的天狼，轻声道：“不卖！”

“不卖?!”天狼大吃一惊。

“你……你知道不知道这是重宝？整个冰狱中一共才多少件重宝，就算是我和银眸他们几个，每个也才有两三件重宝。我一共三件，只留下一件，其他两件都给你，你竟然……”天狼咆哮着，“别太过分了，这个条件不错了！一件不记名账号感应器而已，又不是让你背叛人类。我再问你一次，你到底卖不卖这不记名账号感应器？”

罗峰看着他，摇头：“不卖！”

天狼眸子中顿时满是疯狂。

轰！

气息猛地强烈起来。

天狼在王座上瞬间消失，而罗峰银色双翼一展，直接化作流光，同时掌心浮现出五十二颗黑色球。

“嗷——”天狼瞬间出现在罗峰之前的位置，四蹄微微弯曲，眸子中满是杀意，盯着罗峰。

罗峰站在远处，看着天狼，轻声道：“天狼你不是对冰狱所有强者起誓，说不对我动手的吗？”

“哼，为了得到不记名账号感应器，违背誓言也值得！你这个可恶的人类，断绝了我出去的希望，你说，我该不该杀你？”天狼发出一阵阵低吼，獠牙外露，额头上三道刀痕在跳动。

“哦？天狼，你该知道，杀了我，那你可就得不到不记名账号感应器了，就算得到，也没有权限，也无法连接虚拟宇宙。”罗峰看着掌上的五十二颗黑色球，“更何况，你还杀不了我！”

“连擅长时间法则的银眸都杀不了我，你擅长的是空间法则，论速度，我比你快，你怎么杀我？”罗峰盯着天狼。

天狼杀气冲天，罗峰冷漠以对。

“好，好，好。”天狼道，“你实力这般强大，在人类中的地位肯定极高，在外界得到重宝，可比在冰狱中容易得多。两件重宝不足以让你动心，也不奇怪。好，我便将我最重要的一件宝物给你，拿这件宝物和你换！”

“哦？”罗峰暗惊，“天狼还有更珍贵的宝物？”

“之前那两件重宝可就不给你了，就这一件宝物。”天狼死死地盯着罗峰，“哼，我得到它也靠机缘，这样的宝物就算是宇宙尊者也会厮杀争夺。这件宝物是我在冰狱中击杀一名实力弱小的异族后得到的。”

“宝物？说得这么神奇，难道是传说中的至宝？”罗峰嗤笑，“我可不信。”

“当然不会是至宝，传说中的至宝可是令宇宙尊者都疯狂的，我这一件虽不如至宝，但比重宝珍贵多了。”

一件物品出现，是一块六棱石牌，大概人类巴掌大小。

石牌上有一只直立的怪兽仰头咆哮。

罗峰一眼就看到石牌上的雕刻，心头微颤。他见过好几种奇异的怪兽，如九宇混沌碑上的怪兽，如兽神，而这只直立的奇异怪兽他没见过，也让罗峰有了一种特殊的感觉。

“这是什么？一块普通的石牌？又没有什么强大气息，最多石头特殊点，也算宝物？”罗峰嗤笑。

“你意识渗透即可知道。”天狼盯着罗峰，“这可是宇宙第一大势力祖神教的一枚兽神传承令，当然比一件重宝珍贵多了。”

第931章

算计

“宇宙第一大势力祖神教？”罗峰有些疑惑，关于祖神教他什么都不知道，可这枚兽神传承令的确影响到了他。

“让我瞧瞧。”罗峰伸手道。

“你意识渗透即可查看。”天狼看着罗峰，“至于这枚兽神传承令，在交易成功之前，还是放在我这里比较好。”

罗峰看了天狼一眼：“你真够小心的。”

“人类是很狡猾的。”天狼催道，“要查看还是快点吧。”

罗峰目光落在石牌上，一丝念力迅速钻入石牌，当念力刚刚渗透的一瞬间，罗峰仿佛进入了一个古老的世界。

“持兽神传承令前往传承之地，若是天赋、资质、能力符合要求，则能获得兽神传承。传承之地的宇宙坐标是……”一条信息直接钻入罗峰脑海，信息中详细描述了六棱石牌是土之法则、空间法则形成的融合法则的兽神传承令。

这让罗峰略微有些失望，因为他修炼的是金之法则、空间法则形成的融合法则，这块兽神传承令对他无用。

“看过了吧。”天狼看着罗峰，“做出决定吧。”

“让我想想。”罗峰道。

“不急不急，无限岁月我都等了，你思考一会儿，我当然不急。”天狼站在大殿中，盯着罗峰。

罗峰虽然站在那里，可实际上意识已经连接虚拟宇宙了。

虚拟宇宙，罗峰的庄园，书房中。

罗峰在笔记本电脑前查询信息。

“祖神教。”罗峰先是查询祖神教信息。自从罗峰成功闯过界主级原始通天山后，权限又得到了一次提升。

“嗯？”罗峰眼睛一亮，屏幕中出现了一条条有关祖神教的信息，罗峰连忙翻看起来。

“兽神传承令。”而后，罗峰又查询了兽神传承令的信息。

祖神教乃宇宙第一大势力。

在宇宙诞生时，祖神教随之诞生，整个祖神教地位最高的是三大祖神。

三大祖神、八大兽神、七十二名神将、三千名神使，这是祖神教固定的强者数量。另有神使候选者、神将候选者、兽神候选者……一个兽神之位只能由一人担任，而且除非在位的兽神陨落，否则绝对不可能诞生新的兽神。神将、神使也是如此，七十二名神将、三千名神使每一个都是独一无二的。

祖神教的传承分三种：一是神使传承，二是神将传承，三是兽神传承。

兽神传承是最高传承。八大兽神，个个都是强大的宇宙之主。宇宙亿万个族群中有众多强者都在追寻兽神之道，甚至有人得到过兽神传承，他们中甚至已经有人修炼到匹敌真正兽神的境界。

可即使如此，也依旧无法成为兽神，除非八大兽神陨落。

这个兽神之位能令强者实力得到飙升，这是为何每一个兽神、神将、神使都是独一无二的。

祖神教是一个和谐的教派，他们不会争夺资源，不需要占领疆域，因为整个教派才三千多名强者。

祖神教从宇宙亿万个族群中吸纳强者，他们的各种传承分散在宇宙各地，让有缘者有机会得到传承。那些得到传承的人都算不上祖神教成员，就算修炼到完美大成也依旧不是祖神教成员，只有成为神使、神将等才是。

祖神教不参与族群战争，不参与势力争夺。

祖神教除了三大祖神外，八大兽神、七十二名神将、三千名神使，都是分散在宇宙亿万个族群中的。

神使传承、神将传承、兽神传承，地位依次升高。

神使传承的传承晶不是固定的，分散在宇宙各处，可以被一个个强者得到。神将传承之地是固定的，分散在宇宙各处。至于兽神传承之地，由祖神教保护，并且进入兽神传承之地都必须持有兽神传承令。

兽神传承令蕴含的融合法则共有八种，每一枚兽神传承令蕴含不同的融合法则，分别是金之法则和空间法则融合形成的融合法则，木之法则和空间法则融合形成的融合法则，土之法则和空间法则融合形成的融合法则，光线法则和时间法则融合形成的融合法则，风之法则和时间法则融合形成的融合法则，雷电法则和时间法则融合形成的融合法则……

八种融合法则代表八大兽神之道。

人类族群早有规定，若是有强者得到兽神传承令，若能用到，可自己使用，若是用不到，交给族群，族群会给予同价值的宝物，甚至可以给予另外一枚兽神传承令。

……

罗峰一口气看完这些内容，眼睛都亮了。

祖神教竟然是这么一个势力，真正成员少得很，仅仅三千多名罢了。

“三大祖神，八大兽神。”罗峰喃喃道，“那祖神得多强？难道是匹敌老师坐山客的水准？恐怕也只有这样，祖神教才有资格称得上是宇宙第一势力。”

祖神教走的是精英战略，虽然数量极少，但是整体实力超越六大巅峰族群。

“我得到这块兽神传承令，不就可以和族群换取适合我的传承令了吗？”罗峰心中有些期待，眼睛一亮，“天狼，你运气真不好。”

“想好了？”天狼发出声音。

“嗯。”罗峰点头。

“很好，是否愿意交易？”天狼气势都强了少许，显然，他非常想要回到族群中去，他现在可是封王级无敌实力，当然，和外界的封王级无敌强者还是有差距的，差距在宝物上，自身实力是够了的。只要再拥有几件适合自身的重宝，保命能力、战斗力就能再提升一个层次。

“交易。”罗峰看着天狼。

“聪明，聪明。”天狼道，“人类，你先将不记名账号感应器给我，我得先验证一下。”

“还是彼此一起交货的好。”罗峰皱眉。

“哈哈，你想要我？”天狼道，“我若是直接给了你兽神传承令，你转而逃掉，甚至将权限关闭，我岂不是竹篮打水一场空？”

罗峰看了天狼一眼：“这天狼还挺聪明的，不知道能否将他引入局内。”

“你说得也有道理。”罗峰甩手扔出一件辅助光脑。

一股神力立即护住这件辅助光脑，天狼盯着这件辅助光脑，眼眸中满是激动。当年天狼被关押进冰狱时，地位不高不低，不过现在的他已经是封王级无敌战力了，绝对能受到族群的重视。一旦回去，就会得到族群的重点培养，成为宇宙尊者都不难。以他封王级无敌战力，一旦成为宇宙尊者，就绝非最普通的宇宙尊者。

“按照我说的去做。”

旁边出现一道身影，这是一道背后有六片羽翼、非常美丽的身影。这名女仆高约9米，窈窕动人。

“是，主人。”女仆恭敬地应道，接过辅助光脑。

随即，女仆开始连接虚拟宇宙系统。

天狼激动地看着这一幕，用余光瞄了罗峰几眼。

罗峰也默默地看着这一幕，他已经连接虚拟宇宙系统。他已然算是人类族群的高层人物之一，虽算不上最高层，但混沌城主亲传弟子的身份令他的权限极高。

罗峰实际上给那件辅助光脑弄了一个局域网。

也就是说，不管女仆干什么，实际上都只有她一个人。比如玩虚拟游戏，看起来有很多玩家，实际上只有她一人。比如去逛街，街上看起来也有很多人，实际上也只有她一人，这一切都是虚拟的。罗峰将虚拟宇宙的许多地方全部模拟过来，如果不是事先知道，那么就算罗峰自己也看不出真假。

“不管你要干什么，你要传递消息，你便传递吧。可惜，你在局域网内，与整个虚拟宇宙是完全断绝的。”罗峰喃喃道。

“这个女仆进入游戏了，还是排名第三的虚拟游戏。”罗峰看着这一切。

“她发布了公开赏金任务。”

罗峰发现女仆进入游戏后，先是从宇宙第一银行的某个不记名账号转出一笔钱，随即在虚拟游戏中发布一则公开赏金任务，而后又做了一些其他事情，在游戏中待了许久后，便下线了。

大殿内。

天狼看着女仆，女仆恭敬地道：“主人，没有回应。”

“人类，”天狼盯着罗峰，眼神中满是疯狂，“你在耍我！”

第932章

罗峰的原计划

“对，我在耍你，可你也在耍我！”罗峰看着前方的天狼，怒而冷哼道。

“人类，我怎么耍你了？一切都按照我们说的，我先验证一下真假，然后给你兽神传承令！”天狼咆哮着。

“天狼，难道你以为我真的那般愚蠢？兽神传承令我都没到手，就让你真的可以连接虚拟宇宙系统？如果我真的那样做，那才是蠢到家了。”罗峰嗤笑一声，“兽神传承令现在还在你手里，我会给你虚拟宇宙的不记名账号感应器，让你连接虚拟宇宙系统？哼，恐怕你所谓验证，就是传递信息给妖族吧。”

天狼微微一怔。

“好聪明的手段，在虚拟游戏中发布公开赏金任务，虚拟游戏中有无数玩家，无数玩家同时知道这则消息，恐怕其中就有你们妖族的奸细。”罗峰嗤笑，“啧啧，手段真是厉害，就算是虚拟宇宙系统，也无法判定出这些玩家中到底谁才是奸细吧。”

“哼。”天狼冷哼一声。

“通过这样的手段，你轻易就能传递信息并回到妖族。”罗峰似笑非笑地看着庞大如山的天狼，“天狼，到时候你的目的就达到了，我的不记名账号感应器对你而言就没意义了，而兽神传承令还在你那里，你说，你会给我？”

“我说到就会做到。”天狼声音低沉道。

“放屁。”罗峰嗤笑一声，“相信异族敌人的所谓保证，那才是大笑话。”

天狼一怔，犹豫了一下。

“天狼，你说我怎么可能信你？”罗峰看着天狼。

天狼看着眼前的罗峰，妖族皇族之一的天狼族本就是凶残狡猾的族群，而天狼更是其中的佼佼者，极善于伪装，就算是被关押进冰狱无尽的岁月，也一直都扮演着和善的角色，偶尔才会暴露真正本性。

天狼的确是打算用兽神传承令欺骗罗峰，所谓验证，也的确是向妖族传递消息。只要收到回应，就代表消息传递出去了，即使罗峰之后再关闭不记名账号感应器的权限，那也没什么了，到时候自然不必再给罗峰兽神传承令。

“你说该怎么办？”天狼问道。

“既然撕破了脸，你我也都别耍心机，都别搞阴谋诡计。”罗峰看着天狼，“一句话，你将兽神传承令给我，我给你开启不记名账号感应器的权限。”

“不行！”天狼咆哮道，“我给了你兽神传承令，你逃掉了怎么办？”

“哈哈，堂堂南方冰狱之主，害怕我逃掉？”罗峰看着天狼。

“你的逃命本领，冰狱中谁人不知？”天狼盯着罗峰。

“我的逃命本领是厉害，可你也是封王级无敌强者。”罗峰微微摇头道，“如果你不同意，我就实在没有办法了。或者，你也可以提出一个能让我信任的办法。”

天狼在那里犹豫很久，他想不到一个能让眼前谨慎的罗峰信任他的办法。

“如果你再不做决定，我就走了。”罗峰道，“如果你永远无法离开冰狱，那兽神传承令又有何用？”

“等一等。”天狼盯着罗峰，犹豫着，迟疑着。

“好，我先给你兽神传承令。”天狼咆哮着，“你这次必须给我开启进入虚拟宇宙的权限，如果这次还是假的，那我发誓，必定倾尽全力杀了你。我会发布悬赏任务，让冰狱中的所有强者都永不停歇地追杀你。”

“放心。”罗峰咧嘴一笑，“相信人类的信誉。”

“相信异族敌人，那才是愚蠢。”天狼低吼一声，蹄爪上的兽神传承令直接飞向罗峰。

“原来你也知道。”罗峰伸手接过兽神传承令。

六棱石牌沉甸甸的，握在手中便觉不凡，罗峰心中不由得激动起来，暗道：“兽神传承令到手，有了它，我就能在族内换取另外一枚适合我的兽神传承令。祖神教的特殊传承比魔音神将传承还高级，说不定我能有大收获。”

“权限已经开启。”罗峰看向天狼。

“好。”

天狼转头，俯瞰女仆：“再去验证。”

“是，主人。”女仆恭敬地应道，随即意识连接虚拟宇宙系统。

罗峰默默地看着这一幕，同时他的意识也连接虚拟宇宙系统。

虚拟宇宙，雷霆岛最高处，混沌城主所在宫殿。

当罗峰通过网络查看了祖神教、兽神传承令的一些信息后，他就立即来拜见混沌城主了。

大殿中，混沌气流弥漫。

“老师。”罗峰恭敬地道。

“这么急着找我，何事？”混沌城主的声音从气流中传递出来。

“是有关兽神传承令的。”罗峰答道。

气流中走出一道金色身影，混沌城主看着罗峰，犹如无尽星空的眼眸中也有着一丝吃惊。混沌城主虽说之前对罗峰一心二用的行为有些不满，但不得不承认罗峰的机缘不一般。

之前在域外战场，刀河王对战黑刹王的消息早已传开，混沌城主如此关心罗峰，又怎么可能不知道？虽然当时罗峰退役了，也关闭了虚拟宇宙系统的同步传送，但周围有很多人类阵营的强者，所以有很多人将战斗情况拍摄记录了下来。

混沌城主观看后，先是惊诧罗峰竟然以界主之身对战黑刹王，紧跟着判断出那一颗颗黑色球般的物品，应该属于一套重宝。

至宝有高低之分，重宝同样有高低之分。

从功能上说，攻击类重宝一般不如防御类重宝珍贵，而防御类重宝又不如封印类重宝。而从威力上说，在许多重宝中，套装重宝的威力绝对是顶尖的。

像七剑王拥有的一套七剑便属于套装重宝。

“前段时间在域外战场，罗峰就弄到了一套重宝，怎么转眼又得到了兽神传承令？”混沌城主很惊讶。兽神传承令绝对能匹敌一套重宝，其珍贵难得，那可是代表着能得到祖神教最高传承的机会。

“请容弟子详细说来。”罗峰道。

“你仔细说来。”混沌城主道。

“是。弟子此次前往乌华秘境……”罗峰开始描述起来，但没谈此行的真正目的，其他的倒是差不多。

“被关押在冰狱中，弟子也不惊慌，毕竟弟子的原核在外面，只是地球人本尊被关押进冰狱。

“弟子将那里当成修炼之地，虽说冰狱中的五大巨头非常厉害，甚至于称得上是封王级无敌战力，但弟子还是有一定把握的。因为五大巨头拥有的重宝稀少，连防御类重宝都罕见。

“弟子想在冰狱中将《衍神七变》第三篇练成，到时候，弟子就能施展弑吴羽翼的第二形态，并且引起空间乱流。凭借弑吴羽翼第二形态之威，连宇宙尊者都休想轻易封印我，更别说冰狱中五大巨头的封印、时间暂停等手段了。

“现在弟子在速度方面非常厉害，完全能立于不败之地，而且实力已经和他们五大巨头很接近了，相差无几。待得弟子将《衍神七变》第三篇练成，实力再进，自信能够压制他们，重伤他们。弟子当年购买了好些宝物，只要击败并控制住一名封王级无敌强者，弟子就将紫色古钟给这名封王级无敌强者，有了防御类重宝和封王级无敌奴仆，弟子更有信心收拾他们。

“弟子原本的计划就是如此——在冰狱中修炼万年，击败一个个巨头。”

混沌城主听得暗自点头：“罗峰的确充满斗志，仅凭界主之身，竟然有信心去与封王级无敌强者斗，虽说那五名封王级无敌强者只是伪封王级无敌强者。因为他们拥有的重宝太稀少，没有足够的宝物，实力根本远不如真衍王他们。”

“可弟子发现了兽神传承令……”罗峰接着说道。

“如果天狼被弟子引入局中，那么弟子可安然得到兽神传承令；如果被他识破，那么弟子得另想办法。

“看到兽神传承令，弟子便再也无法在冰狱中待上万年，弟子想要出去，想要去传承之地，想要让自己变得更强！而不待上万年，单单靠弟子自身，根本无法出去。

“所以弟子想请求老师出面。

“老师，弟子有两个方案。

“第一种方案，弟子先用计谋得到兽神传承令，然后立即逃走，凭弟子的逃命能力，天狼奈何不得我，但我会一直遭到天狼的追杀，所以弟子想请老师接我出去。第二种方案，双方都得到想要的。天狼得到不记名账号感应器，他连接虚拟宇宙系统向妖族强者发出信息，到时候妖族强者降临，抢夺兽神传承令，我怕是难以抵挡，所以请求老师现身，抢夺兽神传承令。”

“两种方案，虽然第一种很好，但成功率较低，还请老师指点。”罗峰恭敬地道，“若是老师认为都不合适，弟子也可在冰狱耐心熬上万年。”

混沌城主看着罗峰，随即发出爽朗的笑声：“哈哈，你看你，现在心思浮动，一心只想着传承之地，哪还有耐心待在冰狱中慢慢磨炼自己？嗯，即便让天狼向妖族传递信息，虽说他现在已经是封王级无敌强者，但当年的他还很弱，妖族对他的话也不可能全信，能请一名宇宙霸主级强者出面便算不错了。如果妖族出动一名宇宙之主，是不可思议的事。不管如何，就是宇宙之主，我也能镇压。”

“但还是先试一下第一种方案，你先将兽神传承令拿到手，以防妖族出动宇宙之主保护天狼，我也得花费力气抢夺兽神传承令。”混沌城主吩咐道，“兽神传承令算一件宝物，我的分身在原始宇宙中也无事，为了兽神传承令出动分身，倒也可以。”

“是。”罗峰恭敬地道。

“嗯。”混沌城主看着罗峰，心中对罗峰充满期待。他感觉罗峰的机缘际遇的确很了得，在冰狱中待上过万年的确可惜。如果让罗峰去传承之地，罗峰说不定还会有其他收获。

毕竟自从罗峰成了混沌城主的亲传弟子后，罗峰不管去何地，次次都让混沌城主惊喜，只是罗峰坚持同时修炼精神念师、武者的兽神之道，让混沌城主略感头疼。

第933章

天狼之主

天狼所在宫殿的空间被封锁。

天狼正焦急、担心、期待地看着自己的女仆，女仆正拿着不记名账号感应器连接虚拟宇宙系统。

“无尽的纪元一直被困在这里，能否出去就看这次了！一定要联系上，一定要！”

天狼目光冷厉，凶相毕露，这才是他的本性。

时间一分一秒地过去，天狼却有一种度秒如年的感觉。

女仆睁开眼。

“好了？”天狼问道。

“主人，已有回应。”女仆恭敬道。

“有回应了？”天狼那庞大的不朽神体都微微颤动，体内血液一下子沸腾了，漫长岁月里他从未如此激动过。

“哈哈哈……好，好，好。”天狼情不自禁地仰头发出一声吼叫，吼叫声从宫殿直接传递开去。

罗峰在一旁看着。

“天狼。”罗峰开口道。

“哈哈，人类，你果真说话算数。”天狼俯瞰着罗峰。

所谓“回应”自然是消息得到确认——会有人将消息发给他的老师。知道自已即将出去，天狼怎能不兴奋？他现在充满斗志，仿佛一座欲爆发的火山。

“那我就先走了。”罗峰微笑道。

“哈哈……”天狼发出笑声，“我就不送了。”

天狼关闭空间封锁。

只听得轰隆隆的声音，宫殿正门开启。

罗峰看了一眼天狼，随即双翼一振，直接化作一道流光消失不见。

“恭喜主人。”

“贺喜主人。”

“恭喜主人。”

大殿内的奴仆们立即个个向天狼庆贺。

天狼传音喝道：“停！”

“虽说那青色兜寇尊者不可能时刻关注冰狱内的一切，但是如果被他发现了，就会有些麻烦。在出去前，不得惹事，我们默默等待，相信就这一两天，我们便能出去了！”

天狼抬起头，透过宫殿正门遥看外界冰雪世界，喃喃道：“人类，我不想多生事端，兽神传承令暂且放在你那里，待得我妖族的超级存在降临，哼哼，兽神传承令将由我献给妖族。

“哈哈哈……”

天狼情不自禁地发出一阵阵笑声，这次他有意控制了一下，声音只在大殿中回荡。

罗峰刚刚飞出大殿后不久，极虹王便出现在他身侧，然后施展瞬移离开。

东方冰狱雪地深处，罗峰的洞窟中。

“兽神传承令已经到手。”罗峰心中喜悦，“没想到祖神教竟然那般强大，八大兽神之位……对了，七剑王当年拿出的黄金色池子，上面就有一个个兽神雕刻。”

罗峰脑海中忽然浮现当年那颗镇封星辰出世时，机械族的命陨王率领麾下强者偷袭七剑王的情景。七剑王面对命陨王及其麾下强者的偷袭，拿出了一个特殊的黄金色池子。

“黄金色池子应该和祖神教有关。看来七剑王也得到了特殊传承。”罗峰愈加期待，“我也去看看，祖神教最高规格的兽神传承之地到底如何。

“天狼，这次得谢谢你了。”罗峰抬头，脸上浮现一丝笑容，“不知道你会请出妖族的哪一位存在现身，能否比得过我的老师混沌城主。”

妖族在人类虚拟宇宙中的确布置了不少情报网，只是，一般的妖族不朽神灵都没资格使用情报网，即使是妖族的封王级强者，在正常情况下也禁止使用情报网，只有遇到特殊事情、重要时刻才能偶尔使用。

因为他们每次使用情报网都很危险。

虽然已经很小心很谨慎，但虚拟宇宙的监控系统无处不在，但凡露出一点蛛丝马迹都会被盯上，所以每次使用情报网都有暴露的可能。

“斯卜瓦竟然还活着！”

妖族疆域一颗繁华的星球上生活着无数幼小的妖，这颗星球上潜伏着妖族皇族之一天狼族的一名强大的宇宙尊者。

“斯卜瓦是我的第三个弟子，是我刚刚成为宇宙尊者时收的弟子，他失去消息已经不知道多久了，竟然还活着。”

一头仅仅2米多长、通体泛着青色的天狼，在幽静的宫殿中有些愉悦，发出一声声低吼。

“而且还修炼到了封王级无敌层次，哈哈……

“困在冰狱那种地方，没有任何资源，没有任何老师的指点，他竟然也能修炼到封王级无敌层次。哈哈，我当初就认为斯卜瓦是我天狼族中非常有希望成为宇宙尊者的妖，看来我的猜测果然没错。

“他若是一直待在族群内，利用好族群提供的资源，得到强者指点，怕是早就成为宇宙尊者了。”

这头看似普通的天狼，来回踱步着。

忽然一道声音传来："老师，你出关了？"

只见在巍峨宫殿的主殿中，一头长10多千米的天狼缓缓出现，随即迅速缩小，也变成2米多长。这头天狼是这个宇宙尊者的另外一个弟子，也是这个星球的主人。

"嗯，我还有事，数天后就回。"青色天狼发出一声低吼，随即消失。

"是，老师。"

妖族疆域深处，无尽的星空中有一座宫殿悬浮着，周围皆是一团团各种颜色的火焰，黑色、白色、紫色、红色、绿色、蓝色……

若是距离远点，根本无法看到这一切。

显然，宫殿周围的时空已经扭曲，已经自成一方时空。

这座悬浮的宫殿造型也类似燃烧着的火焰，宫殿内寂静无声，宫殿前的巨大广场上出现一道光影，而后光影化为一头长10多千米的青色天狼。

"首领。"青色天狼恭敬地匍匐下去。

这座火焰宫殿上那类似眼睛的雕刻忽然眨了一下，整座宫殿发出声音："有事就说吧。"

"首领，我刚刚得到我弟子传来的消息，我这个弟子是我当年刚刚成为宇宙尊者时收的弟子，在众多弟子中，我最看好他，可是，他在成为我弟子没多久后便消失了。"青色天狼恭敬道，"他叫斯卜瓦。"

"我知道他，很久以前，逆转时空复活名单中有他，我曾尝试逆转时空复活他，可是，失败了，我无法复活他。当初还以为他被别的强者灵魂控制了，原来他还活着。"

虽然当年斯卜瓦的实力没现在这般强，但他是天狼族的天才，实力不弱，确实有资格被逆转时空复活，可惜复活失败了。

"我得到了他的消息。"青色天狼恭敬地道，"他现在在乌华秘境的冰狱中，无尽的岁月，他一直被困在冰狱中。"

"紫色兜寇、青色兜寇的冰狱？"

“是的，首领。

“他被关押在冰狱中，没有资源，没有强者指点，现在却已经修炼到封王级无敌层次。”

“封王级无敌？”天狼族首领惊讶地道。

“他不敢撒谎。”青色天狼道，“首领，我想要去救我的弟子，可是，青色兜寇尊者和紫色兜寇尊者……特别是紫色兜寇尊者，那可是祖神教七十二神将之一，我没有丝毫把握能从他的手里将我的弟子接回，想请天华尊者出面，但担心天华尊者不给我面子，所以想请首领说一声。”

天华尊者是天狼族中排名第二的存在，实力极其强大，虽说境界是宇宙尊者级极限，但拥有着匹敌普通宇宙之主的战力，绝对算是宇宙霸主。

天狼族排名第一的便是天狼之主，是这座宫殿的主人。

“若是天华尊者出面，加上我妖族的威名，青色兜寇尊者、紫色兜寇尊者绝不敢不给面子。”青色天狼道。

“天华正在危险之地，我无法联系到他，他此次离开原始宇宙，要回来，不知道要等到何时。”宫殿中传来轰隆隆的声音，“既然是我天狼族的一名封王级无敌强者，我就亲自去一趟吧。”

“首领亲自去，这……”青色天狼连忙感激地道，“斯卜瓦知道了，定是激动无比，荣耀无比。”

“我也许久没见那紫色兜寇了。”

忽然，宫殿周围的一团团恒星大小的火焰开始迅速朝宫殿飞来，每团火焰在飞往宫殿时都迅速缩小，变成一团团火苗后融入宫殿上的火焰雕刻。一融入，整个宫殿的气息变得越发强盛。

仅仅片刻，宫殿周围的无数火焰全部消失，而宫殿上的那些火焰雕刻隐隐升腾起火焰。

“这便是至宝。”青色天狼见状，心中暗自羡慕。

这座宫殿是天狼族最强大的至宝——天狼殿，是在宇宙刚刚诞生不久，就诞生出的一件至宝。

“我去了。”

整座宫殿消失不见，星空中只剩下青色天狼还悬浮着，他那双眼眸中满是喜悦：“首领前往，定能将斯卜瓦带回。”

第934章

混沌城主降临

乌华秘境，冰狱星带中。

一座巍峨的宫殿突然出现，当这座宫殿出现的瞬间，仿佛成为整个冰狱星带的核心。那无比强大、蛮横的威压笼罩整个冰狱星带，那些在冰狱星、星带中嬉闹的兜寇都吓得瑟瑟发抖。

“天狼之主，何苦压迫小家伙们？”一道紫色一道青色，两道流光划过天际，飞到这座悬浮的宫殿前。

“我降临，他们自当匍匐恭敬。”轰隆隆的声音从宫殿中传出，一道笼罩在火焰中的身影缓缓走出，仿佛宇宙法则的化身。

通体漆黑如墨的巨大天狼缓缓走着，周围时空完全在他的压迫下。这一刻，这一方时空的主人便是他！就是青色兜寇尊者、紫色兜寇尊者也得尊敬他。

他便是妖族皇族天狼族最伟大的存在——天狼之主！

“我天狼族有一名族人被关押在你等冰狱中！”天狼之主声音巨大，令一方时空都在颤抖，“放出来吧。”

青色兜寇尊者、紫色兜寇尊者彼此对视一眼：“妖族数量那么庞大，仅仅关押妖族的一名不朽神灵，竟然惹得天狼之主现身。”

“天狼之主稍等片刻。”青色兜寇尊者道，随即一招手，掌心中出现了一根圆柱形的冰柱。他们既然发现天狼之主降临，来迎接时自然就将自己的重宝带上了。冰狱是镇压封印类重宝，极其珍贵，又很契合青色兜寇尊者的天赋，在其手中，威力的确巨大。

“出！”青色兜寇尊者的意念进入冰狱内，随即锁定了天狼，轻易便将天狼带出了冰狱。

通体雪白的斯卜瓦在星空中翻滚了一下才站稳，随即看向四周，眼眸中满是狂喜。

当他看到远处的紫色身影、青色身影，又看到那座沐浴在火焰中的宫殿，以及那道充满无尽威压的天狼身影时，他不由得想起天狼族中的传说，顿时感到难以置信。

“首领！”斯卜瓦连忙匍匐下去，激动万分。

传说中的天狼族首领！天狼族永远的首领！

“紫色兜寇，我天狼族的这个族人实力如何？”天狼之主看向紫色兜寇尊者，问道。

紫色兜寇尊者虽和天狼之主有些过节，但只能忍着，眼前这位可不是那些没强大至宝在身的宇宙之主。

“天狼之主，这个小家伙的实力颇为了得，在冰狱中排在前五，若是再多几件合适的重宝，足以匹敌外界其他封王级无敌强者。”

“你知道我天狼族族人有此天赋，你还关押？”天狼之主声音巨大。

“是我关押的。”青色兜寇尊者怒气冲冲。

天狼之主的双眸看向青色兜寇尊者——

轰！

一股无形冲击波扫荡向青色兜寇尊者，青色兜寇尊者犹如流星，直接倒飞开去，不朽神体都破裂大半，而后再度凝聚。

“谁让你开口的？”天狼之主的声音中蕴含一丝怒意，目光冷厉，令紫色兜寇尊者感到心悸。

“天狼之主。”紫色兜寇尊者连忙喊道。

“放心，因为你，我不会真正伤害他。”天狼之主怒意消散，“只是略微小惩大诫。”

青色兜寇尊者飞回，落在紫色兜寇尊者身旁，他满腔怒气却只能忍着。紫色兜寇尊者露出笑容：“天狼之主，我们已经放了你的族人，事情已了。如果天狼之主想和我叙旧，可以去冰狱星细谈，我也可以请几位朋友一同陪天狼之主。”

“不了。”天狼之主看了紫色兜寇尊者一眼，随即俯瞰旁边的斯卜瓦。

斯卜瓦恭敬地传音道：“首领，那冰狱中有一名人类，那人类拥有兽神传承令。”他不敢说兽神传承令是他给罗峰的，害怕引起他过去只是听过却从未见过的天狼之主的怒火。

“兽神传承令？”天狼之主暗自琢磨，看向紫色兜寇尊者。

“你们冰狱中还关押着一名人类，也放出来吧，我带走他。”天狼之主道。能够一句话就弄到一枚兽神传承令，这简直太值了，毕竟兽神传承令对于一个族群来说，属于限制级的资源，数量极其稀少。

“人类？”

紫色兜寇尊者、青色兜寇尊者相视一眼：“不好，麻烦大了！”

“没有人类。”紫色兜寇尊者摇头。

“你敢说没有！”天狼之主声音猛地增大，周围时空都震荡起来，空间仿佛海水波涛汹涌，“我麾下族人刚刚出来，他当然知道里面有一个人类。”

“没有。”紫色兜寇尊者摇头。

紫色兜寇尊者、青色兜寇尊者可不敢随随便便就将罗峰交出来，他们已经和坐山客联系过了，已然确认罗峰就是坐山客要磨砺培养的对象。坐山客是何许人物？天狼之主哪能和坐山客相比？

得罪了天狼之主，他们还有活路；得罪了坐山客，祖神教都保不住他们！

“没有人类。”青色兜寇尊者也摇头，“应该是那小家伙记错了，过去是有人类，可那人类早死了，现在里面没有。”

天狼之主很惊讶紫色兜寇尊者、青色兜寇尊者竟然不肯放出那人类，旁边的斯卜瓦看向天狼之主，他在等着天狼之主的命令。

如果天狼之主放弃，斯卜瓦便乖乖地说：“那人类可能死了吧，我已经一个纪元没见过他了。”

如果天狼之主态度强硬，斯卜瓦便说：“我前不久还看到过那人类。”

“有趣，有趣。”天狼之主声音巨大。

“那人类是谁？看来颇有来历。”天狼之主站在那座巍峨宫殿前，俯瞰二人，“难道是人类族群的某个超级存在和你们有了约定，所以你们俩宁可违逆我？哈哈……人类族群的好事，我当然要破坏！”

“交出那人类！”天狼之主目光冷厉，“否则……”

“首领，他们俩撒谎，我前不久还看到过那人类。”斯卜瓦连忙喊道。

“听到没有？”天狼之主俯瞰着那两位尊者。

“天狼之主，”紫色兜寇尊者怒道，“你为了一名人类，要和我俩战斗吗？”

“天狼之主，我劝你放弃那人类。”青色兜寇尊者也怒道。

他俩已经暗中开始联系坐山客了，坐山客的手段不可思议，自然可迅速得到消息。

但坐山客的回复很奇怪——将他放出来吧，该怎么办就怎么办，其他，你等不用多管，也不要暴露我和他的关系。

“交出那人类！”天狼之主声音巨大，“不管他的背景多大，就算是巨斧斗武场的创始者看重的弟子，只要是人类族群的，我妖族都不会放过他。”

紫色兜寇尊者、青色兜寇尊者相视一眼，他们很疑惑坐山客为什么让他们不管罗峰，甚至不得暴露他和罗峰的关系。因为只要他俩报出坐山客的名字，天狼之主肯定不敢逗留。

“坐山客都这么说了，我们何必与天狼之主对上呢？”两位尊者相视一眼。

“好吧，”紫色兜寇尊者点头，“我们放。”

东方冰狱的雪地深处。

罗峰正坐在大厅内，默默等待着，他估计混沌城主应该就在这一两天内接他离开。

轰！

整个冰狱的镇压力量忽然挤压罗峰，同时罗峰面前出现了一条空间裂缝，他毫无反抗之力，被挤压了出去。

场景变换。

罗峰翻滚了一下，连忙双翼一展，悬浮在星空中。

“应该是老师。”罗峰暗道，同时朝四周一看，这一看不由得呆了。

远处站着的两道身影正是青色兜寇尊者和紫色兜寇尊者，在另外一个方向悬浮着的则是一座沐浴在火焰中的巍峨宫殿，宫殿散发的威压，简直强得可怕，远远超越罗峰曾经看到过的天蚀宫，而那仿佛周围时空的主人的黑色天狼，更是让罗峰心颤，黑色天狼旁有一头恭敬的雪白天狼。

“是天狼。”罗峰暗道。

“人类，”斯卜瓦俯瞰着罗峰，满是得意，暗道，“看你还得意，兽神传承令只是暂放在你那里，首领一来，不但兽神传承令要还给我，而且你的命也要没了。”

天狼之主俯瞰罗峰。

“你的来历似乎不一般。”天狼之主声音巨大，“可惜，也得死，而且人类族群都休想复活你。”

罗峰脸色微变。

“老师呢？怎么还没到？应该早到了才对啊？”

“去死吧！”

天狼之主冷漠的声音刚刚响起，锵、咚、呼……

各种声音忽然响起，声音似乎很小，但在场所有强者都听到了，冰狱星、星带中那些被威压压迫的兜寇心中都有着这若有若无的声音，罗峰、斯卜瓦也听到了，两位宇宙尊者也听到了，天狼之主也听到了。

茫茫冰狱星带中仿佛出现了一条浩浩荡荡的星空河流，河流覆盖了整个冰狱星带，宽度足有数个光年，看上去无穷无尽，仿佛通向星空尽头。这条浩浩荡荡的星空河流中还漂浮着各种古怪器物，件件散发着可怕的威压。

“千宝河！”紫色兜寇尊者大惊。

“是千宝河！”青色兜寇尊者脸上却露出幸灾乐祸之色，看向天狼之主。

天狼之主的眼眸中露出惊讶之情，站在天狼殿前，随即发出一声咆哮：“混沌城主，既然来了，还不现身！”

只见天狼之主全身的火焰暴增，朝星空河流压迫过去，可是星空河流忽然产生滔天的压迫之力，火焰全部熄灭。

天狼殿仿佛一艘小船，在宽阔河流中晃荡起来，似乎随时会倾覆。

第935章

看透

那群弱小的兜寇还有在场实力较弱的罗峰、斯卜瓦，都目瞪口呆地看着这一幕。千宝河笼罩无垠的星空，所以显得隐隐约约、模模糊糊的，但是那股滔天威压，连天狼殿也只能勉强抵抗。

“我还是第一次看到千宝河，果真是威力无穷，无可匹敌！”青色兜寇尊者惊叹道，“传说千宝河由上千件至宝组合而成，如果将其拆分，可得上千件至宝。”

“拆分？如此至宝，谁舍得拆分？千宝河蕴含的许多宝物本就是为了相互补充、相互配合而诞生，如果单独存在，每件都有缺陷，恐怕只能发挥出顶级重宝的威力，只有聚在一起化为千宝河，才是纵横宇宙的顶级至宝。”紫色兜寇尊者感叹，“使用千宝河的仅仅是混沌城主的一个分身，他的本尊比分身还要强大。”

“我也听说过。”青色兜寇尊者连忙点头，“混沌城主的一个分身坐镇初始宇宙，无可匹敌；另一个分身留在原始宇宙，坐镇虚拟宇宙公司；最强本尊则为杀戮之身……”

罗峰自然听不到青色兜寇尊者、紫色兜寇尊者的谈话。

“老师真厉害，仅仅一个分身便有这般威力。”罗峰看着周围庞大无比的河流，看着在千宝河中努力操控天狼殿的天狼之主，愈加佩服混沌城主。

“老师坐山客认为，我将来成为宇宙之主，掌控星辰塔，能力压混沌城主老师，天哪，这简直不可思议！”罗峰心中满是斗志。

混沌城主的实力实在不可思议。

只要混沌城主愿意，恐怕一个念头就能令数光年范围内的一切完全化为虚无！

“天狼之主，你要对付我人类后辈？”一道高上万千米的身影，踏着千宝河的浪涛，手持着巨大石棍，漫步而来。

“这是……”罗峰看得心颤。

罗峰是第一次见到混沌城主现实中的另一个分身，那上万千米高的身体，让人心惊。混沌城主全身皮肤泛着银白色的光芒，头上有着一根根触角，竟足足有上千根，一双宛如大型湖泊的眼睛很深邃。

混沌城主赤脚踏浪走来，手持着满是痕迹的石棍，那石棍似乎饱经战斗的摧残，身上则穿着一件看似普通的衣衫，衣衫上隐约有上千件器物，这些器物发出直透人心的声响，而衣衫上的每一根丝线都好似一条奔腾的河流。

“这就是混沌城主！”斯卜瓦也目瞪口呆，虽然不愿相信，但他必须得承认，混沌城主的实力的确强于天狼族的首领天狼之主。

“他竟然能请动混沌城主?!”斯卜瓦不敢相信地看了罗峰一眼。

……

当混沌城主手持破败的石棍，身披千宝衣，赤脚踏浪而来时，天狼之主的气焰顿时被压下去了。

“混沌城主，看来这个人类的确是你极看重的后辈，你竟亲自过来。”天狼之主站在天狼殿上，全身火焰隐隐燃烧，声音巨大。

“你为了那个小家伙，不也来了？”混沌城主看着渺小的天狼之主。

论体形，二者相差甚大；论威压，天狼之主虽然明显弱于混沌城主，但相差不是太大，不像青色兜寇尊者、紫色兜寇尊者，他们此时完全成了旁边的杂草。混沌城主、天狼之主根本不关注他们了。

至于罗峰、斯卜瓦，更是犹如杂草下的两只小蚂蚁。

“我只是顺便赶来。”天狼之主的目光忽然落在罗峰身上，“可你不一样，这个人类身上拥有的那件至宝，应该是你给的吧？”

罗峰听得一惊。

“至宝，他有至宝？”斯卜瓦吃惊地看向罗峰。

“至宝?! ”紫色兜寇尊者、青色兜寇尊者也都震惊地看向罗峰，他们都不知道罗峰身上怀有至宝。

“我查查看。”天狼之主声音雄浑，“刀河王吗？哈哈……有趣有趣。没想到一名界主竟然凭借至宝隐匿气息，伪装成不朽神灵，还闯出那般名声。你这弟子可丝毫不弱于之前陨落的科谛啊。我猜猜隐匿他气息的至宝是什么，嗯，情报上说刀河王速度极快，快得离谱，看来，他背后的羽翼很可能便是至宝了。混沌城主，我猜得可对？”

紫色兜寇尊者、青色兜寇尊者，还有斯卜瓦都完全惊呆了。

“界主?! 竟然只是一名界主吗?”

“界主竟然能够在银眸手下安然逃离?! ”斯卜瓦有些发蒙，“至宝，一定是至宝才让他变得这么强大的。”

“真是厉害啊，难怪坐山客要培养磨砺他。坐山客是宇宙最强者之一，他看重的果真不凡，界主就能有这般实力，闯出这般声名！”紫色兜寇尊者、青色兜寇尊者都感叹道。

他们如果早知道罗峰有至宝，肯定会心动，但即使心动，也不敢动手抢。

罗峰心中震惊，看了一眼宫殿前的天狼之主：“我拥有的三件至宝塔珠、《星辰布道图》、弑吴羽翼，都未曾现世，坐山客老师所说不假，只要我不发挥出太可怕的威力，宇宙中的强者都是认不出的。我的速度快得有些惊人，所以引起怀疑了吗？”

“不过天狼之主的确厉害，一眼就看透了我是界主，看来我也只能欺瞒到宇宙尊者。”对于这一点，罗峰倒也不吃惊，像普缇和坐山客都是一眼看清罗峰是界主，至宝隐匿气息的手段并非完美无缺。

混沌城主声音巨大：“一件普通至宝而已，赐予我人类族群优秀后辈又有什么？族内的优秀后辈我当然会给予足够的资源，只有这样才能诞生足够多的超级存在。我人类族群的不朽神灵比你们少，可超级存在比你们多，这是为何？就是因为我们舍得，你们不舍得。有舍才有得，哈哈，天狼之主，你可舍得给你麾下这头小天狼一件至宝？”

斯卜瓦听得十分心动：至宝？自己也能得到至宝吗？

斯卜瓦忍不住看了一眼天狼之主，随即低头：想要得到至宝只有等天狼之主赐予，哪有自己去讨要的份？

“哼，你人类族群之所以强盛，还不是靠虚拟宇宙！这一点，宇宙亿万个族群，谁人不知？”天狼之主声音巨大，“至于我怎样培养我天狼族的后代，还轮不到你来管！今天，我也不想和你多说，就先走了。”说完，天狼之主当即带着斯卜瓦直接进了天狼殿。

“哈哈……”混沌城主笑了起来，笑声传递到千宝河中，千宝河震荡，天狼殿摇摇晃晃。

“哼。”天狼殿中传来天狼之主的一声低哼，随即天狼殿化作一道流光破空飞去，达到光速后进入暗宇宙，显然，在千宝河的覆盖范围内，即使是天狼之主凭借天狼殿，也无法施展瞬移离开。

“这头天狼还是这般桀骜不驯。”混沌城主摇头，随即看向紫色兜寇尊者、青色兜寇尊者。

“二位，我这人类后辈之前多有得罪，这两千多年谢谢你们照顾他了。”混沌城主道，随即带着罗峰直接消失，千宝河也消失了。

“谢？”青色兜寇尊者有些发愣，“这混沌城主为何谢我们？还真是……传言不是说混沌城主霸道无比，怎么我看这混沌城主的脾气还挺好的。”

“好？”紫色兜寇尊者嗤笑一声，“你是没看到混沌城主大肆杀戮的场景，天狼之主本性桀骜才敢与混沌城主多说些话，你难道没发现，他说完几句话后就立即灰溜溜地走了。人类内部有五大势力，虚拟宇宙公司和巨斧斗武场并肩，这混沌城主身为虚拟宇宙公司掌权人，脾气好怎么可能震慑得住？脾气好，他的本尊又岂能以杀戮出名？”

青色兜寇尊者眨巴一下眼睛。

“小心点，六大巅峰族群中最顶尖的那几个存在，哪一个不是心狠手辣？若有必要，翻手就可能灭了你我。”紫色兜寇尊者声音低沉道。

“嗯。”青色兜寇尊者连忙点头。

……

经过一次神国传送和一次百万光年距离的瞬移，混沌城主带着罗峰已经来到人类疆域的一个原始秘境里了。

原始秘境深处。

混沌城主身上那件千宝衣直接腾空飞起，瞬间化为无尽的滔滔河流，环绕周围星空，将连绵起伏的宫殿群给重重包围。

“河流？”罗峰看着那横挂星空、一眼看不到尽头的河流。

“无论千宝河如何变化万千，这条河流才是它的真正模样。”混沌城主指向千宝河道，“罗峰，为师能够轻易震慑压制天狼之主，靠的便是这千宝河。像这等至宝，是我人类族群的支柱！你机缘不错，说不定将来也能获得匹敌千宝河的至宝。”

“弟子定当努力。”罗峰连忙应道。

第936章

名动宇宙

混沌城主见罗峰这副模样，不由得笑着打趣道："那我可就拭目以待了。"

千宝河是顶级至宝之一，站在宇宙巅峰的众多宇宙之主大多都得不到这等至宝，混沌城主也只是随口一说，让罗峰坚定决心罢了，心底根本没指望罗峰能得到一件顶级至宝。

"老师，你恐怕还不知道，我现在已经有两件至宝了，劫甲的威力就不弱于千宝河，而星辰塔更是宇宙最强至宝之一。"罗峰喃喃道。

混沌城主忽然开始迅速缩小身躯，片刻便变成和罗峰相当的大小。

"罗峰，我有一件事需要问你，你自己做选择。"混沌城主道。

"老师请说。"罗峰连忙说道。

师徒二人便在千宝河河畔宫殿旁，交谈起来。

"真衍王和你也是师徒，他的事情我得告诉你。"混沌城主双眸平静，缓缓地道，"实际上，真衍王修炼的也是兽神之道。"

"什么?!"罗峰一怔。

"人类族群中修炼兽神之道的强者其实有好些个，只是他们的身份保密。"混沌城主道，"像你们这一代最优秀的，你、七剑王都修炼兽神之道。兽神牵扯到祖神教，祖神教的存在属于宇宙中的一大秘密，所以一般情况下，我人类族群中关于修炼兽神之道的人的身份都是保密的，像你的修炼之道也从未公开过。"

罗峰点头："我修炼兽神之道的确是保密的，知道者极少。"

“我之所以和你说这些，是因为你的老师真衍王他修炼的是土之法则与空间法则融合形成的兽神之道。”混沌城主说道。

“啊！”罗峰一惊，“土之法则与空间法则融合形成的兽神之道！我得到的兽神传承令，不正是土之法则、空间法则形成的融合法则的兽神传承令吗？”

混沌城主看着千宝河道：“想必你也猜出我的意思了。七剑王得到了族群发放的一枚兽神传承令，以你的天赋，等你成为不朽神灵，族群也会很容易就通过这一决定，也会给你发放一枚兽神传承令。

“可是你的老师真衍王不行，他的天赋不如你们，修炼岁月太漫长了，因为有族内强者指点，才一步步达到封王级无敌境界。他想要从族群内直接得到一枚兽神传承令，根本不可能。他的老师也帮他提出过申请，可族群内的审核一直没有通过。他想要得到兽神传承令，只能靠自己。宇宙广阔，兽神传承令何等稀少，他完全得凭运气。运气好，可能偶然得到；运气不好，跑遍宇宙都找不到一枚。

“族群资源是整个人类共有的，虽说有无数宝物，但必须给最有天赋的人，且必须经过族群所有高层的商议才能给出。

“现在倒是有一个办法能帮你的老师真衍王，你也猜到了，那就是你将这枚兽神传承令直接赠送给他。

“这将是一次大机缘，你的老师到传承之地，很可能借此突破成为宇宙尊者。当然，或许会失败。毕竟他的天赋是远不如你和七剑王的。你们的修炼时间虽然短，但实力上已然接近他了。”

“当然，我当然会给老师。”罗峰没有丝毫犹豫。

老师待他如此，他怎能不报恩？

不就是等到成为不朽神灵后才能得到族群给予的兽神传承令吗？那就等一等好了，反正只要第三分身确认且孕育了，他就会跨入不朽级。老师已经熬了无尽的岁月，他稍微等待一段时间即可。这枚兽神传承令能给老师带来莫大的机缘，他当然不会犹豫。

“你决定了，不后悔？”混沌城主看着罗峰。

“不后悔。”罗峰点头。

“嗯。”混沌城主微微点头，“你的那枚兽神传承令便由你赠送给真衍王，不过，你也不一定非得等到不朽级才能去传承之地。我会向族群提出申请，虽说在正常情况下，你得达到不朽级才会被赐予兽神传承令，但是我相信天狼之主肯定会公开刀河王只是界主的信息。”

“天狼之主？”罗峰一愣。

混沌城主感叹道：“嗯，刀河王实际上只是界主这一信息他肯定会公开，指不定还会夸大其词。一旦这个消息传开……哈哈，界主级就强成这样，这还了得？其他巅峰族群也会盯上你，想要刺杀你。我人类族群中的超级强者自然也会尽知。

“你刀河王的身份，我之前一直帮你隐瞒，连人类族群的很多最高层都不知道。他们知道后肯定会震惊，我就借此为你申请一枚兽神传承令。

“你的实力既然已经接近七剑王，那么前往传承之地最低的门槛你已经达到了。传承之地虽然有危险，但那是传承过程中必然存在的，属于正常现象，绝对不会遭到异族的刺杀。那里毕竟是祖神教的重地，没有谁敢去那里刺杀你。

“所以兽神传承令很可能会提前发放给你。

“可我也没100%的把握，这是整个族群的资源，我最多代表虚拟宇宙公司这一派系，到时候众多高层内部商议，这个提议可能被否决，毕竟正常情况下都是不朽级才能去的。我只能说有超过50%的可能性。”

“弟子多谢老师了。”罗峰感激道。

亲兄弟都会有争执，更何况人类族群的五大势力呢？他们自然也会有一些争执。族群资源又不是混沌城主一个人的，可以想象这会有一定的难度。

“哈哈，你越耀眼，那么为师为你争取资源时便越有底气。”混沌城主微笑着看着面前的罗峰。

混沌城主对罗峰很满意，虽然从平常接触、罗峰的成长轨迹中已经知道了罗峰的性格，但当罗峰毫不犹豫同意将兽神传承令赠送给真衍王时，混沌城主依旧非常欣赏罗峰知恩图报的品性。

罗峰知恩图报，而且尊师！

……

“人类刀河王是一名界主！”这个消息仿佛平地一声惊雷，令无数强者震惊。这个消息以可怕的速度迅速传播开，几乎在一天内，人类族群的许多强者都知道了，整个鸿盟城中几乎处处都能听到刀河王的传言，那些封王级强者都在议论刀河王。

“刀河王竟然只是界主！”

“他能够轻易击杀封王级极限强者，竟然只是界主！”

“界主能有这么强？不可能！这不可能！”

“消息绝对属实，妖族、机械族可都公开发布悬赏任务了，他们要击杀刀河王。”

“刀河王如果只是界主，怎么可能让那么多强者都辨别不出？界主的气息和不朽神灵的气息可是完全不同的啊。”

“听说刀河王得到了一件至宝，那件至宝能够隐匿他的气息，并且释放一定的威压。”

“至宝？”

“刀河王拥有至宝？很多宇宙尊者都没有至宝，他们会疯狂抢夺刀河王的至宝的。”

……

疯了，这个消息几乎传疯了。

刀河王只是界主，刀河王拥有至宝……这些都是足以让无数强者疯狂眼红的事。单单从一颗镇封星辰出世便惹出那么大动静就能看出，一件至宝的诱惑力到底是何等惊人，何等可怕。

“刀河王如果是界主，那么到底是哪一位界主？他这般可怕，比历史上的科谛等强者还要不可思议啊！”

“很可能是那罗峰，罗峰是人类族群这一代最逆天的界主，已然闯过界主级原始通天山，是匹敌科谛的天才。”

“依我看，不是罗峰，应该是人类族群一直隐匿的一位超级天才，这位天才比科谛、比罗峰还要有天赋，所以他们才会隐匿他的身份，而且专门给他一件至宝，让他隐匿气息。”

“人类族群有这么多天才？罗峰已然是千万纪元一出的绝世天才了。”

“说不定这刀河王的真实身份，便是人类族群诞生以来最强的天才，比科谛、罗峰他们还强。”

“我还是认为刀河王应该就是罗峰，毕竟如此天才，怎么会一直默默无闻？”

……

在最近十天半月里，茫茫宇宙，亿万个族群中的绝大多数族群都得知了刀河王只是界主的信息，刀河王的名声传遍整个宇宙。

几乎所有族群皆知刀河王是人类培养出的极强天才，那刀河王到底是谁？虽然只是怀疑，但是很多强者都盯上了罗峰，毕竟人类族群可以查出的界主中唯有罗峰有这个能耐。

“爸，你是刀河王吗？”

“我们乾巫宇宙国的一些超级家族，在谈生意的时候都议论到了这刀河王呢，我听到有不少人都猜测刀河王就是老爸你。”

在虚拟宇宙的黑龙山，九星湾小区，罗峰正陪着家人吃饭。

“我在雨相山也听到众多人议论你。”徐欣看着罗峰。

“别多问。”罗峰轻声道。

罗平、罗海顿时笑了，因为如果不是，罗峰早就否定了。

“哇，老爸，你也太牛了吧。”罗海瞪大眼睛。

罗峰无奈，看了两个儿子一眼：“记住，禁止外传。”

“明白。”

“我们知道事情的严重性。”

罗平、罗海连忙应道，愈加兴奋。

不管怎样，刀河王虽说还不是宇宙中巅峰的超级存在，可至少，已然拥有了赫赫威名，且会在宇宙历史上留名。很多强者修炼所求，不就是能够真正名震宇宙吗？罗峰虽然借着妖族的推波助澜，但也达到了这一目的。

“这只是我崛起的开始，虽然妖族将我推到风口浪尖，但只会将我磨砺得更强大。妖族，你们终会失算的。”罗峰喃喃道。

第937章

真衍王和罗峰

古老的混沌城，一如亿万年来一样平静。

三名紫衣使者行走在街道上，很快就来到真衍王的府邸前。

“是城主府的紫衣使者。”

“紫衣使者来了。”

真衍王的一些记名弟子见状，暗暗吃惊。

“城主府最常见的是黑袍使者，紫衣使者则很少见，他们竟然来到真衍王的府邸，看来不是小事。”

“快，赶紧禀报老师。”

“对，禀报老师。”

片刻后，真衍王亲自出来迎接，他来到迎客厅门外等待，满心疑惑：“城主府的紫衣使者竟然一次性来了三个，即使有事，一般派遣一名黑袍使者传令即可，三名紫衣使者前来所为何事啊？”

“真衍王，”为首的高个紫衣使者笑道，“恭喜啊。”

“恭喜，恭喜。”另外两名紫衣使者也笑道。

“三位一来便恭喜，不知道是什么喜事？来，诸位请坐。”真衍王引领三名紫衣使者进入厅内，同时记名弟子立即端着美酒、果实等送上去，随即乖乖离去，他们知道一些大事不是他们所能参与的。

厅内只剩下三名紫衣使者和真衍王。

“大喜事。”高个的紫衣使者满脸笑意，一翻手，手中出现了一个金属盒。

“神秘成这样。”真衍王笑着接过，啪嗒一声，打开金属盒，盒子内摆放着一个六棱石牌，石牌上雕刻着一个仰天咆哮的兽神。

真衍王一看便愣住，手都颤抖起来，眼睛瞬间就泛红了，他用手指轻轻碰触着兽神雕像，似乎担心这只是虚影，声音有些发颤：“兽神传承令，是……是兽神传承令！”

“多久了，多久了，我欲求兽神传承令而不可得！”真衍王全身发颤，“终于有机会了，终于……”

漫长岁月里，他一直困在最后一步，心中不知道多焦急。虽说兽神传承令能帮到真衍王，但他想要得到实在太难了。

兽神传承令极少，毕竟代表着祖神教最特殊的传承，人类族群拥有的传承令恐怕也就那么几枚，而且族群还计划着给未来的绝世天才用。没有足够的天赋，是绝对得不到族群赐予的兽神传承令的。

得不到兽神传承令，就没办法突破最后一步，那最后一步仿佛天堑阻碍着真衍王。

其实，这最后一步也困扰着宇宙无数强者，很多封王巅峰级、封王级极限强者都已经走到最后一步，却无法突破，毕竟又有几人能成为宇宙尊者？

“真衍谢谢混沌城主！”真衍王扑通一声忽然跪下，眼中满是激动，“谢族群厚赐，真衍定当竭尽全力通过此次传承考验，一举达到宇宙尊者之境，不辜负族群期待！”

“真衍王你赶紧起来。”高个的紫衣使者吓了一跳，连忙去扶真衍王。

“族群竟然赐予我兽神传承令，我真衍……”真衍王激动无比。

“不是族群赐予的，是你的弟子罗峰赠送给你的。”高个的紫衣使者说道。

真衍王一愣：“罗峰？你说是……”

“是你的弟子罗峰。”高个的紫衣使者道，“我本在原始秘境中侍奉混沌城主，这次是城主亲自命令我等三个过来，将兽神传承令交到你的手中。至于罗峰，他现在还在原始秘境，在城主那里。”

"罗峰怎么会有兽神传承令？"真衍王顿时诸多情绪涌上心头，有激动，有感动，也有疑惑、焦急。

"我这徒儿他也是修炼兽神之道的，他完全可以用这枚兽神传承令去和族群换取另一枚兽神传承令，自己去接受兽神传承，怎么会赠送给我？师徒关系再好，但宇宙中大多数强者会以提高自身实力为先，对自己不重要的才会奉送给老师，而我这徒儿，真是……真是……"真衍王心中感叹着。

高个的紫衣使者看真衍王还傻愣愣地站在那儿，感叹道："真衍王，你收了一个好弟子啊。"

"我等就不多留了，回去复命了。"高个的紫衣使者见真衍王要送，便道，"不用送了。"

随即，三名紫衣使者离去。

真衍王既激动又不安，虽说这是他梦寐以求的，但所谓礼物太贵重也烫手，他拿着罗峰送来的兽神传承令也感觉烫手啊。

真衍王意识连接虚拟宇宙，先是连续发送了十封邮件给罗峰，随即来到了雨相山罗峰的庄园中。

"罗峰。"走进庄园内，真衍王直接大喊，惹得庄园中众多仆人、护卫都疑惑万分。

"老师。"罗峰连忙从厅内走出。

真衍王一把抓住罗峰往厅内走，师徒二人刚一坐下，真衍王便焦急地问道："这枚兽神传承令从哪里来的？是不是族群赐予你的？你难道不知道兽神传承令对你的重要性？你也是修炼兽神之道的，怎能放弃这样的机会给为师？为师虽说一直想要得到兽神传承令，可是，拿弟子的前途换自己的前途，我这心不安啊。内心不坚定，就算有机会去接受传承怕也会失败。"

"老师，你别急。"罗峰连忙说道，"这枚兽神传承令不是族群赐予我的，是我自己得到的。"

"你自己得到的？"真衍王吃惊，"兽神传承令哪是这么容易就得到的？"

其他强者只要得到兽神传承令，就会使用神力渗透兽神传承令，知道兽神传承令的重要性。自己如果用不到，就会立即上交给族内。所以在浩瀚宇宙中，绝大多数的兽神传承令被族群垄断。

“真是我得到的。”罗峰说道，“老师你想想，这枚兽神传承令是我通过我的另一位老师混沌城主送给你的，如果说，这枚兽神传承令是族群赐予我的，混沌城主恐怕也不准我这么干吧。”

“嗯，倒也有理。”真衍王点头，“混沌城主不可能允许你这么做，就算你强行要求，混沌城主也会命人传话给我的。”

“老师你先用着，混沌城主已经提前帮我向族群申请一枚兽神传承令，弟子想要得到族群赐予的兽神传承令，不难。”罗峰说道。

“确实，以你展露的实力，族群肯定重视，连七剑王都能被赐予兽神传承令，他还不如你，你也一定能。”真衍王点头，随即皱眉，“可要得到赐予的兽神传承令，你得成为不朽神灵才行，你得等很长一段时间，为何混沌城主会提前向族群申请？”

“老师放心。”罗峰嘿嘿一笑，“老师忘记了，我是刀河王，我的实力已经足够，而且是混沌城主亲自去帮我申请这一枚传承令的。混沌城主说了，我的天赋加上他的面子，100%能成。”

真衍王赞同道：“混沌城主可是虚拟宇宙公司的掌权人，嗯，这事由他出面，100%能成。”

“哈哈，罗峰啊，为师这次可是占了你的大便宜。”

“小事小事，弟子应该的。”罗峰笑道。

原始秘境深处，奔腾的千宝河在这片星空中浩浩荡荡，在千宝河中央的一座宫殿中，罗峰正在这一座宫殿的屋顶上盘膝静坐，仰望上空的千宝河。

“罗峰，今日便是约定的商议之日，兽神传承令能否被批准发放，就看今日了。若是失败，就只能等你成为不朽神灵再申请了。”混沌城主之前的话，仿佛还在耳边回荡。

“希望能成，一定能成。”罗峰期待着，“传承之地，祖神教的重地，真是让人期待啊！”

之前罗峰对真衍王说有100%的把握，是故意这么说的，其实他不敢保证能100%成功。

时间流逝，罗峰等得很焦急。

这个时候人类族群最高层——虚拟宇宙公司、巨斧斗武场、宇宙佣兵联盟等五大势力齐聚，共同商讨罗峰这事。能不能为罗峰破例，谁都不敢保证。

许久。

“罗峰。”一道平静的声音响起。

罗峰猛地转头，后面宫殿屋瓦上正站着手持石棍的混沌城主，这令罗峰心中一颤：“看来商议结束了，有结果了。”

“老师。”罗峰起身行礼。

“商议已经结束，看你的眼神，就能看出你等得很焦急。”混沌城主说道，“放心，是个好消息，申请已经通过。刀河王的确令我族群的那些宇宙之主很吃惊，他们对你也非常看好，为师没花费太大的力气。”

罗峰顿时大喜，他哪里相信混沌城主说的没花费太大的力气这话？

“弟子多谢老师，弟子定当努力，不负老师所望，也不负诸位宇宙之主所望！”罗峰连忙说道。

“哈哈……只要你不负人类族群所望即可。”混沌城主哈哈笑道，“兽神传承令在这两天就会送到，我刚刚已经传令给真衍，让真衍来原始秘境和你会合。你们俩一起出发，前往祖神教的传承之地。”

“是。”罗峰满心欢喜。

……

人类族群效率极高，仅仅第二天，就有使者队伍送来了兽神传承令。

“兽神传承令！”

罗峰翻看着手中这块六棱金属牌，金属牌上雕刻着宛如巨型独角蜥蜴的兽神雕像图，这兽神雕像与血洛世界的兽神雕像一样，只是远不如罗峰曾得到的那一座兽神雕像清晰，罗峰的那一座兽神雕像可是蕴含了融合法则的。

“好奇妙的金属！”

罗峰抚摸着这六棱金属牌，念力渗透其中，信息涌入脑海，与之前查看六棱石牌时几乎一样，连宇宙坐标都一样。

第938章

传承之地

在得到兽神传承令的当天，罗峰刚将消息告诉真衍王，真衍王就立即离开混沌城，很快便抵达了原始秘境。

原始秘境中的集中传送之地中。

一身黑色铠甲的罗峰和一身金色铠甲的真衍王并肩从高空的一艘飞船飞下，直接落在广阔的陆地上。这片陆地上建造了大量的传送通道，在这里施展神国传送，不用担心被别的强者知道神国坐标。

“老师，这里距离传承之地无比遥远，”罗峰询问，“你有离传承之地比较近的信物吗？”

“距离传承之地最近的信物，也在十亿光年外。”真衍王说道。

“那么远？”罗峰惊讶道，“从那里抵达传承之地，再快的飞船在暗宇宙中都得飞行超过一年时间。”

“我有一名奴仆，他的信物倒是近不少，乘坐宇宙飞船只要半年时间就能到。”罗峰道，随即一挥手，旁边出现了一个满是鳞甲、脸上还有一层紫色薄膜的异族生物。

……

罗峰与真衍王的出现引起了这片大陆上一些人类强者的注意。

“那是真衍王？”

“真衍王竟然离开混沌城了，怎么可能？”

"真出来了。"

"真衍王旁边那人是谁？他穿着一身黑色铠甲……"

"会不会是刀河王？"

"传言都说罗峰就是刀河王，这个可能性非常大。你看那人和真衍王关系似乎很好，罗峰是真衍王的亲传弟子，我们又从未见过这罗峰。"

"气息、威压那般强大，很可能是收起至宝银色羽翼的刀河王。"

虽然议论声很小，但那些人类强者都特意没有干扰声音的传播，显然是故意要让罗峰、真衍王听到，借此看罗峰、真衍王的反应。

罗峰、真衍王对视一眼。

"他们猜得真准。"真衍王传音道，眼中闪过一丝戏谑的神情，"徒儿，你现在的名气可不是一般的大。"

"猜到也不奇怪，很多人都猜测我就是刀河王，而且有传言说刀河王的至宝是银色羽翼。"罗峰传音道，"人类族群中的超级强者就那么多，大多都彼此认识，哪会突然冒出一个不认识、又和老师你走得近的？我现在这体形也类似地球人，他们猜到也不奇怪。"

"哈哈，你的麻烦不小哦。"真衍王故意说道。

"管他呢，出名也不一定就是坏事。"

罗峰看向旁边的奴仆，下令道："神国传送。"

"是。"这名奴仆立即开始启动神国传送。

一道犹如海水的碧蓝色光芒笼罩周围，而被这道光芒笼罩的罗峰、真衍王，都隐约看到光芒连接通道的尽头，那个广袤的世界便是这名奴仆的神国。

嗖！

罗峰、真衍王、奴仆同时消失不见。

以神国为中转站，三人很快便抵达距离人类疆域无比遥远的一个僻静之地，它在宇宙某个星空中的恒星内。

"你这名奴仆有意思，将信物隐藏在恒星内部。"

"宇宙中，恒星多到数不胜数，恒星这么大，能量波动这么强，的确是藏匿信物的好地方。”

师徒二人，一道金光、一道黑光一起从恒星内部飞出。

“徒儿，你的飞船极限速度是多少？”真衍王问道。

“在暗宇宙中，极限速度是72倍光速。”罗峰无奈道，“本来有一艘80倍光速的生物飞船，却被一名宇宙尊者给拿走了……”

“你居然能惹到青色兜寇尊者。”真衍王摇头一笑。

之前两人在原始秘境碰面后就交谈了许久，真衍王询问罗峰是怎么得到兽神传承令的，罗峰大概说了一下，只隐藏了部分重要信息。

“我的飞船的速度倒是大概90倍光速。”真衍王笑道，“哈哈，总算有东西可骄傲的了。”

“大概90倍光速！”罗峰吃惊。

真衍王一挥手，星空中出现了一艘流线状、乍一看好似梭子的飞船，它通体呈耀眼的金色。

“主人，”金色飞船发出声音，“你总算用我了，多少年了，我都一直没能在暗宇宙中尽情地飞。”

“这是金属生命。”真衍王笑着解释，“自从我进入混沌城，一直没出来走走。走，我们进去。”

舱门开启，罗峰和真衍王进入了这艘飞船，随即飞船化作一道金光，速度飙升，很快便达到光速，进入暗宇宙。进入暗宇宙后，飞船速度还在不断攀升。

“89倍、90倍、91倍……哦，无法加速了。哈哈哈，超过91倍光速了。”飞船中回响着金属生命欢快的声音。

“主人又出来闯荡了呢，太寂寞了，太寂寞了。”飞船控制台上浮现出一个可爱女孩的头像。

“女孩子？”坐在沙发上、端着酒杯的罗峰一口酒直接喷了出来。

真衍王一瞪眼，对着控制台喝道：“之前不是老人形象吗？”

“哼，亿万年了，老变小，男变女，不行吗？”智能生命叫嚣着。

“哈哈……”罗峰哈哈笑了起来，“老师啊老师，你让智能生命憋屈那么久，没点变化才怪呢。”

真衍王摇头，气得瞪眼。

……

星际旅途是很枯燥的，外界景色大多都是一成不变的，刚开始罗峰还和真衍王聊聊天，当二人大醉一场后，他们俩都回到各自房间开始慢慢静修。虽说飞船的速度很快，但要抵达传承之地也得四个月之久。

魔杀族分身待在房间内，地球人本尊则回到体内世界修炼《九劫秘典》。

体内世界中。

无尽的大草原上，微风吹来，绿草弯腰，罗峰抬头看着远处庞大的金角巨兽分身。

“第三块黑色金属板，我的收获真的颇丰。”罗峰满心喜悦。

罗峰之前得到过两块金属板，但只有第一劫、第二劫、第五劫的内容是全的，其他六劫的内容都是缺失的。

第三块金属板正好补充完整了第三劫、第四劫的内容，如此一来，罗峰就可以一口气修炼三劫。

“第一劫大成能使基因强度提升3倍，第二劫大成能使基因强度提升6倍，第三劫大成能使基因强度提升12倍，第四劫大成能使基因强度提升24倍，第五劫大成能使基因强度提升48倍。”罗峰遥看远处的金角巨兽分身，在被困在冰狱的两千多年中，金角巨兽分身早就已经把《九劫秘典》的前五劫修炼成功。

可是随着修炼，罗峰发现了一个大问题。

金角巨兽分身本身的基因强度就很不错，是人类的10倍，现在又成功修炼《九劫秘典》前五劫，他的基因强度是人类的480倍！这是一个非常让人震撼的数字了，很多特殊生命的基因都强度没有这般高，不管是兜寇、银眸，他们的基因强度都只是人类的百倍左右罢了。

“480倍，真可怕啊！”罗峰感叹，“人类普通封王级强者的不朽神体的基础极限是10万倍界主之力，也就是说当我成为不朽神灵时，金角巨兽分身的不朽神体的基础极限能轻易达到4800万倍界主之力，很多特殊生命都没这么强。”

一般的特殊生命的基因强度就是人类基因百倍左右，最弱的特殊生命的基因强度也是人类的10倍。

极少数生命的基因强度能高于人类的500倍，极为罕见的生命的基因强度能高于人类的1000倍甚至数千倍。

基因越强大的生命，数量越罕见。像兽神、坐山客，都是宇宙中唯一的。

“我知道了，随着生命基因的增强，血洛之力的作用会减弱。”罗峰暗自感叹，“当年血洛之力能令右蹄爪强大100倍，令身体整体实力强大10倍，可是，血洛之力并非无所不能。”

“血洛之力能强化人类，能强化金角巨兽，可是，它能强化兽神那一层次的生命吗？血洛之力本就是兽神血液中的精华凝聚而成的。”罗峰暗道，“在生命基因层次低时，血洛之力的作用非常明显，可对坐山客那等生命，对一些宇宙中独一无二的特殊生命，血洛之力恐怕一点用都没有！”

一样的道理。金角巨兽分身把《九劫秘典》前五劫修炼成功，他已然匹敌特殊生命，基因强度提升了480倍。当金角巨兽分身再驱动体内的血洛之力时，还是有作用的，但作用明显弱多了。

“金角巨兽分身右蹄爪一直很强，现在右蹄爪的力量相当于2倍全身之力，当年相当于10倍全身之力。虽然倍数递减，但是全身之力增强了。”

而且罗峰发现自从金角巨兽分身修炼第三劫成功后，右蹄爪的力量已经达到极限，无法提升了。

“第四劫、第五劫修炼成功，都无法提升金角巨兽分身右蹄爪的力量，右蹄爪的力量已经达到极限了。

“现在驱动血洛之力，右蹄爪的力量增加2倍，而金角巨兽分身的身体基因强度已经超过人类基因的100倍了，连在特殊生命中都罕见，我该知足了。继续修炼吧，《九劫秘典》不愧是遭到宇宙运转法则限制、只能靠天魂晶传承，而且只有一人可以修炼的秘法！”罗峰在心中感叹。

……

随着修炼，《九劫秘典》的特殊之处逐渐展现。

四个月后。

“徒儿、徒儿，马上就要抵达传承之地了，赶紧出来。”真衍王声音传来。

传承之地终于到了。

第939章

紫荆岛

飞船的控制室内，罗峰和真衍王都通过外景虚拟看着外面，在飞船的前方，正有一道又一道黑色狂风呼啸而来，笼罩亿万千米范围，仿佛一条条蟒蛇在嬉戏打闹。

“这就是传说中的祖神秘境！”真衍王惊叹。

“传说祖神秘境是最危险的秘境之一，它大概一个宇宙国大小，处处都是危机，就是宇宙尊者进入也得小心翼翼，否则难以活着出来。”罗峰叹道。

宇宙秘境按照危险程度不同分为不同区域，不同区域范围大小是不同的。

罗峰、真衍王既然已经知道传承之地的坐标，自然都会事先调查清楚。这一查，调查结果吓了他们一跳，原来这传承之地竟然在宇宙最危险的秘境之一祖神秘境中。

作为最危险的秘境之一，其中危险系数较高的地方可令宇宙尊者陨落，一些极度危险之地，连宇宙之主都得屏息。

它的最大直径是1.6亿光年，以亚光速飞行单单贯穿都得两亿年之久，想要将整个祖神秘境全部探测一遍，怕是得从宇宙诞生开始就来回飞行，更何况在最危险的秘境之一中谁敢那么飞？

神秘、危险、不可进入，这就是祖神秘境的代名词。

“传说祖神秘境最常见的便是黑烛旋风，宇宙尊者一旦陷入黑烛旋风中，若是遇到小股黑烛旋风还好，宇宙尊者只会受重伤，若是遇到大股的黑烛旋风，那这股黑烛旋风足以湮灭宇宙尊者。”真衍王感叹，“徒儿，我们前方远处那一股股便是黑烛旋风。”

“后面的旋风更大。”罗峰道。

真衍王回头一看，后面有着一股宽不知道多少亿千米，贯穿星空的黑烛旋风。若说前方的黑烛旋风是一条条蟒蛇，那么后面的黑烛旋风就是膨胀亿万倍后的蟒蛇。

“这……这是最外围的黑烛旋风，只有最外围的黑烛旋风才会这么庞大。”真衍王震惊道。

飞船的速度开始下降，停下，舱门开启，罗峰、真衍王并肩飞出。

远处茫茫虚空，只有那相互追逐的黑烛旋风。

罗峰、真衍王站在虚空中彼此对视。

“在哪里？”罗峰皱眉，“传承之地应该就在这里，但我们没看到啊。”

“等。”真衍王道。

周围平静的虚空忽然开始扭曲，罗峰、真衍王脸色微变，周围扭曲的空间仿佛旋涡瞬间将他们俩吞噬。

“空间传送？”

罗峰、真衍王脑海中都瞬间浮现这个词，紧跟着，眼前一切清晰起来。

他们俩依旧站在虚空中，远处景色美丽得动人心魄，无尽的彩色河流汹涌，充满着一股神奇的力量，让人不由自主地就被它吸引，盯着它看。罗峰、真衍王都是意志力极强的强者，发现这点后，立即惊醒过来。

“倒是清醒得快。”一道冰冷的声音响起。

罗峰、真衍王猛地掉头看去，旁边虚空中竟然站着一名高约8米、全身仿佛翡翠的不朽神灵。他穿着表面升腾着火焰的紫色铠甲，皮肤是墨绿色，乍一看犹如墨绿色的翡翠。

罗峰和真衍王都从他的模样辨别出，他是宇宙中的斐沧族，岩石类生命的一种。

他站在一旁仿佛不存在，这令罗峰、真衍王暗惊。

“是宇宙尊者。”罗峰暗道，“唯有宇宙尊者施展瞬移才不被我察觉。”

“气息隐匿到我都发现不了的程度了。”真衍王也是暗惊。

“我是祖神教的引路者。”斐沧族尊者冷漠地看着他们俩，“人类，拿出兽神传承令，若是没有兽神传承令，敢擅闯我祖神教重地，死！”话音一落，一股炽热可怕的气息直接降临，罗峰、真衍王仿佛陷入火海，毫无反抗之力，宛如小船在大海中漂荡。

那种无力感让罗峰暗自疑惑：“祖神教还有引路者吗？祖神教的正式成员有祖神、兽神、神将、神使，而神使显然是最弱的。神使候选者即使继承神使之位，也就如同最弱的宇宙尊者。可眼前这位斐沧族的存在，单单散发的威压便让我和老师都难以抵抗。”

“老师，难道他是神将？”罗峰传音道。

“应该是神将。”真衍王传音道。

罗峰、真衍王心中吃惊，都翻手取出各自的兽神传承令。

“兽神传承令无比稀少，”斐沧族尊者这才露出一丝笑容，“你们人类族群不愧是六大巅峰族群之一，一次性便拿出两枚兽神传承令。既然如此，你们便是传承者，你们有资格进入，随我来吧。”

斐沧族尊者在前面飞行，罗峰、真衍王跟在一旁。

“看到那里了吗？”斐沧族尊者指向前方那奔腾汹涌的彩色河流。

罗峰、真衍王都点头。

“我带你们靠近点看。”斐沧族尊者话音刚落，罗峰、真衍王便感觉眼前一黑，已然到了数光年之外，来到了那条广阔的河流近处。

“这是？”罗峰屏息，“这哪里是河流，这完全是由一道道极光组成的无尽头的‘河流’，极光共五种色彩。”

之前在远处，还能辨别出“河流”的形状，可站在近处，罗峰只感觉这条“河流”宽阔得无边无际。

“这就是传说中的五彩极光湖？”真衍王吃惊道。

“你倒是有点见识。”斐沧族尊者惊讶地看了真衍王一眼，笑着夸赞道，“对，这就是五彩极光湖。”

“湖？”罗峰疑惑，“近看无边无际，远看似奔腾看不到尽头的‘河流’，怎么会是湖呢？”

“当然是湖。”斐沧族尊者道，“刚才所在方位，令你觉得它是一条‘河流’，可若是飞到上方俯瞰，你就会发现，这是一个近乎圆形的‘湖泊’。这五彩极光湖的最大直径为10光年，威力无穷，单单那每一道极光，若是迸发，足以重伤宇宙尊者，而整个‘湖泊’是由无尽的极光组成，威力无穷，是浩瀚宇宙最强至宝之一！”

罗峰、真衍王听后惊呆了。

“每道极光都强成那样？”

“这五彩极光湖是我祖神教的护教至宝！”斐沧族尊者自豪道，“有此护教至宝，谁敢擅闯我祖神教？”

“宇宙最强至宝之一！护教至宝！”真衍王惊叹。

“不愧是祖神教，不愧是宇宙第一大势力！”罗峰也惊叹，心中想起星辰塔。

五彩极光湖是宇宙第一大势力的护教至宝，单单无数道极光，已经威力无穷。星辰塔中充当转轴的镇封星辰也是颗颗珍贵，还有那通天之柱……而且坐山客说过，星辰塔也是宇宙最强至宝之一。

“我竟能看到五彩极光湖，”真衍王感叹，“也算长了见识。”

“宇宙最强至宝之一，能得以一见，便是运气。”斐沧族尊者得意，随即道，“你们四大巅峰族群的域外战场上不就有一件宇宙最强至宝吗？星辰塔可是无数强者都无法强行带走的至宝，至今宇宙无数强者都不知道它真正的威力，它现在还没有主人。”

“星辰塔是最强至宝之一？”真衍王大惊。

“看来你知道得也不算多。”

斐沧族尊者摇头一笑：“星辰塔是最容易见到的宇宙最强至宝，也是最神秘的一个，没有人知道它真正的奥秘，也没有谁能够带走它。”

“不说了，带你们去紫荆岛。”斐沧族尊者带着罗峰、真衍王直接施展瞬移。

星空转移，罗峰、真衍王感到面前一黑，然后竟然已经到了五彩极光湖的边缘处，距离五彩极光湖也就几百米距离，太近了。

一道道极光，每一道都长1万千米左右，那浩浩荡荡无可匹敌的威力让罗峰、真衍王心惊。

“看到了吗？紫荆岛就在那里。”斐沧族尊者指向五彩极光湖。

“什么，在五彩极光湖内？”罗峰、真衍王吃惊地看去。

的确，他们能隐隐约约看到一座岛，只是这座岛在无数极光下显得很模糊。

“进来。”斐沧族尊者直接飞入其中。

“进去？这极光的威力可是——”真衍王忍不住道。

“放心，这可是宇宙最强至宝，凡是被它认可的，它都不会伤害。你们俩都有兽神传承令，进来都没事。”斐沧族尊者道。

真衍王看向罗峰：“徒儿，我先试试。”说着，他便一步到了五彩极光湖最近处，伸手触摸一道飞来的极光。

碰触后，那道极光仿佛水流，顺着真衍王的手臂而过，没有丝毫攻击性。

斐沧族尊者看着这一幕，倒也没说什么。他见的人多了，那些来这里的传承者个个小心谨慎，不轻易相信他所说的。

“我们进去。”真衍王道。

“是，老师。”罗峰暗暗感激，随着真衍王一道进了五彩极光湖内。

二人仿佛在真正的湖水中前进，飞行中，极光碰触身体都感觉无比舒适。随着距离目的地越来越近，那座紫荆岛也越来越大。

“紫荆岛是你们这些兽神传承者居住的地方，位于五彩极光湖的最外围。”斐沧族尊者说着，便已经到了紫荆岛。

（本册完）

《吞噬星空 典藏版20》即将上市，敬请期待！
